河出文庫

鷗外の恋
舞姫エリスの真実

六草いちか

河出書房新社

◉鷗外の恋　舞姫エリスの真実　目次

第三章

第六章

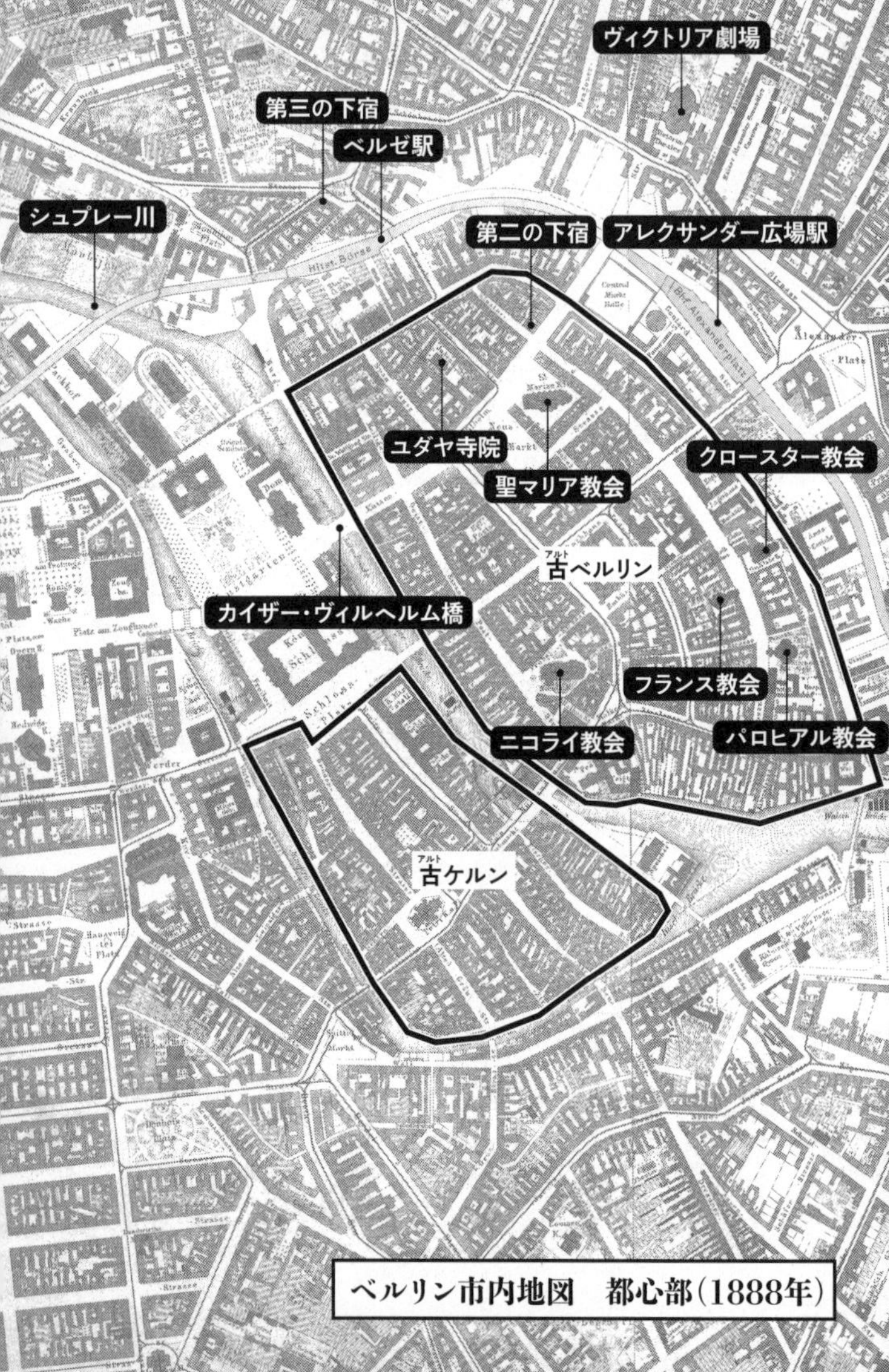

ベルリン市内地図　都心部（1888年）

第一の下宿
フリードリッヒ・シュトラーセ駅
帝国議会議事堂（連邦議会議事堂）
凱旋塔（戦勝記念塔）
ウンター・デン・リンデン
カイザーギャラリー
ブランデンブルク門
獣苑（ティアガルテン）
ホテル カイザーホーフ
ライプツィッヒ広場
ポツダム広場
フリードリッヒ通り
ポツダム駅

はじめに　文庫化によせて

本書が単行本として世に出たのは二〇一一年のことです。

四刷まで版を重ねつつ売り切れたとき、すでに七年以上の歳月が流れていたので重版は難しいようでした。けれども本書は、『舞姫』に秘められた真実の数々を第一資料の中から見つけ出してまとめた一冊です。これからの『舞姫』読者のためにも書店に長く残り続けてほしい……。強くそう望んでいたところ、河出書房新社さんが文庫版という形で叶えてくださいました。とても嬉しく思っています。

この機会に、大幅な書き直しを行いました。取り上げたテーマとその主旨は、一部の例外を除いて変わりませんが、初版のあとに得られた情報も多いので、大胆にメスを入れ、新情報をふんだんに盛り込みました。

本書は学術的な要素を含みつつ、その文体は小説のようでもあります。

このような書き方にしたのには理由があります。学者でもない私が論文を手がけるのはおかしいし、作家として無名だった私が発見した資料を公表し、その内容を信用してもらうには、起きたことを時系列に正直に書き出していくことが最善であると考えたからです。そしてまた同時に、本書にはもうひとつの物語が込められています。

それは、二〇〇九年の初夏、庭の水やりをしているところから始まります。予期せぬことがきっかけとなって乗り出した『舞姫』エリスのモデル探し。けれども一筋縄ではいきません。私は研究者ではないので成果を求める必要もないはずなのに、壁にぶつかっても諦めきれず、次第にのめり込んでいきます。

興味本位に始めた調査でしたが、さまざまな文献を読むうちに、『舞姫』エリスのモデル、すなわち鷗外の恋人が娼婦であったとする説が、鷗外関係者のあいだに深く根付いていることを知り驚愕します。その根拠は、鷗外の妹の回想も影響していますが、長年探しても記録が見つからないことにも起因し、名の通った学者までもが、エリーゼはカフェで客を引いていた娼婦に違いないと断言していたのです。

『舞姫』は小説ですから、どう解釈するのも読者の自由です。けれども鷗外の恋人は実在の人物です。私が暮らすこのベルリンの町に、実際に生きた人なのです。故人とはいえ、知りもしない他人を侮辱するなんて……。女性にとって娼婦呼ばわりは最も屈辱的な行為です。それでいつしか私の目標は、彼女の汚名を晴らすことに変わっていったのでした。次第に、会ったこともないエリーゼとの間に友情のような感覚が生まれ、あの頃は『舞姫』発表からもうすぐ百二十年というときだったので、「百二十年越しの女の友情」と心の中で呼んでいました。

本書は発表された翌年に、第65回日本推理作家協会賞「評論その他の部門」にノミネートされました。推理小説のごとく読めるという評価でしょうか。大変光栄に思いました。そして私にとってこの作品は、「究極の私小説」でもあります。

今年は、『舞姫』が初めて誌面に発表されてからちょうど百三十年にあたります。鷗外にとっては処女作であり、エリーゼとの悲恋がなければ生まれなかった作品です。

また、舞台となったベルリンは、普仏戦争に勝利した好景気で重工業が急激に発達し、地方から労働者が押し寄せ、町は人と活気に満ち溢れていました。

『舞姫』の書かれた時代に思いを馳せ、『舞姫』に秘められた真実の解き明かしに驚きながら、また、百三十年越しの女の友情物語としてもお楽しみいただけましたら。

六草いちか拝

※文中のドイツ語ルビには、発音の区切りに「・」を入れています。

※単行本と異なる主旨については、三六六頁「訂正とおわび」に掲載しています。

鷗外の恋　舞姫エリスの真実

ドイツ留学時代の鷗外

留学中の写真は何点かあるが、ベルリンで撮ったものはほとんど知られていない。これは1888年ベルリン撮影の貴重な一枚。文京区立森鷗外記念館所蔵

第一章

はじまり

エリスにたどり着くまでの道のりは、蜘蛛の糸をたぐり寄せるような、心許ない作業のくり返しだった。

夏のある日の夕方、それは一丁の拳銃から始まった。ひょんなことから射撃訓練に参加することになったのだ。知人のそのまた知人にロシアの射撃の名手がいて、ちょうどベルリン入りしているから習ってみないかと誘われたのがきっかけだった。

バイオレンスは苦手だ。それで一度は断った。けれどもこのままでは参加者が少なすぎて中止という。誘ってくれたこの人物には日頃何かとお世話になっているし、もう一人の参加予定者にも、ナチ時代のベルリンについてリサーチしていたときに貴重な資料を見せてもらった恩義がある。意を決しての参加だった。拭いきれない不安を少しでもやわらげようと、友人数人にも声をかけた。

指定された場所は、冷戦時代に米軍が使っていたテンペルホーフ空港のすぐ近く。第二次世界大戦時に造られた地下防空壕を利用した射撃クラブで、街路樹の立ち並ぶその先の、あふれるほどの緑に包まれた公園の一角にひっそりと構える古ぼけた鉄扉をくぐり、狭い階段を深く下りた奥にあった。

目立たない外観もさることながら、防空壕という強固な造りは発砲音の一切を遮断し、近隣住民でさえこのクラブの存在に気づかない者が多いという。黄色味を帯びた電灯がむき出しの壁をぼんやりと照らす陰鬱な完全密室で、鈍く光るピストルを握った。拳銃の扱いを説明するドイツ語はロシア訛り(なま)りで特異に響き、初めて引き金を引いた瞬間は、戦慄が全身を貫いた。

こうして気の優しい日本人たちが発砲という〝暴力〟行為を体験し、外に出ると辺りには夕闇が迫っていた。誰もが一様に草の匂いを含んだ空気を深く吸い込み、安堵の表情を浮かべるや、無事の生還を祝おうとビール酒場に寄ることになった。

けっこうな賑わいを見せる店の奥の大きなテーブルを囲み、ジョッキを挙げての乾杯のあとは、先の練習の成果を肴(さかな)に談笑に興じた。店内は古びた感じが心地よく、正面の壁には白黒写真が数葉並べて掛けてある。何が写っているのだろう……と目を凝らしていると、「アンハルター駅ですよ」と、右隣の男性がドイツ語で呟いた。店のすぐそばが駅だという。

　彼は今回の参加者の中で唯一のドイツ人だった。いつ入って来たのか、気がつくと射撃ルームの中にいて、私たちに加わってピストルを構えていた。射撃訓練中はみな防音用の大きなヘッドフォンを装着していて会話ができない。隣の人にあれは誰かと身振りで聞いてもらちが明かなかった。けれども今は酒の席、挨拶をすればよいものを、次回の射撃に誘われたくないという思いが、自己紹介の機会を遠ざけた。

　振り返ると、背にした壁一面に大きく引き伸ばしたパネルが貼ってある。なるほどこれはアンハルター駅の構内だ。かつてはベルリンの中央駅で、華やかなりし頃のベルリンを語るには、なくてはならない存在だった。ところが第二次世界大戦の空爆で壊滅的な被害を受け、戦後のベルリンは東西に分断されてしまったため、再建されることもなく廃墟のまま取り残された。

　この駅は、第二次世界大戦中のベルリンを生き延びた邦人たちの日記や回想録にも必ずといってよいほど登場する。旅客機もまださほど普及していなかった時代のことだから、アンハルター駅は誰にとってもベルリンでの物語の「始まり」であり、また「終わり」であり、いつも印象的に描かれる。それらの文献を読んだ日々を懐かしく思い出していると、「鷗外もここに来たことがあるんですよ」と向かい側から声がした。七十年以上も前のことへの追憶が、さらに五十年遡った。

「へえ、ここに?」

「ご存じなかったですか?」

と言葉を交わしながら、自分たちが囲んでいるテーブルの年季の入りようが目に入り、「かつて鷗外もここに座ったのでしょうかね」などと笑っていると、右隣の彼が、何の話だとドイツ語で尋ねた。彼は日本語が分からない。そこで向かいの男性が“Ogai Mori”とドイツ語調にゆっくりと発音し、作家として知られているが本来は軍医で、十九世紀末頃にはベルリンに留学したこともあると説明した。

すると「鷗外といえば『舞姫』じゃないですか」と、他の一人が乗ってきて、「あれは実話でしょうかね」ともう一人も加わって、しばし『舞姫』談義となった。右隣の彼のために同時通訳も入り、賑やかなひとときとなったけれども、そのうち話の種も尽きて、自然に次の話題へと移っていった。ところが、「その日本人は軍医だった?」と右隣の彼が、私に耳打ちするようにして話を蒸し返した。

振り向くと彼は腕を組んでこちらを見ている。そうだと私が頷くだけの返答をすると、「彼の恋人は踊り子だった?」と重ねて問う。それでももう一度頷くと、「鷗外を追って日本に行った……」と念を押した。そして「いつごろのこと?」と聞いたので、「一八八八」と年号を数字だけで答えると、「なのにまた帰ってきた……」と呟いた。

そこで彼が考え込むように間を空けたので、次に出てきそうな「どうして」の一言を避けようと、私は敢えて他の人たちの会話に加わった。

深刻な話は御免だ。鷗外も『独逸日記』で触れているけれど、日本人駐在中にドイツの女性と家庭を築き、帰任に際して母子を捨てて帰国してしまうケースがどの時代にもあったようで、「近所にもそんな境遇の子がいて貧しい暮らしを強いられていた」と地元の人に責められたこともあった。私が捨てたみたいに言われても、私は当の男性ではないし、『舞姫』を初めて読んだとき豊太郎のふがいなさに大いに憤慨したクチだ。どう弁解してよいのか分からない。それで逃げ腰になっている私に、隣の彼はこう告げたのだった。

「オーガイというその軍医、その人の恋人は、僕のおばあちゃんの踊りの先生だった人だ」

「開いた口が塞がらない」という言葉があるけれど、口を開ける間もなく驚いたので顔が片方へ引きつった。眉間に皺も寄ってきて、直そうとすると顔全体がいよいよ歪んだ。けれども彼はそんなことなどお構いなしに、まくしたてるように話しはじめた。それはこういう内容だった。

彼は大のお婆ちゃん子で、子どもの頃、よく祖母に遊んでもらっていた。この祖母はバレエダンサーで、若い頃はヴァリエテ劇場（十九世紀末期以降ヨーロッパ各地で大流行した、サーカスと演芸とレストランを合体させた娯楽劇場）

などでも踊っていた。その祖母から小さい頃に聞いた話が、祖母の踊りの先生が、昔、日本人軍医と付き合っていたというものだった。祖母はその先生のことを「エリ」と呼び、「エリ」は日本にも行ったと言っていた。どうして祖母が子どもの自分に話したのか分からないけれど、子どもの自分にも印象的で、今の話で思い出した……。

いきなり飛び出した衝撃発言にどう反応すべきか分からないまま、他の人たちから投げ掛けられた話題に引きずられ、彼との会話は断ち切れていった。

そのうち会もお開きになり、店を出たところで解散となった。それぞれが別の方向へと歩き出す。自分から選んだ匿名の付き合いだったものの、どんどん遠ざかる彼の背中を見て焦り、思わず声を上げた。

みんなが向ける奇異な視線を浴びながら、彼のほうへと駆け寄った。受け取った名刺を街灯にかざし、初めて彼の名前を知った。

ベルリン時代の鷗外に関しては、『舞姫』や『独逸日記』のほかに、『舞姫』について書かれた論文などをまとめて読んだことがあった。『舞姫』という小説をひとつの文学作品としてだけでなく、他の記述と並行して読むことによって、作家森鷗外の人間像に迫るという視点は私にとってまったく新しい世界だった。そしてこれらの文献を通して、ドイツ留学時代の鷗外に実際に恋人がいて、その人物が『舞姫』のヒロイン、エリスに重なる部分が多いことや、実際の恋人が日本へやって来た事実とその顚末、その恋人が後の鷗外の作品や人生に大きな影響を与えたことを知った。

けれども当時はただ、一読者としてそれらを読んだにすぎず、内輪の小さな集まりで発表したあとは、本棚の奥底に仕舞いこんで二年が過ぎた。

私はベルリンに暮らして二十年以上になる。「ベルリンの壁」があった時代（東ドイツによって築かれた「ベルリンの壁」が存在していた冷戦期。一九六一年八月十三日〜一九八九年十一月九日）の西ベルリンを一年経験している。あの頃の在留邦人は、多くが駐在員や音大生で、そのほとんどが帰国した今、当時を実体験として知る数少ないひとりと言われるようになった。職業としてはライターだ。雑誌や専門誌などにドイツやベルリンに関する記事を書いている。裏方に回って取材や撮影のコーディネイトを引き受けることもある。手がけたガイドブックはもう何冊になっただろう。ベルリンの生活情報を配信するインターネットサイトを運営して十年ほどになる。

ドイツやベルリンの最新情報を綴る日々、あるとき自身の在独年数の長さに改めて気がついて、変化に富んだ「今」のベルリンでなく、歴史をしっかりと見据えたものが書けるようになりたいと願うようになった。それが数年前のことだ。まずは資料として入手しやすい第二次世界大戦期のベルリンをテーマに調べはじめた。折しもナチ時代を舞台にした映画が立て続けに発表された頃だった。得た情報は『キネマ旬報』などで映画作品に関する記事を書くときにも大いに役立ち、調査のためにベルリンを訪れる研究者の手伝いをする機会も増えていった。『舞姫』関連の文献は、いつか時代を遡って調べたくなったときのためにと、まとめて取り寄せたものだった。

名刺を受け取りはしたものの、迷っている自分がいた。

ここでの選択肢はもちろん彼にコンタクトを取るべきか否かだ。連絡を取って何をしようというのだろう。……エリス探し？

森鷗外とベルリン留学

「森鷗外」は小説家としてのペンネームで、本名は「森林太郎」という。

一八六二年二月十七日（文久二年一月十九日）、津和野藩主亀井家の御典医を務める森家十四代目長男として、現在の島根県津和野町に生まれた。

父静男は、十二代目白仙の弟子だったが、白仙に男の子がなかったため、その娘峰子の婿養子として迎えられ森家を継いだ。白仙においても、先代は三人の男児に恵まれたものの、長男は早世し、次男は同郷の西家に養子に出しており、三男に期待をかけていたが家を出てしまい、森家を継ぐ者がいなくなった。そのため白仙が森家に養子として入った上で妻をめとった。二代にわたって養子を取ることによって家系を継承させてきた森家にとって、林太郎は待望の跡継ぎでもあった。

山室静氏によると（『評伝森鷗外』実業之日本社、一九六〇年）、林太郎の父静男は蘭方医として優れた腕を持っていたが、養子であったことや元来の穏やかな人柄から、事実上は母峰子が一家の中心となっていたようだ。幼少期の林太郎の教育も峰子が支え、林太郎は峰子の期待に応えるかのように、五歳の頃から漢籍の素読を学び、論語や孟子など四書五経を次々と覚えた。さらに左伝、史記などを読破し、オランダ語を学ぶなど、子どもの頃から並々ならぬ学力を発揮した。

廃藩置県ほかの事情により森家は東京へと移住することになり、一八七二年（明治五年）、まずは父静男と十歳になった林太郎が上京した。実質的に森家の血を引く西周（一八二九〜一八九七年。日本の近代化に多大な影響を与えた啓蒙思想家。父時義は森家十一代目周庵の次男）の勧めで、私塾、進文学社でドイツ語を学んだ。翌年には祖母や母、弟妹も上京して一家が揃い、林太郎は、「十四歳以上十七歳以下」との入学資格がある東京医学校（数年後に東京大学医学部に改称）予科に年齢を偽り入学した。一般に「二歳偽った」と言われるが、当時は「数え年」で数えており、実際の林太郎はわずか十一歳だった。

このあたりの経緯は中井義幸氏の『鷗外留学始末』（岩波書店、一九九九年）に大変詳しい。当時は年齢に対して寛容だったようで、林太郎の他にも実年齢とは異なる年齢を書いて申請する者は多かったようだ。けれどもそのほとんどが、対象者となるべく十七歳とした。林太郎のように過多申告したケースはごく稀だ。(七十七〜七十八頁)

林太郎は最年少でありながら学力を伸ばしてトップクラス入りし、一八八一年(明治十四年)、十九歳という若さで卒業年を迎えた。ところが卒業試験の直前に肋膜炎を患い入院し、なんとか退院したものの、下宿の隣家で起きた火災で林太郎の部屋も類焼し、これまで書き溜めていたノートを焼失。十分な準備ができないまま卒業試験に臨むこととなり、本来の実力を発揮することができなかった。

その結果、席次は、一番・三浦守治(二十四歳)、二番・高橋順太郎(二十五歳)、三番・中浜東一郎(二十四歳)、四番・伊部彝(二十五歳)、五番・佐藤佐(二十四歳)、六番・片山芳林(二十六歳)、七番・甲野棐(二十五歳)、そして八番が森林太郎となった。

十九歳という若さで好成績をもって東大を卒業するとは、驚異としか言いようがない。しかしながら林太郎は、念願だった文部省派遣のドイツ留学の選から漏れてしまう。この年は三人が派遣されることになり、一人は前年に取り置かれた榊俶が、あとの二人は席次の上位二名が選ばれた。(一二〇〜一二一頁)

このような結果になるなら入学を遅らせたほうが得策だったのかもしれないが、年齢を偽ってまで入学を早めさせた背景には、一家で東京へと移住してきた森家の経済的事情もあったようだ。またいっぽうで、学校側も学生不足に苦しみ、志願者獲得に懸命だったと中井氏は指摘する。

氏によると、一八七一年（明治四年）にドイツから来日した主任教授レオポルド・ミュラーおよびテオドール・ホフマンの両氏は、予科二年、本科五年のカリキュラムを作り、藩邸の長屋に住む学生の中の適格者をそこに学ばせようとした。ところが募集定員を大幅に下回る人数しか集まらなかった。当時は医学を志す者が少なかったうえ、ドイツ人の授業についていけるだけの語学力を持ち合わせた学生を集めることも簡単ではなかった。幼少時代の林太郎に学問の指針を与えた西周が上京後すぐにドイツ語を学ばせたのも、こういった背景に着目したことによる。（七九頁）

ドイツ留学の選に漏れ就職浪人のような状態になった林太郎は、千住の実家に戻り父の診療所を手伝いながらドイツ渡航の道を模索し、陸軍省に入省する。こうして軍医となった林太郎は、陸軍省で新しく始まった派遣留学制度の第一期生として、一八八四年（明治十七年）八月にドイツを目指して横浜港を発った。

当時の欧州への旅は航路だけでも五十日はかかる。ベルリンに到着したのは十月十一日のことで、鷗外は諸手続きを済ませたのち、ライプツィッヒ、ドレスデン、ミュンヘン、ベルリンと順に巡って研究滞在した。

帰国したのは一八八八年（明治二十一年）九月のこと。当時の留学期間の数え方にならい航路にかかった日数も含めると、林太郎のドイツ留学は四年を超える。これは留学期間中に滞在延長の手続きを行ったためで、通常より一年長い滞在となった。ちなみに当時は欧米を訪問することを「洋行」、帰国のことを「帰朝」と呼んだ。

ドイツから帰朝した林太郎は、軍医としての任務の傍ら文芸活動にも励み、作家・森鷗外としてその名が知られていく。その処女作として発表された小説が『舞姫』だ。

鷗外と『舞姫』

『舞姫』は、主人公の回想の形で綴られる、日本人留学生と踊り子の物語。

舞台はベルリン。留学して三年の月日が経ったある日の夕方、主人公・太田豊太郎は下宿への帰宅途中、教会の扉にすがり涙に暮れる少女エリスに出会う。

家が貧しく父の葬儀代に困窮したエリスを助けたことがきっかけで、ふたりの交際が始まる。友人としての付きあいだったにもかかわらず同朋の妬みを買ってしまい、豊太郎は免官へと追いやられる。帰国を余儀なくされるなか、故郷から母の訃報が届き、母ひとり子ひとりで育った豊太郎は故郷によりどころを失い、ベルリンに残ることを決意。親友のツテで新聞記者の仕事を得てエリスと暮らしはじめた。

二人の薄給でなんとか成り立つ生活だが、当初は楽しい日々だった。ところが学問から遠ざかる毎日は豊太郎の気を塞がせ、エリスが妊娠して踊れなくなったことで生活苦が二人を追い詰める。そこに洋行してきた親友によって転機がもたらされ、豊太郎は日本へと帰国する。妊娠し、発狂したエリスを置きざりにして……。

永い鎖国の時代に幕を下ろし、日独修好通商条約が調印され、日本とドイツの外交関係が始まったのは、一八六一年一月二十四日（万延元年十二月十四日）。それから二十九年後に発表された物語である。

外国文学の輸入もまだそれほどの数に達していない時代。西洋の薫りも芳しく、その上、翻訳ではなく、日本人によって日本語で書かれた、日本人が主人公という物語。現実との狭間で苦悩しながら愛を捨てた日本男児の姿を高雅な文体で描いたこの小説は、当時の文学界に大きな衝撃を与え、「舞姫論争」なる文学論争（主人公は功名を捨てて恋愛をとるべきだ、人物の説明に矛盾があるといった、『舞姫』の内容に関する批判を書いた石橋忍月に対し鷗外が文壇で応酬した論争）まで巻き起こった。

けれどもこれはあくまで小説である。著者の本名は「林太郎」であり、主人公は「豊太郎」。名前や生い立ちは、似ていても、実際の鷗外は一人っ子ではないし父親も健在。学んだのは法学ではなく医学である。留学中に免官になどなっていないし、母も死去していない。恋人の存在も、妊娠も、発狂も、『舞姫』という小説の中の太田豊太郎と恋人の間に起きた悲劇であり、実際の鷗外とは無関係のはず。

ところが鷗外にもドイツで知り合った恋人がいて、鷗外が帰国した数日後、彼女も横浜の港に降り立っていた。しかもその女性は、『舞姫』のヒロイン、エリス・ワイゲルトにとてもよく似た名前を持ち、「舞姫」を連想させるに相応しい、小柄で美しい女性だった……。

獣苑からクロステル巷まで

『舞姫』のヒロイン・エリスは、ベルリンの昔ながらの雑居地区の屋根裏に、ひっそり身を寄せて暮らす貧しい親子の一人娘として描かれている。

『舞姫』の舞台となった一帯は、第二次世界大戦時の空爆で八〇パーセント以上が廃墟と化したベルリン中心部に位置している。戦後のベルリンは戦勝国（連合国軍）に占領され、この地域はソ連軍の統治下に置かれた。町は復興を目指しつつも、一九六一年に「ベルリンの壁」が建設されて以降、社会主義国家の首都として独自の市街地再開発がなされ、まったく様変わりしてしまったところも多く、当時の面影を今のベルリンの町並みの中に追うのは難しい。

それでも鷗外研究者らの手によって、『舞姫』の舞台探しが試みられた。とはいうものの、豊太郎とエリスの出会った場所を文中の記述から探し当てるのは謎解きのようなもので、いまだにその場所の特定には至っていない。

『舞姫』には、豊太郎がエリスに出会うまでの道のりが次のように描かれている。

或る日の夕暮なりしが、余は獣苑を漫歩して、ウンテル、デン、リンデンを過ぎ、我がモンビシユウ街の僑居に帰らんと、クロステル巷の古寺の前に来ぬ。余は彼の灯火の海を渡り来て、この狭く薄暗き巷に入り、楼上の木欄に干したる敷布、襦袢などまだ取入れぬ人家、頰髭長き猶太教徒の翁が戸前に佇みたる居酒屋、一つの梯は直ちに楼に達し、他の梯は窖住まひの鍛冶が家に通じたる貸家などに向ひて、凹字の形に引籠みて立てられたる、此三百年前の遺跡を望む毎に、心の恍惚となりて暫し佇みしこと幾度なるを知らず。

今この処を過ぎんとするとき、鎖したる寺門の扉に倚りて、声を呑みつゝ泣くひとりの少女あるを見たり。

主人公豊太郎が、「ある日の夕方、ティアガルテンを散歩したあと、ウンター・デン・リンデンを通り過ぎ、「モンビシユウ街」の下宿に帰ろうとしてクロステル巷の古寺の前までやってきた」という描写をもって、出会いのシーンが始まるわけである。『舞姫』には、建造物や地名などの「場所」がふんだんに記されているという特徴がある。登場人物は実在の人物の名前にひとひねり加えたものが当てられているのに対し、それらの「場所」のほとんどには、実際の名称がそのまま使われている。

そこで作中の地名を地図の上に辿ってゆけば、豊太郎の行状が追跡できるということになる（八～九頁見開き地図参照）。

鷗外が「獣苑」と記したティアガルテンは現存する森林公園で、ツォー動物園とブランデンブルク門を結ぶ六月十七日通りの南北に大きく広がっている。現在はベルリン市の中心部に位置するが、当時のベルリンは今ほどの規模ではなかったため、「ベルリン市に隣接した森」という位置関係だった（ベルリンが近隣市町村との合併により今とほぼ同じ規模の「大都市ベルリン」を形成したのは一九二〇年のこと）。ティアガルテンは、かつては王家の私有地であり、小動物が放たれ、王族の狩猟場として使われていたことにその名（ティアガルテン＝獣苑）は由来する。十七世紀末頃にこの地を統治していたブランデンブルク選帝侯フリードリヒ三世（のちの初代プロイセン国王フリードリヒ一世）が狩猟を好まず、森を囲んでいた柵を撤去させ市民の憩いの場として開放した。

今日のティアガルテンは戦勝記念塔を中心に森が広がっているように見えるが、この塔はナチ時代のゲルマニア計画（ベルリンを「世界首都」にすべくヒトラーが構想した都市改造計画）のために一九三九年に現在の場所へと移築されたもので、もともとは現在の連邦議会議事堂（当時の帝国議会議事堂）の向かいの広場に建っていた。

戦勝記念塔とティアガルテン

鷗外の留学時代には“Siegesdenkmal（ジーゲス・デンクマル）（「勝利の碑」の意）”と呼ばれ、帝国議会議事堂前に建っていた。鷗外は「凱旋塔」と訳している。

『独逸日記』一八八七年四月十七日条にも、ベルリンに拠点を移したばかりの鷗外が、留学仲間たちとこの塔に登ったと、そのときの様子が記されている。

塔内部の細い螺旋階段を上りつめると勝利の女神ヴィクトリアの足元が展望台になっていて、そこから眼下に広がる景色を楽しめるのは当時も今も変わらない。

しかしながら、もともとは対デンマーク（一八六四年）、オーストリア（一八六六年）、フランス（一八七〇〜一八七一年）の三つの戦いの勝利を記念して建てられたもので、柱に並んだ金の飾りは大砲を模したもので三段であったものが、現在の場所に移築する際に四段に増やされたため、展望台までの高さは大きく異なる。現在の戦勝記念塔は全高六六・八九メートルを誇り、螺旋階段の二八五段を上った地点、地上五〇・六六メートルのところに展望台があるが、当時の有名ガイドブック「ベデカー」一八八七年版によると、その頃の全高は六一・五メートルと、現在より約五メートル低く、展望台までの高さは四六メートルだった。

今日、この塔はドイツ語で〝Siegessäule（ジーゲス・ゾイレ）（勝利の柱）〟の名で知られ、日本語では「戦勝記念塔」と訳されているが、鷗外の留学時代は〝Siegesdenkmal（ジーゲス・デンクマル）（勝利の碑）〟と呼ばれ、鷗外はこれを日記および『舞姫』の文中に「凱旋塔」と記している。

さてウンター・デン・リンデンは、ブランデンブルク門から東へと延びる大通りで、これも現存する。それぞれ四車線ある車道のあいだには、ゆったりとした遊歩道が延び、両側に並ぶ建物の前も歩道が広く取ってあり、大変幅の広い通りだ。「ウンター・デン・リンデン」は、「菩提樹の樹々の下」という意味で、その名のごとく今も昔も遊歩道の両側には菩提樹の樹々が立ち並び、初夏には、なんともいえない甘い香りが辺りに漂う。車道の路面は、あの当時すでにアスファルト舗装がなされており、その様子は『舞姫』の中にも描かれている。鷗外が帰国した数ヶ月後にはガス灯も電灯へと置き換えられ、当時の近代化を強く反映させた通りでもあった。

今日も町を代表する大通りだが、人口増加の真っ只中で建築ラッシュであったあの当時、この通りには高級店やレストラン、カフェなどがひしめくように軒を連ね、通りは人で溢れかえり、今以上に賑やかで華やかだった。

鷗外の留学当時、この大通りは、王城（本書初版が出版された数年後に王城跡地の再建が決定し、その存在が一般にも知られるようになったが、その名称にばらつきが見られる。鷗外留学時代はKönigliches Schloßとされていたため、本書では「王城」とする）の前で終わっていた。

王城の向かい側には、ルストガルテン庭園が広がり、その奥に旧博物館がゆったりと両翼を伸ばしている。現在はその東側に、ベルリン大聖堂が風格ある姿を見せているが、これが完成したのは一九〇五年のことで、鷗外の時代はまだこぢんまりとしたドーム教会と、その奥に旧取引所が建っていた。

王城の先には、人が歩いて渡るための小さなカヴァリア橋が架かり、その先に、ベルリン発祥の地である「古（アルト）ベルリン」地区が広がっていた。

この一帯は当時、それまでの華やかさとはまったく趣を異にする雑居地区だった。ここが貧しい踊り子エリスの生活の拠点であり、日本からのエリート留学生、太田豊太郎が少女との運命的な出会いを果たす場所である。

豊太郎は、エリスと出会うまでの道のりをどのように移動してきたのだろう。

ブランデンブルク門からカヴァリア橋までは、一・五キロ以上もの距離がある。テ

ブランデンブルク門
現在は都心に位置するが、当時はこの門が隣町との境界であり、これより西側は「郊外」だった。

ウンター・デン・リンデン
遊歩道の様子。「菩提樹下」の名の如く、菩提樹が両側を囲むように立ち並んでいた。

カヴァリア橋

カイザー・ヴィルヘルム橋の架橋工事が始まるまでウンター・デン・リンデンと古（アルト）ベルリンを結んでいた歩道橋。

ィアガルテンでの散策を愉しんだあとに、この距離も徒歩で進んだのだろうか。そして橋を渡ってようやく差しかかる雑居地区を、さらに路地の情景を堪能しながら巡るのは、体力的にも無理ではないか？　では、ウンター・デン・リンデンを何らかの乗り物を使って移動したとする場合、どのような交通手段があるのだろう……。

電車やバスなど、電気やガソリンを使って走る乗り物は、この時代にはまだ存在しない。鷗外の短編『妄想』に、ベルリンでの日常を振り返るくだりがある。

　　夜は芝居を見る。舞踏場にゆく。

それから珈琲店（コオフイイてん）に時刻を移して、帰り道には街灯丈が寂しい光を放って、馬車を乗り廻す掃除人足が掃除をし始める頃にぶらぶら帰る。素直に帰らないこともある。

そこで調べてみると、馬力を利用したさまざまな乗り物が市内を網羅していた。

【馬車鉄道】

まず挙げられるのが〝Pferdebahn（プフェアデ・バーン）〟なる馬車鉄道の存在だ。

これは路面に敷かれた線路の上に置いた車体を一、二頭の馬が引くという乗りもので、路面電車の前身である。一八六五年に、当時はまだ隣町であったシャルロッテンブルク市までを結ぶ便を開通したのを皮切りに、年々、路線を増やし、鷗外の留学時代には市内延べ三十二路線が運行されていた。

『舞姫』においても「モハビット、カル、街通ひの鉄道馬車」と記されている。しかしながら、馬車鉄道にはウンター・デン・リンデンを走る路線はなく、二ブロック北側の通りを走ることになり、これでは、「彼の灯火の海を渡り来て、この狭く薄暗き巷に入り」の描写が成立しない。

【乗合馬車】

当時の写真を注意深く観察すると、ウンター・デン・リンデン付近でも馬車鉄道のような乗り物が写っている。これは、“Pferdeomnibus（プフェアデ・オムニブス）”なる交通で、一見、馬車鉄道のようだが線路は不要で、路上に置いた車体を馬が引く。日本では「乗合馬車」と呼ばれていた。

ベルリンの乗合馬車は、今日のベルリン市交通局BVGが運行する市バスの前身だが、この頃はまだ私営ABOAG社の運営だった。ゴールドシュミット出版のガイドブック一八八九年版によると、市内および近隣都市を結ぶ十八路線が運行されていた。ウンター・デン・リンデンを通る路線としては、Alexanderplatz（アレクサンダー・プラッツ）／Schlossplatz（シュロス・プラッツ）／Unter den Linden（ウンター・デン・リンデン）／

馬車鉄道と乗合馬車
奥に路線上の車体を馬が引く馬車鉄道。市内や郊外、延べ三十二路線が運行されていた。手前にバスの前身の乗合馬車。ガイドブック「ベデカー」には路線変更が多いため観光者向きではないとのコメントも。どちらも二階席の乗車運賃は割安だが女性の利用は禁じられていた。

Moabit（モアビート）のルートがある。ティアガルテンを散歩した後、ブランデンブルク門周辺でこれに乗り込めば、ウンター・デン・リンデンの「灯火の海」を車窓から眺めることができる。そしてシュロス広場（プラッツ）辺りで降りれば、下宿までの残りの距離は、雑居地区の中を縫うように歩くことになる。

【辻馬車】

またもうひとつ、比較材料として興味深い乗り物といえば、現在のタクシーに当たる、辻馬車の存在だ。

『舞姫』の二十年後に発表された作品の中に、『普請中』という小説がある。参事官を務める「渡辺」と、西洋の「女」のひとときの再会を描いた短編だが、その再会場所が、来日した鷗外の恋人の投宿先であった築地精養軒ホテルであり、「女」との会話がドイツ語であるなど、鷗外とかつての恋人との再会を思わせながらも、永遠の別れを示唆した物語になっている。『舞姫』の描写が意図的に織り込まれているようにも感じられ、中でも、この物語の最後に置かれた一文が目を引く。

『舞姫』でのエリスとの関係が、ウンター・デン・リンデンという華やかな通りの「灯火の海」を渡って薄暗い界隈に入っていくところから始まるのに対し、『普請中』では「女」との関係が、「女」が銀座通りという繁華街の「灯火の海」を渡って薄暗

ドロシュケ
辻馬車。大きさは二人乗り、四人乗りの二種類があり、等級は一等、二等の二種類があった。

い界隈へと去っていく情景で終わっている。また、『舞姫』エリスを「被りし巾を洩れたる」と描写しているのと同様、『普請中』の女にもヴェールを被らせている。

灯火の海のやうな銀座通りを横切つて、ヱエルに深く面(おもて)を包んだ女を載せた、一輌の寂しい車が芝の方へ駈けて行つた。

この一文は、物語そのものは二人の食事風景をもって完了しているにもかかわらず、わざわざ行間を空け、印で区切った後にぽつりと置かれている。物語の進行そのものと関係がないだけに、あえて『舞姫』に重ねようとした鷗外の「意図」が感じられる。

このふたつの小説の描写を見比べると、『普請中』では、「灯火の海のやうな銀座通り」を一輛の「車」で去らせているが、『舞姫』においては交通手段については触れていない。けれどもこれも『普請中』のように「車」からの眺めだったのか。「車」に当たる当時の乗りものといえば、辻馬車である。地方によって呼称が異なるようだが、ベルリンでは〝Droschke（ドロシュケ）〟と呼ばれた。

ドロシュケは二人または四人乗り用の車体を、馬が引く乗り物で、『舞姫』にも「ドロシユケ」や「車」として登場する。

豊太郎がタクシーの前身であるこれに乗ったとなると、どうしてそのまま下宿まで乗って帰らなかったのかという疑問が生じる。ところがこれを当時のベルリンの事情に照らし合わせて考えると、なかなか興味深い事実が浮かび上がるのだ。

なぜ鷗外は、エリスとの再会を思わせる小説のタイトルを『普請中』としたのかが十分理解できるほど、作品発表当時の日本のみならず、鷗外留学当時のベルリンも都市開発の真っ只中で、まさに町を挙げての「普請中」であった。

そのひとつとして挙げられるのが架橋工事だ。鷗外がベルリンに住みはじめて半年ほど経った頃、ようやく拡張工事を終えたカイザー・ヴィルヘルム通りとウンター・

デン・リンデンを結ぶため、それまで架かっていた幅四メートルほどのカヴァリア橋に代わる、幅二二メートルの石橋、カイザー・ヴィルヘルム橋に架け替えるための大工事が始まったのだ。

植木哲（さとし）氏は『新説　鷗外の恋人エリス』（新潮選書、二〇〇〇年）において、この工事があったため、ウンター・デン・リンデンを直進して雑居地区に入るのは無理だったとしている。ところが州立公文書館にて架橋工事に関する文献を調べてみたところ、工事が始まる前に近隣住人から仮設橋設置の要請が出ており（A Rep. 000-02-01 Nr.651）、実際の架橋工事は一八八七年十一月八日に始まり、翌月には仮設の人道橋が設置されていることが分かった。“Der Umbau Alt-Berlins zum modernen Stadtzentrum（近代的都心への古（アルト）ベルリン地区改造）”（ベネディクト・ゲーベル、ブラウン出版、二〇〇三年）

これらの状況を重ね合わせると、散歩を終えた豊太郎はドロシュケを拾い、ウンター・デン・リンデンの灯火の海を渡り、王城の前で降りて、下宿までの残りの道のりは、仮設橋を渡って、歩いて帰ったと考えれば矛盾はなくなる。その場合は、豊太郎とエリスの出会いは仮設橋が設けられた一八八七年十二月以降に限定される。

ちなみに『舞姫』にも「エリスが母の呼びし一等『ドロシユケ』」とあるように、

ドロシュケには一等、二等のランク付けがあった。一等の車体には、よりエレガントなデザインが施され、革張りの座席には鋲が打たれ、馬も二等より毛並みが良かった。御者の衣装にも違いがあり、車体に取り付けられているオイルランプやシェード部分の鉄枠においても、一等は大きく白色で、二等は小さめで青色と、区別されていた。

運賃は、二等は初乗り（十五分まで）が六〇ペニヒ（マルクの補助通貨。一〇〇ペニヒで一マルク）で、その後は十五分毎に四〇ペニヒが加算される。一等は、初乗りが一マルク、加算料金は五〇ペニヒとなっている。二等車の初乗り料金を当時の物価で換算すると、カフェで注文するコーヒー二杯分に相当する。

いっぽう、乗合馬車の運賃は、短距離であれば一〇〜二〇ペニヒ、上階は一律一〇ペニヒと、ドロシュケと比べると格安だった。

当時の交通手段をひと通り列挙し、では豊太郎はどの移動手段を取ったのかと考えたとき、私見では、乗合馬車であったような気がしている。

「灯火の海を渡る」という感覚は、歩く速さでは得られず、ある程度の速度が必要である気がするのと、辻馬車の場合、ドイツの冬は長く厳しく、仮設橋が架かった一八八七年十二月以降となると、気温はかなり低く、雪が降ったり積もったりしているかもしれず、森の散策が不釣り合いに感じられるからだ。また、ヨーロッパの日照時間は季節によって大きく異なり、冬は午後三時を過ぎると夕闇が迫り、四時にはすっかり暮れてしまい、「夕暮」の時刻には「この狭く薄暗き巷」も真っ暗になってしまうという難点もある。

ところで、『独逸日記』の中に、興味深い記述を見ることができる。日記の中にただ一度だけ、ティアガルテンを散歩したと書いた箇所があり、これが奇しくも鷗外のドイツ滞在からちょうど三年経った、一八八七年の秋の日なのだ。

十四日。民顕府より来れる中浜東一郎と獣苑を散歩す。

一八八七年九月十四日の記述である。

中浜東一郎は、カールスルーエで行われる赤十字国際会議の随行者のひとりに選ばれ、滞在先であったミュンヘンから出発地であるベルリンにやって来ていた。

この大会の日本代表である石黒忠悳は鷗外の直属の上司に当たり、この大会に参加するために日本から渡航してきた。石黒の日記によると、この日の午後、石黒の投宿先に参加者メンバーが集合し、打ち合わせを行っている。もちろん鷗外も随行員のひとりであり、語学力の点においては石黒が最も頼りにする存在であった。石黒の宿はティアガルテンの北側にあり、この日は晴天だったので、ミーティングを終えたあと、鷗外と中浜は森を散策したのだろう。この二人は大学の同期であり、中浜は鷗外に一年遅れてドイツに留学し、ベルリン滞在中は鷗外に会いにドレスデンを訪れ、ミュンヘンではともにペッテンコーファー教授のもとで研究をしている。旧友であり留学仲間であるから、話題も尽きなかったことだろう。

仮にこの日が、『舞姫』の主人公ふたりの出会った日の設定であるとしたら、鷗外と中浜は散策のあと、ブランデンブルク門まで歩いて別れ、鷗外は乗合馬車に乗り込んで、あるいは二階席に腰かけて、夕暮れのウンター・デン・リンデンの、灯火の海を渡りゆき、王城裏手のシュロス広場あたりで下車して、雑居地区へと入っていったのではないか……といったイメージを私は秘かに抱いている。

過去の日照時間を算出するインターネットサイトがあったので、一八八七年九月十四日を選び、場所も古（アルト）ベルリンに特定して検索してみたところ、日の入り（太陽の上端が地平線と重なり、太陽が完全に隠れた時間）は十八時二十四分であり、市民薄明（日の入り後の照明なしで屋外活動ができる明るさ）の終わる時刻は十八時五十九分だった。また、トワイライトとも呼ばれる「ブルーアワー」（日の入り後の空が濃い青色に染まる時間帯）は、十八時三十九分〜十九時二十六分とされていた。

これらの情報を手がかりに仮説を立ててみる。

ブランデンブルク門からシュロス広場までは二キロほどの距離がある。繁華街の往来を乗合馬車で各停留所に停まりながら進むと十五分ほどかかるだろうか。そこから逆算すると、夕方にティアガルテンを散策して、十八時半をすぎたころにふたりは別れ、それからブランデンブルク門の手前か門をくぐったところで乗合馬車に乗り込めば、ウンター・デン・リンデンの街灯も灯り、「灯火の海」を渡ることができ、雑居地区にたどり着く頃には「この狭く薄暗き巷」が広がっており、エリスと出会ってしばらくの言葉を交わしたのち、エリスを家に送り届ける頃には辺りはますます暗くなり、アパートの階段室も明かりがなくては上がれない……と、どの描写とも時間的にもうまく当てはまる。

けれどもこれは、分かっている情報をつなぎ合わせてみただけのこと。意見はそれぞれ違っていても構わないし、むしろそのほうが面白い。

なお、カヴァリア橋に取って代わった石橋は、鷗外が帰国した翌年（一八八九年）の春に部分的に開通し、同年十一月に完成した。橋の名はその先に続く新設の大通りと同じく、王の名を冠した「カイザー・ヴィルヘルム」橋と名づけられた。この橋の上に並ぶ街灯には、ウンター・デン・リンデンに倣い電灯が導入されたが、頻繁に停電を起こしたため、「緊急用ガス灯」と併用されたという。この橋も第二次世界大戦時に著しい被害に遭い、戦後は新しく架け直され、通りの名称が、ドイツ社会民主党

カイザー・ヴィルヘルム橋

鷗外がベルリンに住み始めた頃に工事の始まった石橋。鷗外が帰国した翌年に完成した。

創設者ヴィルヘルム・リープクネヒトの息子の名にちなんで、カール・リープクネヒト通りと名づけられたため、橋もリープクネヒト橋と改名され現在に至っている。

余談ついでに当時のベルリンの交通事情に触れると、当時はまだベルリンの隣町であったシャルロッテンブルク市やシェーネベルク市では、蒸気による路面電車も走っており、リヒターフェルデ市では一八八一年五月十六日、世界初の電動の路面電車が開通した。これはシーメンス社の開発によるもので、グロース・リヒターフェルデ駅―ハウプト・カデッテン・アンシュタルト駅間の二・四五キロを十分で結んでいた。

またこの頃、ベンツ社の創業者カール・ベンツが、ドイツ南西部の町マンハイムにてガソリン自動車の開発を進めており、一八八六年に特許を取得。以来、ガソリン自動車の製造が盛んになり、二十世紀に入ると、馬力は徐々に電動やガソリンに置き換えられていった。

クロステル巷の教会

こうして雑居地区に入り、「モンビシユウ街」の下宿に帰るべく「クロステル巷」までやってきた豊太郎は、教会の前で涙に暮れる少女、エリスと出会う。

現在のウンター・デン・リンデンの先は、何車線もの大通りが延び、北側には近年に建設されたガラス建築や東独時代の巨大な集合住宅が聳(そび)え、南側には広大な空間が広がっているが、当時は古い家屋が密集していた地域で、あちらこちらに狭く薄暗い路地があり、欄干に下がる洗濯物も、ユダヤ人の老人が店先に佇む居酒屋も、ごくありふれた風景だった。

豊太郎はどの通りを歩き、どの教会の前に辿り着いたのだろうか。

『舞姫』には、教会の名も所在地も明かされることなく、「クロステル巷の古寺」とだけ書かれている。作中においては通りの名称には「〇〇街」と、「街」という文字が当てられ、のちに出てくるクロステルで始まる場所もすべて「クロステル街」だ。鷗外は、〝カイゼルホオフ(Kaiserhof)〟や〝ウンテル、デン、リンデン(Unter den Linden)〟、また、〝クロステル(Kloster)〟といった具合に、〝r〟の発音をラ行で表記しているが、現代では「カイザーホーフ」、「ウンター・デン・リンデン」、「クロースター」と書くのが一般的。よって「クロステル街」も現代であれば「クロースター通り」となる。ところが二人の出会いを描いた、この一か所だけは「クロステル巷」と、「街」ではなく「巷」の文字が当てられている。

鷗外はこの二つの文字を意識的に使い分け、ここではこの通りそのものではなく、「周辺」や「エリア」、「界隈」などを指したと理解してよいだろうか。

教会といえば、現在はアレクサンダー広場駅の少し手前に聖マリア教会がぽつりとあるだけだが、当時この界隈には、この他にもいくつかの教会が存在した。

これまで実に多くの学者が様々な見解をもって二人の出会った教会を推察してきたが、今日においてもその意見は一致を見ない。では実際、「クロステル巷」にはどれだけの教会があり、どれだけの可能性を秘めているのか。

これから先、エリスの実像を明らかにするために教会は大変重要な役割を果たすので、これまでに挙げられてきた教会を、『舞姫』の描写をもとにまとめてみたい。

二人が出会う教会の特定には、文中の描写の中の次の七点が手がかりとなる。

①ウンター・デン・リンデンを過ぎ、「モンビシユウ」街の下宿に帰るまでの間で立ち寄れそうな距離にある。
②狭く薄暗い界隈にある。
③民家の向かいに位置する。
④凹字の形に引っ込んで建っている。
⑤三百年の歴史がある。
⑥恍惚とさせる魅力がある。
⑦教会に門が付いている。

⑦の「門」に関しては、「今この処を過ぎんとするとき、鎖したる寺門の扉に倚りて、声を呑みつゝ泣くひとりの少女あるを見たり」とあるように、エリスが寄りかかっていたのは、「教会の扉」ではなく「門扉」であるべきと、研究者の間でも教会を考察するひとつの重要な点となっているためである。

試しにこの界隈に存在した教会を、次の採点ポイントで照らし合わせてみるとどうなるか。

◎＝かなり当てはまる＝三点
○＝当てはまる＝二点
△＝当てはまると言えなくもない＝一点
×＝当てはまらない＝〇点
◇＝不明＝〇点

ちなみに豊太郎の下宿は「モンビシユウ街」にあると書かれている。現代の表現では「モンビジュー通り」だが、現存するモンビジュー通りは一九〇五年に造られたもので、『舞姫』執筆当時はまだ存在していなかった。

鷗外はベルリン滞在中、二度下宿先を変えている。第一の下宿はマリーエン通り三二番地。二つ目はクロースター通り九七番地、そして三つ目はグローセ・プレジデンテン通り一〇番地にあった。

第一の下宿は『舞姫』には出てこない。第二の下宿の周辺がエリスの生活空間として使われているのは明白で、第三の下宿はウンター・デン・リンデン方面から向かうと第二の下宿の先に位置し、また、エリスが訪ねてきたときの情景が、日記に記された明るく美しい部屋に本棚を置き書籍が並べられている様子を彷彿させることから、豊太郎の下宿のモデルと見られている。その通りの名が、「モンビシユウ」となったのは、「グローセ・プレジデンテン街」では名前が長すぎるからで、この通りのすぐ隣にあったモンビジュー広場の名が採用されたのだろう。「モンビジュー」はフランス語で、「我が宝玉」という意味を持ち、その響きともども華やかで美しい。

候補一【クロースター教会／Klosterkirche】

まさしくクロステル街（クロースター通り）に存在した。

番地は七四番地。鷗外の第二の下宿から東へまっすぐ進み、鷗外が通っていたロベルト・コッホが所長を務める衛生学研究所（現在のノルトウーファーに移転するまではクロースター通り三二番地に所在した）を通り過ぎると左手に見えてくる。現在は廃墟として、僅かにその面影を残している。

小堀桂一郎氏（『若き日の森鷗外』東京大学出版会、一九六九年）や前田愛氏（『都市空間のなかの文学』ちくま学芸文庫、一九九二年）は、この教会の前こそが主人公ふたりの出会いの舞台であるとしている。

この教会は一二〇九年頃フランシスコ会修道僧らによって創立され、年代を経て拡張工事が行われ、一五〇〇年頃に完成した。

どれに寄りかかろうか迷うほどの数の「鎖したる寺門の扉」が並び、教会内部の厳粛な様子も『舞姫』に相応しい。しかしウンター・デン・リンデンから帰宅するには下宿とは方角が違い、寄り道にも遠すぎる。また道幅もかなり広く、斜め前に研究所、

クロースター教会

名称や建築年数は『舞姫』の舞台に相応しいが、ギムナジウム（高等学校）の敷地内にあり、一般礼拝は行われていなかった。

手前に博物館と、立派な建物が整然と建ち並び、下町の風情がないので①〜③は満たさない。⑤、⑥の条件は十分適えているが、凹字の形に引っ込んで建ってはいない。

また加えて言うなら、この修道院施設は、鷗外が滞在した時代にはギムナジウム（ドイツの高等学校）になっており、学生用の礼拝堂として学校の敷地内に存在した。一般的な礼拝も行われていないため周辺住民とのつながりもなく、そもそも男子学生が出入りする場所である。葬儀代捻出のために妾になれと母親に言われ家を飛び出した少女が泣きつきに行く場所だろうかという疑問が拭えない。

①×　②×　③×　④×　⑤◎　⑥◎　⑦◎

候補二【パロヒアル教会／Parochialkirche】

この教会もクロースター通りにある。六七番地。クロースター教会よりさらに南東方向へ進んだところに位置する。一六九五年に建築が始まり一七一四年に完成した。第二次世界大戦時の空襲によって塔の部分が爆破されたが、現在は美しく修復され、特別礼拝や催事などキリスト教の施設として使われている。①～③は候補一と同じだが、凹字の形に引っ込んで建っているように見える。

パロヒアル教会
「凹字の形に引籠みて」建っており、裏は古ぼけた家屋の建ち並ぶ路地に面していた。

篠原正瑛氏によると、森鷗外記念会理事長を務めたこともある国文学者の長谷川泉氏は、はじめはこの説を支持していた。（「鷗外とベルリン

（続）」『鷗外』第六号、森鷗外記念会、一九七〇年）

教会裏の路地は今も当時のままで、古ベルリン時代が偲ばれる。路地にはナポレオンも立ち寄ったというベルリン最古の酒場（現在はレストラン）があり、中世の市壁の一部が残っているなど、『舞姫』のモデルとして悪くないと思わせる。

①× ②× ③× ④◎ ⑤△ ⑥○ ⑦×

ニコライ教会
ベルリン最古の教会。住宅に囲まれた様子は『舞姫』のモデルに相応しい。現在も「ニコライ巷」として周辺が再現されている。

候補三【ニコライ教会／Nikolaikirche】

候補一や二からさらに離れ、①の条件からはまったく外れてしまうが、そのほかの条件を十分に満たしているので候補に入れておく。

ベルリン最古の教会で、一二二〇～一二三〇年にバジリカ式教会として建てられ、その後ゴシック様式に改築された。一八七六年に入ると二年の歳月を掛けた大規模な修復工事が行われ現在のような二つ屋根になった。鷗外の時代は修復後十年しか経っていないため、今私たちが見上げて感じるような古めかしい幽玄さはなかったかもしれない。現在は博物館として使われている。周辺一帯は古い町並みが再現され（名称は当時に倣い「ニコライフィアテル」、まさしくニコライ「巷」である）、当時の古ベルリンを歩いているような臨場感を味わえる。

①×　②◎　③◎　④○　⑤◇　⑥◎　⑦×

候補四【聖マリア教会／St. Marienkirche】

一般的に「『舞姫』の舞台」として知られている教会。

ニコライ教会に次ぐ古い教会で、一二九二年に建立された。当時はレンガ造りのゴシック様式だったが、火災に遭い一六六〇年代にバロック様式の塔が増築された。また一七九〇年には新ゴシック様式に改築されている。

十五世紀に描かれた壁画「死の舞踏」でも有名で、観光名所のひとつに数えられているが、現在も礼拝は行われている。

第二の下宿のすぐそばにあり、鷗外がこの下宿を大変気に入っていたこと（『独逸日記』一八八七年六月十五日条）、またベルリン滞在中この下宿に一番長く住んでい

聖マリア教会
1885年頃撮影。住宅が教会を取り囲んでいたが、鷗外の留学時代に一辺が取り壊され、まさしく凹字の形に引っ込んだ状態に。

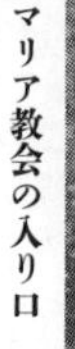

聖マリア教会の入り口
現在付いている入り口とは扉の素材が違う。上部の装飾もレリーフも第二次世界大戦の際に失われた。

たことなどからもこの教会がモデルであるとする意見が最も多い。

　現在は広大な空間にポツリと建っているが、当時はこの周辺はひなびた家屋が密集しており、この教会はその只中に、それも家屋にロの字に囲まれて建っていた。ところが都市計画によってウンター・デン・リンデンから延長する通りが拡張されることになり、鷗外の住んでいた一八八七年には、教会を囲んでいた家屋の一辺が取り壊され、④の条件通り、凹字の形に引っ込んで建つ教会となった。

植木哲氏（『新説　鷗外の恋人エリス』新潮選書　二〇〇〇年）や篠原氏（前掲「鷗外とベルリン（続）」）、また、篠原氏によると長谷川泉氏がこの説を支持している。

私自身も、本書を書くことになる前は、この教会の前こそが豊太郎とエリスの出会いの場であると思っており、「①◎、②◎、③◎、④◎、⑤△、⑥◎、⑦×」と採点していた。けれどものちに公文書館に通い、史料を整理するうち、道路の拡張工事のために教会を囲んでいた家屋だけでなく、向かい側の建物も撤去され、教会前は大掛かりな工事地帯となっており、鷗外の留学時代には、古い佇まいの情緒はなくなっていたことが分かった。『森鷗外『舞姫』を読む』（清田文武編、勉誠出版、二〇一三年）に寄せた拙稿は、まさしくこれがテーマで、詳細にわたって報告している。そのことから、現在の採点は次のようになる。

①◎　②◎　③×　④◎　⑤△　⑥◎　⑦×

候補五【フランス教会／Französische Kirche】

この教会は、今ではその存在すらあまり知られていないが、クロースター通り四三

フランス教会
フランスから流れてきたユグノー派のために造られた教会。1920年代に閉鎖され、その後は劇場として使われるようになった。

番地、候補一のクロースター教会のはす向かいにあった。

　フランスのプロテスタントであるユグノー派の人々が国を追われていた時代、一六八五年にブランデンブルク＝プロイセン領邦がドイツ領域を流浪する者の一部を受け入れたことがきっかけとなり、多くのフランス人がベルリンに住み着くようになった。この教会は一七二六年に完成し、一九四四年の空爆で倒壊した。

「鎖したる寺門の扉」が認められるのも魅力的だが、①〜⑤の条件は揃わない。また、この教会に通っていたのはフランス系クリスチャンであり、ここをモデルと考えるとエリスもフランス人だったということになる。

①×　②×　③×　④×　⑤×　⑥△　⑦◎

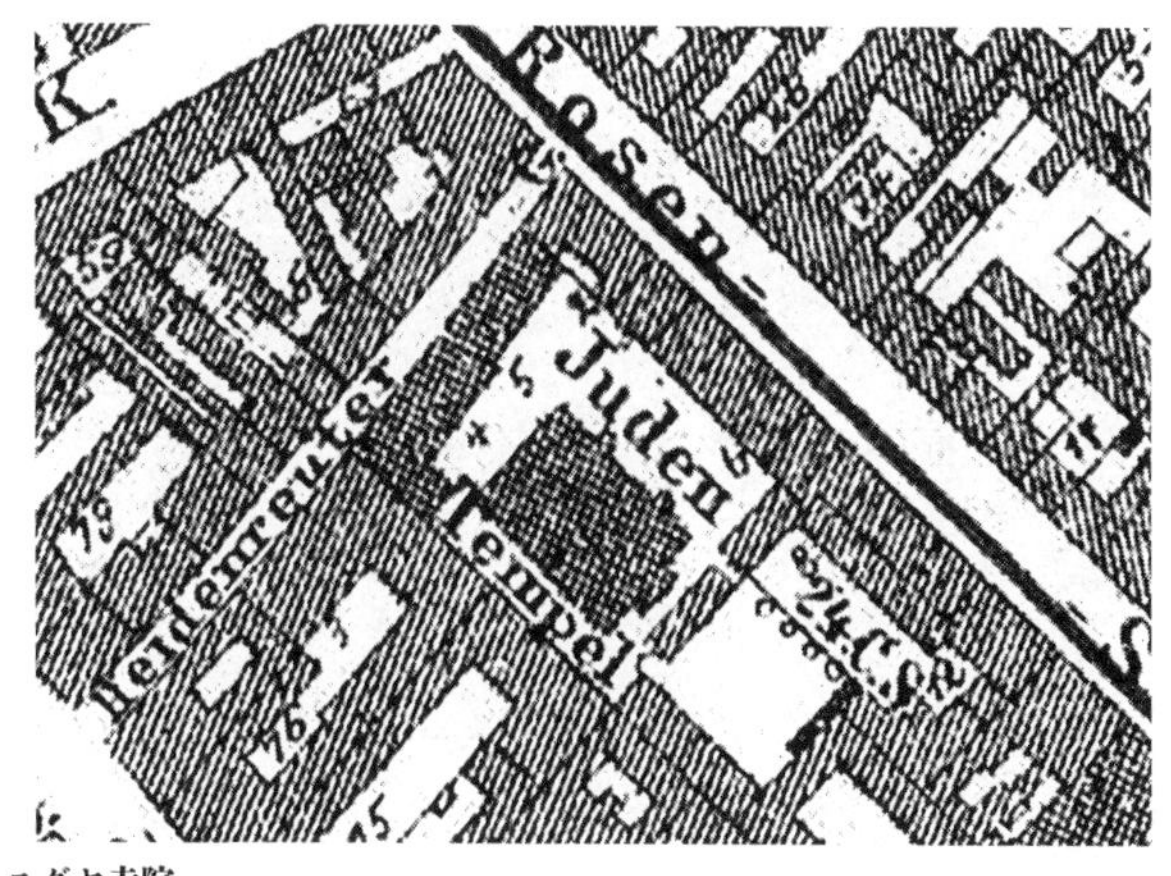

ユダヤ寺院
古(アルト)ベルリンに唯一存在するユダヤ教の礼拝堂。住宅の中庭に位置し、通りからはその存在は一切見えなかった。Landesarchiv

候補六【ユダヤ寺院／Juden Tempel】

ローゼン通り二―四番地にあったこの教会は、その名の如くユダヤ教の礼拝堂、シナゴーグである。

　ユダヤ人の迫害はナチ時代以前にもくり返し起きており、一五七二年には全員が町を追われ、その後、百年にわたってユダヤ人不在の時代が続いた。一六七一年にフリードリヒ・ヴィルヘルム大選帝侯がオーストリアから追放されたユダヤ人五十家族をベルリンに受け入れたのをきっかけに、移住者が増加し、一七一四年にこのシナゴーグが完成した。その後、ユダヤ人は増加の一途をたどり、一八六〇年頃には二万八千人にのぼり、このシナゴーグで収容しきれなくなったため、第三の下宿よりさらに北に進んだオラーニエンブルガー通り沿いに新シナゴーグの建設がはじまり、一八六六年に完成した。よって鷗外が留学した頃のユダヤ人社会の中心は、ハッケッシャー・マルクト駅以北へと移動している。

山下萬里氏がこの教会説を支持している（「森鷗外『舞姫』の舞台」、荻原雄一編著『舞姫』——エリス、ユダヤ人論』至文堂、二〇〇一年）。

前田愛氏が、『都市空間のなかの文学』（ちくま学芸文庫、一九九二年）において、「狭く薄暗き巷」の実景として「中世の遊郭だったローゼン通り」を挙げているが（二八七頁）、王室行政官に宛てたベルリンに関する報告書、“Beschreibung der königlichen Residenzstädte Berlin und Potsdam”（Friedrich Nicolai, 1786）にも、ローゼン通りは十六世紀頃には正式名称もないまま「淫売小路」と呼ばれていたとの報告がなされている。十七世紀後半になって「ローゼン通り」と聞こえの良い名がつけられはしたものの、十七世紀末に道路が舗装され、道の真ん中にあった井戸が脇へと移されるまでは、掘っ立て小屋のような家屋がひしめく不潔極まりない小路であった。

「ローゼン通り」の名前の由来は、当時、ドイツの多くの町で奥まった不衛生な通りを「ローゼン通り」と呼んでいたことから、皮肉を込めて、あるいは、娼婦が多く住んでいたことに引っ掛けての命名だろうと記されている。

二十世紀に入ってから留学した片山孤村（こそん）氏も、「中世の遊郭であった薔薇町（ローゼン・シュトラーセ）」とした上で、「殊にその五番地より八番地に至る家屋は一見の価値がある」（『伯林』博文館、一九一三年、三三頁）と、昔の名残を留めた様子を記していることから、鷗外の時代のこの通りはまさに、鷗外が日記にも記した「悪漢淫婦の巣窟」の体をなしていたのかもしれない。

ユダヤ寺院があっただけに近くには「猶太教徒の翁が戸前に佇みたる居酒屋」もあったと想像でき、環境的には有力候補だが、完成当時は④を満たす景観であったものの、鷗外の時代には周辺を家屋が取り囲み中庭に置かれた状態となり、通りからは礼拝堂の姿は一切見えなかった。よって寺門の扉に寄りかかることもできない。なお、ここをモデルと考えた場合、エリスもユダヤ人だったということになる。
①◎　②◎　③◎　④×　⑤×　⑥×　⑦×
以上、『舞姫』舞台候補の六つの教会と七つのポイントをマトリックス表にすると次のようになる（図①）。

のちの「発見」についてまだ予感すらしていなかったこの頃、豊太郎とエリスの出会いの舞台は、最高得点を取り、また一般に言われているように、候補四の聖マリア教会だろうと、私も思っていた。

	候補1	候補2	候補3	候補4	候補5	候補6
	クロースター教会	パロヒアル教会	ニコライ教会	聖マリア教会	フランス教会	ユダヤ寺院
①	×	×	×	◎	×	◎
②	×	×	◎	◎	×	◎
③	×	×	◎	×	×	◎
④	×	◎	○	◎	×	×
⑤	◎	△	◇	△	×	×
⑥	◎	○	◎	◎	△	×
⑦	◎	×	×	×	◎	×
採点	9	6	11	13	4	9

図①

【検討ポイント】

①ウンター・デン・リンデンを過ぎ、モンビシユウ街の下宿に帰るまでの間で立ち寄れそうな距離にある。
②狭く薄暗い界隈にある。
③民家の向かいに位置する。
④凹字の形に引っ込んで建っている。
⑤三百年の歴史がある。
⑥恍惚とさせる魅力がある。
⑦教会に門が付いている。

【採点】

◎ かなり … 3点
○ 当てはまる … 2点
△ 当てはまると言えなくもない … 1点
× 当てはまらない … 0点
◇ 不明 … 0点

第二章

「エリス」の実像

鷗外の恋人の来日は、森家に大騒動をもたらしたようだ。その当時、森家の人間や森家に深く関わる人々、鷗外の親友や上司や同僚、ひいては恋人の投宿先である精養軒の従業員に至るまで、それぞれがそれぞれの立場でこの顚末を体験し、ひそひそと語り合ったことだろう。

けれども「人の噂も七十五日」、そのときはどんなに炎上しても所詮は他人事、数年後には思い出すのもままならないほど記憶の彼方へ追いやられてしまうはずだ。ところがこの「噂」は消えることなく燻り続け、百二十年経った今も、ときおり人の口の端(は)にのぼるのみならず活字となって(海外在住の私にまで!)流布している。

今日伝えられている噂は、当時の騒動のずっと後、鷗外が死去してから広まった。

そのきっかけはなんと、鷗外直系の家族らの発言にある。

山崎国紀氏『森鷗外〈恨〉に生きる』（講談社現代新書、一九七六年）によると、鷗外とその恋人について触れたものは、鷗外の長男森於菟が書いた「時時の父鷗外」が最初という。

改訂版（『父親としての森鷗外』ちくま文庫、一九九三年収録）を見ると、旧稿は一九三三年（昭和八年）『中央公論』に発表されたと記されている。鷗外の死から十一年後のことだ。

また於菟はその十年後に雑誌に連載した「鷗外と女性」（『台湾婦人界』昭和十八年一～五月号）の中で「時時の父鷗外」について触れ、「叔母は初め私が中央公論に発表した『時時の父鷗外』を読んで、私に寄せた形の『森於菟に』一篇を、昭和十年冬柏第六巻に連載」と、その後、於菟の叔母（鷗外の妹）も回想記を発表したことを記している。そこでは続編「次の兄」が存在することにも触れ、於菟の「時時の父鷗外」以降、森家の人々による回想合戦が繰り広げられた様子が窺える。

この〝回想合戦〟は、私がざっと数えただけでも、於菟の「時時の父鷗外」を皮切りに、三年の間に実に七本も立て続けに公表されている。具体的には、「名附親としての父鷗外」（森於菟、『政界往来』昭和九年二月）、「晩年の父」（小堀杏奴、『冬柏』発表号不明、昭和九年五月十六日記）、「森於菟に」（小金井喜美子、『冬柏』昭和十年冬第六巻より連載）、「次ぎの兄」（小金井喜美子、『冬柏』昭和十年第七巻第十一号より連載）、「思出」（小堀杏奴、『冬柏』発表号不明、昭和十年十一月十五日記）、「母から聞いた話」（小堀杏奴、『冬柏』発表号不明　昭和十年十一月十五日記）、「父の映像」（森於菟、東京日日新聞、昭和十一年四月連載）である。

森於菟は森鷗外の長男で、小堀杏奴は次女。小金井喜美子は鷗外の妹にあたる。

於菟や杏奴は鷗外の実子であるから鷗外の恋人が来日した当時まだ生まれていない。於菟は「父の映像」の中に、「私ははからず父から聞いた二、三の片言隻語から推察する事が出来る」（『父親としての森鷗外』ちくま文庫、一九九三年、一〇九頁）と、父との生活の体験から、「一生を通じて女性に対して恬淡に見えた父が胸中忘れかねていたのはこの人のことではなかったか」と恋人の存在を挙げている。また杏奴も「母親から聞いた話」に、「この女とはその後長い間文通だけは絶えずにいて、父は女の写真と手紙を全部一纏にして死ぬ前自分の眼前で母に焼却させた」（『晩年の父』岩波文庫、一九八一年、一七三頁）と綴っている。

二人はそれぞれ寄稿文の中に同じ詩を挙げ、そこに書かれた少女は『舞姫』のエリスであり、父のドイツ留学時代の恋人ではなかったかと同じ意見を述べている。

それは、日露戦争に第二軍軍医部長として出征した鷗外が、帰還後に出した『うた日記』の中にある、「扣鈕（ぼたん）」という題名の詩だ。

南山の　たたかひの日に
袖口の　こがねのぼたん
ひとつおとしつ
その扣鈕惜し

べるりんの　都大路(みやこおほぢ)の
ぱつさあじゆ　電灯あをき
店にて買ひぬ
はたとせまへに

えぽれつと　かがやきし友
こがね髪　ゆらぎし少女(をとめ)
はや老いにけん
死にもやしけん

はたとせの　身のうきしづみ

カイザーギャラリー
ベルリン初のアーケード商店街。くの字に曲がりながら一三〇メートルもの長さを誇り、天井はガラス張りで屋内でありながら自然光が射し込んだ。

よろこびも　かなしびも知る
袖のぼたんよ
かたはとなりぬ

ますらをの　玉と砕けし
ももちたり　それも惜しけど
こも惜し扣鈕
身に添ふ扣鈕

ここでいうボタンはカフスボタンのことだ。鷗外は『うた日記』が出た後、「このぼたんは昔伯林で買ったのだが戦争の時片方をなくしてしまった。とっておけ」(「父の映像」『父親としての森鷗外』ちくま文庫、一九九三年、一〇九頁)と、片方だけになったボタンを中学生の於菟に与えた。まだ若く、詩の意味が分からなかった於菟は、ただ外国のものということに喜んだ。そのボタンは銀の星と金の三日月をつないだデザインだったという。

パノラマ館
大流行した3D写真館。カイザーギャラリーの二階のパノラマ館はKaiserpanorama（カイザー・パノラマ）と呼ばれ人気が高かった。

「ぱつさあじゅ」はドイツ語で“Passage”（パッサージェ）、アーケード商店街のことだ。「べるりんの都大路」はウンター・デン・リンデンを指し、「ぱつさあじゅ」の名はKaisergalerie（カイザー・ギャラリー）といった。鷗外の留学当時、ベルリンのパッサージェはここ一か所だけだった。

　カイザーギャラリーは、パリやブリュッセルを手本に建設されたベルリン初のパッサージェで、一八七三年三月二十二日、皇帝ヴィルヘルム一世の誕生日に合わせオープンした。ウンター・デン・リンデンから一ブロック南側のベーレン通りに至るまでの百三十メートルに五十三もの店舗が軒を並べた。二階には鷗外がドレスデンやライプツィッヒでも好んで訪れたパノラマ館（円筒型施設の側面に付いたレンズを覗くと3D写真が見えるというもの。数秒毎に写真が変わり、大流行した）、「カイザーパノラマ」があった。現在その場所にはホテルが建っているが、その外観には当時の「ぱつさあじゅ」の面影が残されている。

また杏奴は、『晩年の父』の中の「あとがきにかえて」においても、「亡父が、独逸留学生時代の恋人を、生涯、どうしても忘れ去ることの出来ないほど、深く、愛していたという事実に心付いたのは、私が二十歳を過ぎた頃であった」（一九五頁）と追記している。

このように於菟も杏奴も父鷗外にドイツ留学時代に恋人がいたこと、その女性が生涯を通して鷗外に影響を与えつづけたことを子どもなりに実感していた。また、於菟は幼い頃に祖母から、杏奴は母から聞いたこととして、先に述べた〝回想合戦〟の時期にその恋人の来日について触れている。

それはどちらも、鷗外を諦め切れなかった恋人が鷗外の帰国後、後を追って横浜までやって来たというもの。鷗外は恋人に会うこともなく、於菟によると鷗外の弟の篤次郎と親戚の某博士が、杏奴によると鷗外の友人が、鷗外に代わって横浜港外に停泊中の船に出向き、恋人を船から降ろすことなく説き伏せて、金を与えて帰らせたという内容である。

誰が交渉に当たったかに違いがあるのは、於菟にそれを語った祖母は当事者で事実を正確に伝えていたとしても、聞いた於菟自身がまだ幼かったこと、杏奴にそれを語った母はその頃森家とはなんら関わりのない人生を送っており、鷗外の妻となったのは恋人来日から十四年も後のことで、母もそれを又聞きという形で聞き知ったという状況によるだろう。

ところが、そんな相違点など取るに足りないほどの度肝を抜かれるような衝撃発言が、文壇に投げかけられることになった。それも鷗外の実の妹である小金井喜美子によって。それが今も根強く語り継がれる「エリス＝路頭の花」説である。

一番上の兄である鷗外を「お兄い様」と呼び、次の兄である篤次郎のことを「お兄さん」と呼んでいた喜美子が、一九三五年（昭和十年）から三八年（昭和十三年）にかけて「次ぎの兄」と題して『冬柏』に連載した回想記でのことだった。

医師であり、三木竹二として歌舞伎の評論で大きな功績をあげ、一九〇八年（明治四十一年）に急死した兄篤次郎の生涯を振り返ったその文の中に、「あわただしく日を送る中、九月二十四日の早朝に千住からお母あ様がお出になって、お兄い様があちらで心安くなすった女が追って来て、築地の精養軒にいるというのです。私は目を見張って驚きました」と、いきなり鷗外の恋人来日騒動の顛末を持ち出した。

（前略）八日お帰りの晩に、お兄い様はすぐその話をお父う様になすったそうです。ただ普通の関係の女だけれど、自分はそんな人を扱う事は極不得手なのに、留学生の多い中では、面白ずくに家の生活が豊かなように噂して唆かす者があるので、根が正直の婦人だから真に受けて、「日本に往く」といったそうです。踊もするけれど手芸が上手なので、日本で自活して見る気で、「お世話にならなければ好いでしょう」というから、「手先が器用なぐらいでどうしてやれるものか」というと、「まあ考えて見ましょう」といって別れたのだそうです。

（中略）

その晩千住で打合わせての翌日精養軒で、初めて事件の婦人、名をエリスというのに逢って話して来ました。心配になるので早速に、

「どんな様子の人ですか。」

「何小柄な美しい人だよ。ちっとも悪気の無さそうな。どんなにか富豪の子のように思い詰めているのだから。随分罪な事をする人もあるものだ。」

それだけしか話しませんかった。それからエリスの気持を柔らげ、こちらの様子をも細かに種々話して聞かすために、暇のあり次第、毎日主人は精養軒に通いました。あちらも話相手が欲しいので待っています。お兄い様は時間の厳しいお役所の上、服も目立つのでお出になりません。（中略）

かれこれしている中、日も立ってだんだん様子も分ったと見え、あきらめて帰

国しようかといい出したそうです。そこで日を打ち合わせてお兄い様もお出になり、色々と相談していつの船という事もきまりました。それが極まってから、忙しいので二、三日間を置いて、また精養軒へ行って見ましたら、至って機嫌よく、お兄いさんと一緒に買物したとて、何かこまこました土産物を並べて嬉しそうに見せたそうです。手仕事に趣味のあるという人だけに、日本の袋物が目にとまって種々買ったそうでした。その無邪気な様子を見て来て、

「エリスは全く善人だね。むしろ少し足りないぐらいに思われる。どうしてあんな人と馴染になったのだろう。」

「どうせ路頭の花と思ったからでしょう。」

帰国ときまって私はほっと息をつきました。旅費、旅行券、皆取り揃えて、主人が持っていって渡したそうです。

十月十六日午後に築地へ往き、落合ってお兄い様とエリスと三人連れで横浜へ着きますと、お兄いさんが早くからすっかり用意して待ち受けていられました。(中略)翌朝早く起き、七時に艀に皆乗り込んで、仏蘭西本船まで見送ったのです。人の群の中に並んで立っている御兄い様の心中は知らず、どんな人にせよ、遠く来た若い女が、望とちがって帰国するというのはまことに気の毒に思われるのに、舷でハンカチイフを振って別れていったエリスの顔に、少しの憂いも見え

なかったのは、不思議に思われるくらいだったと、帰りの汽車の中で語り合ったとの事でした。

エリスはおだやかに帰りました。人の言葉の真偽を知るだけの常識にも欠けている、哀れな女の行末をつくづく考えさせられました。（中略）

誰も誰も大切に思っているお兄い様にさしたる障りもなく済んだのは家内中の喜びでした。（下略）（『森鷗外の系族』岩波文庫、二〇〇一年、一一五〜一一九頁）

夫の小金井良精（よしきよ）からの伝聞とはいえ森家の一人、それも鷗外の実の妹の発言とあってその影響は大きかった。

喜美子によって、鷗外の恋人は、於菟や杏奴の言う「横浜の港の外港」どころか上陸して東京市内にまでやって来ていたことや、投宿したホテルが築地の精養軒であったこと、その到着は鷗外の帰国直後であったことが明らかになった。また、「お兄い様があちらで心安くなすった女」といってもその関係は「ただ普通の関係」程度ののので、鷗外が反対したにもかかわらず来日し、それは森家を脅かす一大事になったことなど、その背景までが具体的になった。そして鷗外自身は彼女が帰国を決心するまで会おうともせず、帰国の交渉から旅費の調達や旅券手配に至るまでを喜美子の夫一人に奔走させ、遂に滞在を断念した彼女を喜美子の夫と連れだって横浜の港まで送って行ったという状況が知られるに至った。

小柄で美しく善良そうで、本職は踊り子だが手芸も得意な、『舞姫』のヒロインと同じ「エリス」という名の女性は、無理やり日本に押しかけた挙句、喜美子に「路頭の花」との烙印を押された。

こうして、人の言葉の真偽を知るだけの常識にも欠けた哀れな女「鷗外の恋人エリス像」が誕生した。

喜美子の文章は落ち着いていて、兄への敬愛と気品に満ちている。何の関係もない女性に押しかけられて、森家もさぞかし困惑したことだろう。私も初めてこれを読んだ時、そう思い、喜美子の心情に同情を寄せた。

けれども、もしふたりの関係がここに書かれていることと違って「ただ普通の関係」でなかったとしたら？　もしエリスが森家に負けないほどの家柄のお嬢さんだったとしたら？　いや、たとえエリスが貧しい家の娘だったとしても、ただ貧しいというだけで「路頭の花」と蔑む資格が他人のどこにあるのだ？　そう思って読み返すと、満ち溢れているのは気品ではなく高慢のようにも思えてくる。

もしエリスが喜美子の言うように、鷗外とは「ただ普通の関係」で、引き止める鷗外に耳も貸さず「お世話にならなければ好いでしょう」とまで言い切って勝手にやって来たのなら、本来森家と関係のない来日のはずだ。森家はどうしてそこまでしてエリスと関わろうとしたのだろう。

日本が永い鎖国の時代に幕を下ろし、日独間の公式な外交関係の始まりとなる修好通商条約を交わしたのは一八六一年のこと。エリスが来日した一八八八年は、初の視察団として文久遣欧使節団が欧州を訪問してから二十六年。岩倉使節団の欧州訪問からわずか十六年しかたっていない。日本人にとっては欧州がまだまだ未知の土地であったように、欧州人にとっての日本もまた同じこと。港のないベルリンの町を出発して東京のホテルに荷を下ろすまで、五十日以上かかる航海も含めて、二ヶ月近くかかっただろう。汽車に揺られて上京してくるのとは訳が違う。そんな時代に膨大な旅費をはたいてやって来た外国からの客人をホテルに押し込め、日本のどこを見せるでもなく追い返してしまう権利が、森家の人たちのどこにあるのだろう。また、エリスが支払った多額の旅費は一体誰が出したのだろうか。エリスが自分で出したというなら「路頭の花」とは言えないし、鷗外が出したというのなら、エリスは忠告を制して押しかけて来たのではなく、鷗外に招かれて来日したのだ。

それにエリスが帰国を口にするまで鷗外は会いに行かなかったと言うが、そんなことが可能だろうか。鷗外本人は姿を見せることなく、「弟の篤次郎です」、「妹の夫の小金井です」と、入れ代わり立ち代わりやってくる見知らぬ男たちを前に、エリスはそれらの人々が鷗外の家族や親族であると、どのようにして知ったのだろう。「根が正直の婦人」ゆえ、言われるままに真に受けてしまったというのか。

いずれにしても、鷗外は恋人エリスについて直接的に書くことはなく、鷗外とエリスの間に交わされたという書簡やエリスの写真などは杏奴によると、鷗外の死の直前にすべて焼却され現存しない。一九三七年（昭和十二年）になって、鷗外のドイツ留学の日々が綴られた『独逸日記』が発表されるが、鷗外の生前に完成していたもので、本人の手によって編纂されており、エリスの「エ」の字も見当たらない。

いわば、喜美子の言葉の真偽を知るだけの「情報」に欠けた状況の中で、美人ではあるが、人の話を真に受ける、どこか足りないと思えるほどお人よしの哀れな女というエリス像はそのまま定着し、「エリス＝路頭の花」説は、その後何十年にもわたって君臨した。

ところが喜美子の築き上げた虚構が音を立てて崩れる時がやってきた。

そのきっかけとなったのは、一九七四年に星新一氏が発表した『祖父・小金井良精の記』（河出書房新社）だ。小金井良精とは、喜美子の夫、エリスを帰国させるのに一人奔走したという、あの森家の英雄のことだ。著者星新一については書くまでもない、あのショート・ショートで有名な小説家である。彼は小金井の孫にあたる。なんと実の孫によって事実が明かされることになった。

星氏は、小金井良精の当時の日記本文を紹介しつつ、関連するエピソードや感想などを添えている。

先に挙げた回想合戦から二十年後、喜美子は「兄の帰朝」(『鷗外の思ひ出』八木書店、一九五六年)で再びエリス来日の顚末を回想している。ここでは夫、小金井の日記も引用しつつ、「次ぎの兄」ではエリスの乗り込んだ船を「仏蘭西本船」としていたところをドイツ船の「ジェネラル、ウェルダー」と訂正したものの、恋人は「エリス」という名だったこと、鷗外は会いに行かなかったこと、夫が日参し説得に当たったことを改めて強調していた。

ところが星氏によって、小金井良精の日記には恋人の名が「エリス」であるとはどこにも書かれていないことや、鷗外は恋人の滞在中、頻繁に会っていたことが露呈した。そして小金井が日参したのは最初の三日だけで、その後は四日も間を空け、一度訪ねてまた一日空け、次に訪ねた折には「こと敗る。ただちに帰宅」の事態に陥り、その後は日参どころではなくなっていく様子が明らかになった。

「こと敗る」のすぐ前には「林太郎氏の手紙を持参す」と書かれている。

なぜ毎日のように会いに行っていた鷗外自身が手渡さず小金井が持参したのか。そこに一体何が書かれていたのか。具体的なことは何も分からない。

林尚孝氏はこの手紙に関して、『仮面の人・森鷗外―「エリーゼ来日」三日間の謎』（同時代社、二〇〇五年）において、一九〇九年に雑誌『スバル』に掲載された『我百首』の「護謨をもて消したるままの文くるるむくつけ人と返ししてけり」の一首を挙げ、まさしくこの件を詠ったものではないかと指摘する（四九頁）。氏はこの歌を「消しゴムで消した跡のある手紙を寄こした無作法な人にそれを突き返しました」と訳し、消しゴムの跡さえ見える鉛筆の下書きのようなものを鷗外からの手紙として差し出し、エリーゼを怒らせたのではないかと推測している。

「突き返した」のであれば、鷗外自身の体験を詠ったものでエリーゼとは無関係であると解釈することもできるが、「返ししてけり」の「けり」を助動詞ととらえるなら、伝聞を述べる役割を果たし「返したそうだ」となり、エリーゼから伝え聞いたことを詠ったものと理解することもできる。

なお、鉛筆に関して、鉛筆は後代に普及したもので昔はみんな筆や万年筆で書いていた、といったイメージがあるが、中村武羅夫は『文壇随筆』（新潮社、一九二五年）の中に、鷗外を自宅に訪ねた時の思い出として、鷗外が鉛筆で原稿を書く様子を回想している（一五～一六頁）。さほど長くない回顧文の中に「鉛筆でさらさらと書いて行くのであつた」という表現が二度も繰り返されているところを見ると、よほど印象的な光景だったのだろう。「鉛筆は廿本ばかりも丁寧にけづつて、かたはらの四角な塗り盆の中にそろへてあつた」とも書き添えられている。

星氏によると、小金井自身も留学中に女性と関係があったが自分で結末をつけて帰国しており、後輩たちの女性問題に口をきくことが何度もあったという。その解決方法は金銭しかないとも言い切っている。鷗外の恋人に対しても、小金井は女性をゴミのように扱おうとしたのだろうか。

「こと敗る」の内実は定かではない。けれども「こと敗る」の事件の後、小金井はこの件を避けるかのような日々を過ごし、一週間ほど経ってから、鷗外の親友、賀古鶴所の訪問を受け、鷗外のことについての話があったと、再び本件が浮上する。後述の石黒日記には、同日、石黒が賀古に鷗外にことについて相談したとも書かれている。「林太郎氏の手紙」が引き起こした「何か」のために、代わって賀古が奔走していたのかもしれない。

こうして、エリスは名前を、喜美子は信用を失った。

そして、『祖父・小金井良精の記』が出版された翌年にあたる一九七五年、石黒日記が公開された。

石黒とは鷗外の上司、石黒忠悳のこと。カールスルーエで行われた赤十字国際会議に参加するため、鷗外のベルリン滞在の中ほどでベルリンに到着し、会議が終わっても滞在し続け、鷗外とともに帰国した。

石黒の筆致は癖が強く読み取るのは困難だが、日記は文学者、竹盛天雄（てんゆう）氏によって判読され、石黒のドイツ到着から帰国後しばらくの期間の、鷗外に関わりのある箇所が抜粋され、「石黒忠悳日記抄」として『鷗外全集』（岩波書店）月報に四回にわたって（第三五巻〜第三八巻）掲載された。

竹盛氏が、「石黒忠悳には、一種特別な記録魔的な傾向があって、その観察記録の、まめまめしさは、その時代でも一般的水準をはるかに超出しているようだ」と書いているように、石黒は実に筆マメな人で、日記の日付の下には曜日や天気に加え、日本を出発してからの日数や、ドイツに到着してからの日数、帰国までの残日数までも記している。また、初めて見るもの手にするもの、手当たり次第に書き記し、ベルリンで懇意にしていた娼婦についてや、その代金や貢物に使った金額まで書きとめている。詳細にわたる石黒の日記は、逆に記述が簡素で欠けた日がめだっていく鷗外の『独逸日記』のベルリン滞在部分を補う貴重な資料といえる。

この日記によって、鷗外と石黒が帰国すべくベルリンの駅を出発した直後に、鷗外が石黒に恋人の来日予定を報告していること、その後、日本に辿り着くまでの鷗外の挙動に異変が起きていること、抱えた思いを漢詩にしたためていることなどが明らかになった。日記のこれらの内容に、帰国途中に鷗外が綴った『還東日乗』を重ねると、鷗外の苦悩が生々しく浮かび上がる。

そして一九八一年、中川浩一氏（地理学）、沢護氏（日仏交流史）の両氏が、画期的な成果を上げた。横浜で発行されていた英字新聞「ジャパン・ウィークリー・メイル」の海外航路の乗船者名簿の中に、鷗外の恋人の名を発見したのだ。

小金井の日記一八八八年十月十七日条には、「七時半、艀舟を以て発し、本船General Werderまで見送る。九時、出帆す」とあり、また石黒日記にも「森林太郎来リ本日例之人ヲ船ニ送リ届ケタル〻ヲ云フ」と書かれている。同年十月二十日付の「ジャパン・ウィークリー・メイル」に、両氏の記述どおり、十月十七日ドイツ汽船ゲネラル・ヴェルダー号が横浜港を出航しており、その乗船者覧の一等船室の乗客として〝Miss Wiegert〟の名があった。またその名をもとにひと月前を調べると、果たして同年九月十五日付の同紙に、同名の汽船が九月十二日に横浜港に入港し、その一等船室乗船者に帰路と同様〝Miss Elise Wiegert〟の名が認められたのだ。

これまで恋人の来日に関して、到着した日付までは知られていなかった。けれども石黒日記七月二十七日条に鷗外の恋人がドイツ船でブレーメン港を発った旨の報告が

The Japan Weekly Mail.

A REVIEW OF JAPANESE COMMERCE, POLITICS, LITERATURE, AND ART.

No. 11.]　REGISTERED AT THE G.P.O. AS A NEWSPAPER.　YOKOHAMA, SEPTEMBER 15TH, 1888.　[VOL. X.

CONTENTS.

The Japan Weekly Mail.

"FAIS CE QUE DOIS: ADVIENNE QUE POURRA!"

NOTICE TO CORRESPONDENTS.

No notice will be taken of anonymous correspondence. Whatever is intended for insertion in the "JAPAN WEEKLY MAIL," must be authenticated by the name and address of the writer, not for publication, but as a guarantee of good faith. It is particularly requested that all letters on business be addressed to the MANAGER, and Cheques be made payable to same; and that literary contributions be addressed to the EDITOR.

monument close to the Senju Woollen Mills in memory of the late Mr. Inouye, Superintendent of the Mills.

VISCOUNT YAMAOKA NAOKI, eldest son of the late Yamaoka Tetsutaro, has been appointed head of his family.

THE export of matches from Hyogo and Osaka during August shows a considerable increase over the returns for July.

MR. GO, Vice-Minister of State for Finance, will leave the capital shortly on an official visit to Kyoto, Osaka, and Nara.

A BRANCH office of the Kochi 57th National Bank was opened at Horiedori Rokuchome, Osaka, on the 5th instant.

A SUCCESSFUL locomotive trial between Oyama and Kasama on the line of the Mito Railway Company, took place on the 9th instant.

THE authorities are considering the advisability of sending a Japanese Consul to Berlin to take the place of the present honorary Consul.

made by a smith named Naguchi, on the model of a Korean pot, to the order of Hideyoshi during the period of Tensho (1573 to 1591 A.D.).

IT is stated that the inhabitants of the Bonin Islands are to be enrolled as militia for the defence of the islands, and that officers and drill instructors will be provided from Tokyo.

FROM January to July last the number of visitors to the Great Shrine at Ise, Shiga Prefecture, was 223,450, showing an increase of 18,750 as compared with the same period last year.

DURING last month the number of visitors to the Botanical Garden of the Imperial University, at Koishikawa, was 601, of whom 9 were foreigners, 8 special and 584 ordinary visitors.

MR. OKURA KIHACHIRO, of Tôkyô, has applied to the authorities for permission to lay a tramway between Takasaki and Maebashi, Takasaki and Shibukawa, and Shibukawa and Maebashi.

A DREDGER, ordered by the Japan Engineering Company from England, to be used at Shinagawa, is expected to arrive before the end of

「ジャパン・ウィークリー・メイル」

1870～1917年、横浜で発行された英字新聞。明治期の三大英字新聞の一つに数えられ、文化記事も充実し情報量は抜きん出ていた。

『ジャパン・ウィークリー・メイル』　1888年9月15日発行

Per German steamer *General Werder*, from Hongkong:—Mr. Schmidt von Leda (H.I.G.M. Consul-General), Mr. R. F. Lehmann, Miss Elise Wiegert, Dr. Masuya Ikuta, and Mr. Pow Tong in cabin; 2 Chinese in second class; and 2 Europeans, 28 Chinese, and 1 Japanese in steerage.

『ジャパン・ウィークリー・メイル』　1888年10月20日発行

Per German steamer *General Werder*, for Hongkong viâ ports.—Messrs. Von Schelling (Consul), Th. Hake, F. Scheidt, Motosada Zumoto, Miss Wiegert, Mrs. Tripler and three children, Mr. Thelossa, Mrs. Wehrmann, Nue Poon, Mr. J. Taylor and servant, Mrs. Kwang and child, Mr. and Mrs. Mow Cheong and child, and H. Mani in

それぞれ三行目に、Miss Elise Wiegert、Miss Wiegertの名が確認できる。

記されていることから、その船が石黒と鷗外の乗った船に前後して日本に向かっていることは明らかだった。『還東日乘』には、鷗外たちの乗ったフランス汽船アヴァ号が九月八日に到着したと書かれ、それは「ジャパン・ウィークリー・メイル」においても認められ、九月十二日はそのすぐあとであるから状況もぴたりと一致している。当時ブレーメンからの便は毎月一便しか出ていなかったことからも、この二人の"Miss Wiegert"は同一人物と考えて間違いない。

そして鷗外の恋人発見のニュースは、朝日新聞（一九八一年五月二十六日夕刊）に報じられ、広く一般に知られるところとなった。

こうして、伝聞でない、虚飾のない、客観的な記録をもとにした「鷗外の恋人」像の片鱗が浮かび上がった。

鷗外の恋人の名は、Elise Wiegert／エリーゼ・ヴィーゲルト。

田が豊かな「太田・豊太郎」と、木が豊かな「森・林太郎」。姓と名のそれぞれにひとひねり加えられ、似てはいるけれども同名ではないという『舞姫』の主人公と、その作者の本名。そして今、豊太郎の恋人「エリス・ワイゲルト」に対し、鷗外の恋人「エリーゼ・ヴィーゲルト」の名が明らかになった。

「エリス」という名は当時のドイツには有り得ないと断言できるほど珍しいが、「エリーゼ」のほうは一般的。「エリス」はエリーゼのスペル“Elise”の〃e〃を取った、鷗外の造語といったところか。しかしながら、日本で「○○ちゃん」と呼ぶように、ドイツでも名前の後に「ヒェン」や「ライン」を付けて愛称とする習慣があり、「エリーゼ」の場合は「エリスヒェン」となる。

「ワイゲルト」については、“Wiegert（ヴィーゲルト）”の〃i〃と〃e〃のスペルを入れ替えると“Weigert（ヴァイゲルト）”になる。鷗外は習慣的に、〃W〃の発音を濁音なしで書いていたので「ワイゲルト」となっているが、ドイツ語の発音は「ヴァイゲルト」であり、ここにも姓と名のそれぞれにひとひねり加えられていることが分かる。よって、鷗外の恋人の名「エリーゼ・ヴィーゲルト」と、豊太郎の恋人の名「エリス・ワイゲルト」は、これ以上を望めないほど符合しているのだ。

ところが植木哲氏（『新説　鷗外の恋人エリス』）によると、この画期的な発見を契機に多くの鷗外研究者がエリーゼを追いかけはじめ、香港で発行されていた英字新聞「チャイナ・メイル」（一八八八年九月五日付）に“Miss Elise Weigert”の綴りが発見されたことから「エリーゼ・ワイゲルト」説なるものが生まれたという。

ところがその内容を精査すると、“Weigert（ワイゲルト）”の綴りで掲載されたのは、これまで確認されている四紙のうちの一紙のみ、それも日本行きの記録一か所だけで、帰便は他にならい“Wiegert（ヴィーゲルト）”となっている。

冨崎逸夫氏「ゲネラル・ヴェルダー号の一等船客」(『鷗外』第四十二号、森鷗外記念会、一九八八年)によると、その掲載内容は次の通り。

【エリーゼ来日】

チャイナ・メイル紙

九月五日発行　香港到着　Miss Elise Weigert

九月六日発行　香港出航　Miss Elise Wiegert

ジャパン・ウィークリー・メイル紙

九月十五日発行　横浜到着　Miss Elise Wiegert

【エリーゼ帰国】

ジャパン・ウィークリー・メイル紙

十月二十日発行　横浜出航　Miss Wiegert

兵庫ニューズ紙

十月十九日発行　神戸到着　Miss E. Wiegert

長崎エクスプレス紙

十月二十四日発行　長崎到着　Miss E. Wiegert

チャイナ・メイル紙
十月二十六日発行　香港到着　Miss E. Wiegert
十月二十九日発行　香港出航　Miss E. Wiegert

八つの記録のうち、"Weigert(ワイゲルト)"と記載されたのは、ただ一か所だけであったのだから、単なる誤植と考えるべきだろう。

こうして鷗外の恋人の名が「エリーゼ・ヴィーゲルト」であると判明したことによって、『舞姫』が鷗外の実体験を投影した作品である可能性が俄然高くなり、鷗外のその他の作品にもエリーゼの影が見え隠れするものがあることから、鷗外文学研究の上でも重要な手がかりとして改めてエリーゼ探しが始まった。

といっても、当時のことを知る者はみな他界し、日記や書簡、写真といった遺品も皆無となると、まずは『舞姫』をはじめとした文献を深く読みこむ作業から始めるしかない。また、『舞姫』の時代のベルリンを知るには補助資料として『独逸日記』も必須であり、ドイツの歴史やベルリンの日常を熟知していなければこれを理解することは難しい。さらにベルリンの当時の地理を知らなければ、それらの文献で得た情報を線でつなげていくことができない。また鷗外や石黒の心の動きを知るには二人の綴った漢詩の解読も不可欠であり……というわけで、文学、歴史学、地理学、倫理学、法学などなど、あらゆる分野の研究者がそれぞれの視点で『舞姫』を検証し、実に数多くの論文が発表された。

そこに描かれたエリーゼ像の詳細については後述するが、それぞれの主旨を列挙すると「良家の子女」説や、「下宿屋の娘」説、「仕立物屋の娘」説など「路頭の花」を否定したものから、「ツルゲネフの名を知る笑婦」説といった「路頭の花」を肯定するものまで実にさまざまだ。

これらの多種多様な説が提起された背景には、エリーゼ来日の旅費を誰が支払ったのかという点も大きく影響している。英字新聞に恋人の名が発見されると同時に、エリーゼが一等船室に宿泊していたことが明らかになったからだ。

研究者の間ではなぜか「鷗外にはエリーゼの分の旅費は支払えない」という固定観念が浸透しており、そのためエリーゼは、「船賃を支払うだけの経済力を持った人物」ということになり、それが「エリーゼ＝裕福な家庭の娘」説などにつながっていったようにも見受けられる。

その船賃は、北ドイツ・ロイド社発行の「渡航者と荷主のための手引き」一八八九年版を発見することができたので参照すると、ブレーメン—横浜間、一等船室一七五

北ドイツ・ロイド社の利用手引き
海外航路旅行者と輸出入業者のために作られたハンドブック。渡航に関する情報が盛り込まれている。写真は1889年用

〇マルク、二等船室一〇〇〇マルク、三等船室四四〇マルクとなっている。

当時の貨幣価値を見た場合、鷗外の『独逸日記』一八八五年八月二十三日条に「約五百麻（マルク）（百二十五円）」と記されているので、これで円換算すると、一等室四三七円、二等室二五〇円、三等室一一〇円となる。

これを当時のベルリンの物価に照らし合わせると、ガイドブック「ベデカー」一八八七年版によると、ビール酒場にてビール一リットル五〇ペニヒ、カフェで飲むコーヒーが一杯五〇ペニヒ、辻馬車ドロシュケ初乗り一等車一マルク、二等車六〇ペニヒ、国立歌劇場の観劇は二〜九マルク、カイザーパノラマ二〇ペニヒ。『独逸日記』によると鷗外のライプツィッヒでの下宿は部屋代月四〇マルク、昼・夕の食事、暖房費、洗濯代を合わせると月一〇〇マルク、石黒日記によると石黒のベルリンの下宿は月一二五マルクである。エリーゼの一等船室船賃一七五〇マルクは、ブレーメン港を出発した日付が定かではないけれども五十日間の船旅だったとして、一日当たり三五マルク。ひと月当たり約一〇五〇マルク。前出の乗船手引きによると、どのクラスも三度の食費は船賃に含まれ、ワインやビールなどの飲料は別途注文となっている。鷗外のライプツィッヒ滞在にかかった費用の十七ヶ月分、石黒のベルリン滞在の家賃十四ヶ月分に相当する。

山崎国紀氏は「一留学生にすぎなかった鷗外が出せるはずもない」と前提した上で「自己の家庭からもち出しうるほどの経済力を備えた家に生を亨けた女性であったことはまちがいあるまい」（『森鷗外〈恨〉に生きる』六二頁）としている。

「エリーゼ＝裕福な仕立物屋の娘」説を打ち立てた植木哲氏も、仕立物屋を営むヴィーゲルト一家の一人娘ルイーゼこそがエリーゼの正体であると説き、ルイーゼの父親が多額の遺産を手に入れた事実を探しあて、渡航費の捻出が難しくなかったという背景も鷗外の恋人としての条件に適うと論じている（『新説 鷗外の恋人エリス』二三五―二三六頁）。また、藤井公明氏も論考「独逸日記と鷗外意中の人」（『香川大学学芸学部研究報告』第一部三号、一九五三年）において、その論拠は明確ではないが

「それは当然良家の子女でなければならぬのである」と断言し、娼婦説を支持した中井氏までもが旅費に関しては、「『エリス』は自発的に日本へ来たのであり、そのための旅費も自分で支払ったと考える他ない」（『鷗外留学始末』三二四頁）としている。

エリーゼが乗った船は、一等船室と二等船室のどちらも個室であり、三等船室は大部屋である。等級によって使用できる食堂やサロン、甲板が分けられている。

これは今日の空路におけるファーストクラス、ビジネスクラス、エコノミークラスのカテゴリに置き換えて考えることもできるだろう。

庶民の個人的な旅行の場合、エコノミークラスが基本であるし、それも正規料金は避けて格安チケットを探すのが一般的だ。マイレージを貯めてビジネスクラスにアップグレードさせた話は聞くことがあっても、正規の予約をするのは珍しい。ましてやファーストクラスなど庶民には夢のまた夢の話だ。カフェにたむろし日銭を稼いでいる娼婦が、三等船室の四倍もする一等船室の船賃を自身のために支払い来日するなどありえるだろうか。なぜ鷗外が支払ったと考えることができないのだろう。

鷗外は小説『ヰタ・セクスアリス』の中に、洋行が決まったもののまだ辞令が下りていない時期の出来事として、「僕は古賀の勤めている役所の翻訳物を受け合ってしていたので、懐中が温であった。その頃は法律の翻訳なんぞは、一枚三円位取れたのである。五十円位の金はいつも持っていた」（新潮文庫、一九四九年）と書いている。

こういったアルバイトであればベルリン滞在中でも受けることができる。五〇円は前述の鷗外が日記に記したレートで計算すると二〇〇マルクに相当する。

また、石黒日記一八八七年九月七日条に「仏文翻訳代三十マルクヲミユルレル氏ニ払フ」と記されている。職務上知った間柄でも日常業務以外の頼み事に関しては別途謝礼を支払う慣習があるのなら、逆に鷗外もドイツの機関から和独もしくは独和を有償で頼まれることがあったのではないか。実際、『独逸日記』一八八六年十月二日条には、「ロオトの書至る。曰く。君の日本軍医部編成の記及患者統計表は万国軍医事業進歩年報中に収めたり。同書一部及謝金二十七麻は次便に送致せん云々」と、執筆料の受け取りについて書いている。「二十七麻」は「二七マルク」のことだ。こういった類の副収入は他にもあったのではないか。一八八七年十一月十四日条には、独逸医事週報の編集長から通信員にならないかと誘われ、再会を約束したとも述べている。

また、『祖父・小金井良精の記』(星新一、一四一頁)に陸軍からの留学費は年に一〇〇〇円だったとあるが、一八八七年度から一ヵ年一三〇〇円に増額され(陸軍省二第四一二四号、森谷口両軍医へ学資増額之件、明治二十年十二月十二日付)、一八八八年度からは制服手当てとして更に月額八〇円が支給されている(陸軍省総医第一六号二第六五五号、森一等軍医普国士官着服之件、明治二十一年二月二十五日付)。

こういった点から考えると、鷗外に船賃を支払う経済的能力がなかったとは言いきれないのではないか。石黒は懇意にしていた娼婦にこれまで七回会っただけで、その出費を一回二〇マルクの料金と贈答品で計一九六マルク支払ったと日記に書いているけれども（一八八七年十月二十九日条）、エリーゼが娼婦でなければ鷗外にはこのような出費も不要だったのだからなおのことだ。

また、エリーゼの自費による来日なら、エリーゼが社交界に出入りするような大金持ちでない限り、二等船室も個室なのだから一等船室を選ぶ必要もない。エリーゼが一等船室で来日したという事実があるがゆえに、鷗外に招待されての来日だと考えるのが妥当ではないか。

また、「エリーゼ＝娼婦」説のほかに、「エリーゼ＝賤女」説や、「エリーゼ＝ユダヤ人」説といったものも存在する。

「エリーゼ＝賤女」説は、林尚孝氏（『仮面の人・森鷗外』、一二二頁）によると、二〇〇五年二月二十三日の朝日新聞夕刊に「『舞姫』モデルの消息記す」との見出しで掲載されたもので、「鷗外同窓生の手紙を発見」と副題が付けられ、一八八九年四月十六日付でドイツ滞在中の小池正直が石黒忠悳に宛てて送った手紙の、鷗外に関わる部分の抜粋が次のように掲載された。

兼而小生ヨリヤカマシク申遣候伯林賤女之一件ハ能ク吾言ヲ容レ今回愈手切ニ被致度候是ニテ一安心御座候（略）別紙森へノ書ハ御一読之上御貼附被下同人へ御転送被下候様希上候同人ト争フ気ハ少モ無之候得とも天狗之鼻ヲ折々挫キ（以下略）

（現代訳）予て小生からやかましく言ってやっていたベルリンの賤しい女の一件は、私の忠告を受け入れて、このほどようやく手切れになりそうです。これでひと安心です。（略）別紙の森宛の手紙はご一読のうえ貼附して同人へご転送くださいますようお願い申し上げます。同人と争う気は少しもないとはいえ、天狗の鼻を時にはへし折って（以下略）

中井義幸氏『鷗外留学始末』によると、小池と鷗外は同年に東京大学医学部を卒業した同窓生であり、小池は鷗外の後任としてベルリン入りした。鷗外の『隊務日記』一八八八年五月二十一日条に「此日小池一等軍医至」とあり、翌日にも会っていることが書かれている。手紙の出された一八八九年四月十六日は、来日したエリーゼがドイツに帰国した半年後にあたることから、ふたりの交際を反対し続けていた小池が、いよいよ手が切れたと石黒に報告してきたという意味になる。これも書簡であるから一級の証拠として捉えられ、ここにきてエリーゼは周囲の人間に「伯林賤女」と認識されている女性であることが判明し、「エリーゼ＝賤女」説が誕生した。

ところが、真相はまったく異なっていた。

実はこの手紙は、小池が石黒に宛てて書いた三つの異なる用件が省略されすぎ、結果としてあの内容になってしまったようだ。小池書簡の全文は次の通り。（『仮面の人・森鷗外』一二四頁）

益御健勝奉賀上候軍医雑誌ハ正ニロッツベッギ君へ相渡申候去十一日菊池軍医当地へ参リ拙寓ニ一泊翌日チュービンゲンへ帰り申候○当地留学生中帰朝ノ者ヤラ転学ノ者又目下休業中ニ付他ヨリ遊ニ参シ者モ有之日々押掛ラレ候テハ当惑ニ御座候橋本春君モ烏城ヨリ被参十四五日間逗留之積ニ御座候兼而小生ヨリヤカマシク申遣候伯林賤女之一件ハ能ク吾言ヲ容レ今回愈手切ニ被致度候是ニテ一安心御座候右ニ就テハ近日総監閣下へ一書可さし出候○別紙森ヘノ書ハ御一読之上御貼附被下同人へ御転送被下候様希上候同人ト争フ気ハ少モ無之候得とも天狗之鼻ヲ折々挫キ不申候而ハ増長候赦（ママ）之恐も有之朋友責善之道ニも有之候ニ付斯ク認候者ニ御座候不悪思召可被成下候尚後日細報可仕儀草々如此御座候也

廿二年四月十六日

小池正直

石黒公閣下

（現代訳）ますますご健勝のことと存じ上げ奉ります。軍医雑誌は確かにロッツベッギ君へ渡しました。去る十一日、菊池軍医がこちらに参り、拙宅に一泊し、翌日チュービンゲンへ帰りました○こちらの留学生の中には日本に帰る者やら転校する者、また目下学校が休みの期間とあって他所から遊びに来る者もあって日々押し掛けられ、当惑しております。橋本春君もヴュルツブルクからやってきて十四、五日間逗留するつもりでいます。予て小生からやかましく言ってやっていたベルリンの賤しい女の一件は、私の忠告を受け入れて、このほどようやく手切れになりそうです。これでひと安心です。このことについては近日、総監閣下へ手紙を差し上げます○別紙の森宛の手紙はご一読のうえ貼附して同人へご転送くださいますようお願い申し上げます。同人と争う気は少しもないとはいえ、天狗の鼻をへし折ってやらなくては増長する恐れがあります。友達の間では善い行いを勧め合うべきものなので、このように認める次第です。お気を悪くなさいませんよう。なお、後日詳しくお知らせいたします。以上、急ぎ書き記しました。

三つの報告はそれぞれ「○」で区切られ、伯林賤女は鷗外ではなく「橋本春君」に関わっていることは明らかだ。「春君」は橋本綱常軍医総監の息子であり、鷗外も面識がある。一八八七年九月、石黒率いる赤十字国際会議参加団がカールスルーエに向かう途中、ヴュルツブルクに立ち寄り、「春君」は名倉三等軍医および旧東京大学生多田らとともに一行を駅に出迎えている。鷗外は『独逸日記』一八八七年九月十六日条に「春余と書を寄せて相慰問すること已に久し。今その人を見る。倜儻（てきとう）愛すべし。石君曰く。綱常君よりはむしろ左内君に似たりと」と記している。「左内君」とは橋本佐内のことであり、綱常は左内の弟に当たる。また鷗外はこの翌日には、「春君」の住まいも訪ねている。

さて、小池が橋本に宛てた手紙は、全文を読むと小池と鷗外の関係が穏やかなものでないことが窺える。このような状態の中で、小池が鷗外のために動くこと自体が不自然であるし、これが鷗外の件であれば石黒に報告すれば十分であるはずのところを、小池はあえて、「就テハ近日総監閣下へ一書可さし出候」としている。この点を見ても、この件は鷗外とは無関係、橋本に関することであるのは明白だ。

またこの時期は、鷗外の無二の親友、賀古鶴所がベルリンに滞在している。エリーゼのことなら賀古が動くのが自然だろう。小池と鷗外の関係が気にかかるところだが、ここは「エリーゼ＝賤女」説が誤報だったということだけに留めておこう。

いっぽう「エリーゼ＝ユダヤ人」説は、翌年に『舞姫』発表百周年を迎えるという一九八九年に、特別企画として放送されたテレビ番組が発信源らしい。私はこの時期すでにベルリンに暮らしていたので、この番組を見ていない。内容に関しては植木哲氏の『新説　鷗外の恋人エリス』に詳しい。

それによると、先に触れた英字新聞の乗船者名簿の一か所だけが〝i〟と〝e〟が入れ替わり「ワイゲルト」になっていた件に焦点を当て、これがエリーゼの姓だとして「エリーゼ・ワイゲルト」を見つけ出したというもの。鷗外がライプツィッヒ滞在中に通っていた研究所に隣接する衛生学研究所に、カール・ワイゲルトなるユダヤ人学者がいた。彼にはエリーゼという名のいとこがおり、旧姓は「マイヤー」だけれどもユダヤ人商人ワイゲルト氏と結婚して「エリーゼ・ワイゲルト」となった。この女性こそが鷗外の恋人だったとした。

ワイゲルトのいとこがマイヤーで、結婚してワイゲルトになったというのも不自然な話だが、それをおいても、この女性は、当時の年齢が三十一歳と鷗外より五つも年上で、なおかつ鷗外とは不倫関係にあったという。『舞姫』のエリスは十六、七の少女として書かれているというのに、これでは随分イメージが違ってくるし、「扣鈕」の中の「こがね髪　ゆらぎし少女」も、ユダヤ人女性となると金髪ではなかった可能性が出てくる。その上、幼い子どももふたりの母親でもあったそうで、夫も子どももかなぐり捨てて若い男のもとへと走ったことになる。これが本当ならば森家の人たちが騒ぐのも無理はない。裕福な銀行家の娘として育ち、実業家の妻となり、自らサロンを開く社交界の主でもあったというが……。

それにしてもこの女性が鷗外の恋人であったとは到底信じられない。これを肯定するためには複数の乗船者名簿に記されている「ヴィーゲルト」姓のすべてを誤記であったとしなければならないし、どの名簿にも共通して付けられていた〝Miss〟という未婚女性を意味する敬称も間違いということになる。森家の猛烈な反対にあったということのほかは、何もかも辻褄が合わない。

その上、鷗外と決別し、帰国した後は飛び出したはずの家に戻り、妻として母として生涯をまっとうし、ワイゲルト家の墓に埋葬されたという筋立てには領けない。番組内ではこの女性の生涯や家族について語られ、お墓まで映し出されたという。ただ名前が似ていたというだけで不義の女に仕立て上げられ、日本中のさらし者にされたエリーゼ・ワイゲルトさんが気の毒でならない。

エリーゼがユダヤ人である可能性

前述の「エリーゼ＝ユダヤ人人妻」説のほかにも、エリーゼはユダヤ人だったとする説がある。この説を信じている人が意外に多いようなので、少し長くなるけれども私の見解と調査報告を述べておきたい。

荻原雄一氏は『舞姫』――エリス、ユダヤ人論』の「『舞姫』再考」において「エリーゼ＝ユダヤ人」説を唱え、その根拠をふたつ挙げている。ひとつはエリスの姓である「ワイゲルト」もエリーゼの「ヴィーゲルト」もユダヤ人特有のファミリーネームであるということ。そしてもうひとつはエリスの住まいがゲットーの中にあったというものだ。

ヴァイゲルトもヴィーゲルトもワイゲルトもヴァイゲルもヴィーゲルも、みな源は〈ヴァイカント〉で、ユダヤ人のファミリー・ネームである。このため、カール・ヴァイゲルト博士とエリーゼ・ヴァイゲルト（ヴィーゲルト）に縁故関係があろうがなかろうが、博士もエリーゼもそのファミリー・ネームからユダヤ人なのである。（一二頁）

『舞姫』を読んでもエリスがユダヤ人であると感じなかった私にとって、この説はあまり重要な意味をなさなかったけれども、雑誌取材の仕事が入り、「虐殺されたヨーロッパのユダヤ人のための追悼碑」を訪問した際、あることを思いついた。

ベルリンの都心部、ポツダム広場とブランデンブルク門の間に位置するこの追悼の碑は、二七一一基の棺のような石が整然と並び「墓地」を連想させるけれども、犠牲者の名が刻まれているわけでもなく、起きた事柄を静思するための場所であり、奥に進めば進むほど石の高さが増してきて石の森のようになる敷地内を自由に歩き回ることができる。石と石との間が狭く、地面が傾斜し歩きにくく、「不安な感じ」を呼び起こす。この体感はユダヤ博物館でのそれに類似する。その場所に居るだけで迫害されていた当時のユダヤ人たちの心情を理解できるようにという工夫である。そして石碑の周辺には看板はもとより、ここが何のための場所であるのか説明するものは何もなく、地下が資料館になっている。

その地下フロアを巡っていたとき〝Gedenkbuch（ゲデンクブーフ）〟のことを思い出した。これはホロコーストの犠牲になったユダヤ人たちの名前を記録した追悼簿で、戦後六十年の年だっただろうか、ユダヤ人協会の建物の前で追悼簿を読み上げるという行事が行われたことがあった。背の高い台に追悼簿が置かれ、そこに記されている犠牲者の名前をひとつずつ順に読み上げるというもので、有志は誰でも自由に参加できた。ユダヤ人であるというだけで殺されなければならなかった人たちの名を、ユダヤ人であるというだけで〈知らないうちにとはいえ〉死に追いやった人たちの子孫が読み上げるのだ。参列した市民たちは、何人分かの名を順に読み上げ、次の人に交代する様子がテレビニュースに映し出されていた。名前をひとつ読み上げるのは何秒もかからないのに、すべての名が読み終えられるまで数日を要したということに、驚きとやりきれない思いがした。

あのニュースを思い出し、あの大辞典ほど分厚い「いのちの書」の、何ページ分をヴィーゲルト姓が占めているのだろうと思った。ヴィーゲルトがユダヤ人のファミリーネームなら、かなりの量になるだろう。

そこでフロアに立っていた誘導員に追悼簿の所在を尋ねると、本としては置いていないがモニターで閲覧できると隣のフロアに案内された。そこには壁に嵌め込まれたモニターが数台並び、入力画面に名前を打ち込むと検索できるようになっている。尋ね人の名前を訊かれたので、「ヴィーゲルト」と答えると、フルネームを求められ、「エリーゼ・ヴィーゲルト」と伝えた。

誘導員の彼は、操作方法を私に教えながらその名を入力していった。けれどもその結果が「該当者無し」と表示された。そこで彼はもう一度入力しなおし、スペルを私にも確認させてから検索ボタンを押したが、結果はまた同じで、今度は苗字だけを入れてやり直した。それでも「該当者無し」と表示されるだけだった。

彼はデータベースの故障を疑いながら、エリーゼの生年月日を尋ねたので、今さら知らないとも言い出せず、戸惑いながら「一八六五年」と口走ったときには、顔から火が吹くような思いがした。ヴィーゲルト姓の数ばかりに気をとられ、ナチ時代にエリーゼが何歳になっているかを前もって数えておかなかったのだ。とっくに亡くなっているのではないか。一八六五年という年は、エリーゼの来日が一八八八年だったから、当時二十歳だったとして一八六八年生まれ。キリの良いところで「一八六五」と、とっさの判断で口にした数字だった。

すると彼が頭で計算しながら、「一九四一年として七十六歳……」と言ったので、そんなにかけ離れた数にならなかったことにホッとしながら、「そんな年寄りは、虐殺の対象外ですかね」と苦笑すると、「いいえ、一番に殺されてるでしょう」と彼が即答したので、はっとした。

今まで思いもしなかったけれども、もしエリーゼが本当にユダヤ人だったら、ガス室に送られているかもしれないのだ。

私の表情の変化に気づいた誘導員は自分の失言に焦りながら、ドイツ政府が犠牲者のデータを管理していると、その仕組みを説明し、深い同情の眼差しで私を見つめた。

もしエリーゼがユダヤ人だったら、大虐殺の犠牲になっているかもしれない……。

ヒトラーが政権を握る一九三三年、ベルリンにはまだ十六万人以上のユダヤ人が暮らしていた。そのうち市内で終戦を迎えたのはわずか六千人と言われている。

これは『舞姫』を読んでどう感じるかという感覚的な問題では済まされない。「エリーゼ＝ユダヤ人」説は、もしエリーゼが七十六歳まで生きていたら、『普請中』の「女」のようにアメリカ行きでも決心しない限り、テレージエンシュタットやアウシュヴィッツへ送られ虐殺されていることになるのだ。

恋人に裏切られ、故郷を追われ、生まれ育ったドイツという国に虫けらのように殺されて、死んでもなお、「路頭の花」と蔑まれるなど、たまったものではない。『舞姫』を読んでエリスがユダヤ人であると感じなかった私にとっては、エリーゼがユダヤ人だったとする根拠をいぜん理解できないけれども、ヴィーゲルトがユダヤ人特有の姓であるなら、エリーゼがユダヤ人であったことを認めざるをえず、それが現実なら、ユダヤ人エリーゼが負った過酷な人生もきちんと受け止める必要がある。そのためにも真相を知らなければ……。

いろいろ調べた結果、先の記念碑資料館で誘導員から聞いたホロコースト犠牲者のデータは、ドイツ連邦公文書館で管理されていることが分かり、この公文書館もベルリン市内にあることから直接出向いた。

用件を伝えると、ユダヤ関連担当者に引き合わされ、それがまさしくデータの管理担当者だった。彼は現在、一九三三年から一九四五年までの期間にドイツに在住したことのあるユダヤ人、約六十万人分のデータを管理しているという。

氏は、データの中にはまだ存命の人もあるため、どこまで質問に答えられるかは約束できないと前置きした上で私の用件を聞き、まずは「エリーゼ・ヴィーゲルト」なる人物は犠牲者リストに含まれていないと回答した。

そこで「ヴィーゲルト」が典型的なユダヤ姓かと質問したところ、氏は「聞いたことのない名ですね……」と言いながら、六十万人のユダヤ人の中にヴィーゲルト姓を探してくれた。その結果、わずか五人しかいないことが判明した。よって氏は、「六十万分の五という数字から見ても、ヴィーゲルト姓はユダヤ人の姓としては典型的どころか、非常に珍しいという部類に入る」と結論づけ、ユダヤ人の血統として継承された姓ではないでしょうと呟いた。

そして、これらヴィーゲルト姓の人々に存命者がないことを確認したうえで、特別にそのデータの閲覧を許可してくれた。

モニターには、ヴィーゲルト姓七名のデータが映し出された。

記載されているのは、ファーストネームひとつ、在住する州名、生年月日、出生地、現住所、IDナンバー、四つ並ぶアルファベット文字など。IDナンバーをクリックすると、その人物に関する詳細情報のページに飛び、死亡したことが確認できている場合は、収容所名や死亡日などを記録するようになっていた。

七人のヴィーゲルト姓を持つ人物を、住所や性別、年齢などから整理すると、次のことが明らかになった。七人に表示順に①〜⑦のナンバーを当てて説明する（図②）。①〜③の三人はベルリン在住の親子で、①と②が夫婦、③は①と②の息子である。④はザクセン州在住の女性。⑤〜⑦はザクセン州在住の親子で、⑤と⑥が夫婦で⑦はその娘だ。

ということは、ヴィーゲルト姓のユダヤ人は、世帯数で見ると、ドイツにわずか三世帯しかなかったことになる。

今回閲覧が許されたデータは、一九三九年に行われた国勢調査によるもので、これがそののちユダヤ人の生死を決める重要な決め手となった。

国勢調査そのものは、これまでも数年に一度の割合で実施されていたが、この年、ナチ政権は、ユダヤ人の存在を一人残らず把握することを目的にこの調査を行い、一九三九年五月十七日時点のドイツ在住者全員の記録を集めた。

そしてユダヤ人を一人でも含む世帯を抽出し、完璧なユダヤ人住所録を完成させた。それが今、私が閲覧しているデータの出典である。

この年の国勢調査がこれまでと異なるのは、ユダヤ人に関する調査方法にある。一口にユダヤ人であるといっても、厳密にどの程度ユダヤ人なのかが一目瞭然となる仕組みなのだ。それが「四つ並んだアルファベット」である。これの前にあたる一九三

	アルファベット	性別	間柄	住所
①	NNNN	男	夫婦	ベルリン
②	JJNN	女		
③	NNJN	男	①②の子ども	
④	NNJJ	女	独身女性	ザクセン州
⑤	NNJJ	男	夫婦	ザクセン州
⑥	NNNN	女		
⑦	NJNN	女	⑤⑥の子ども	

図②

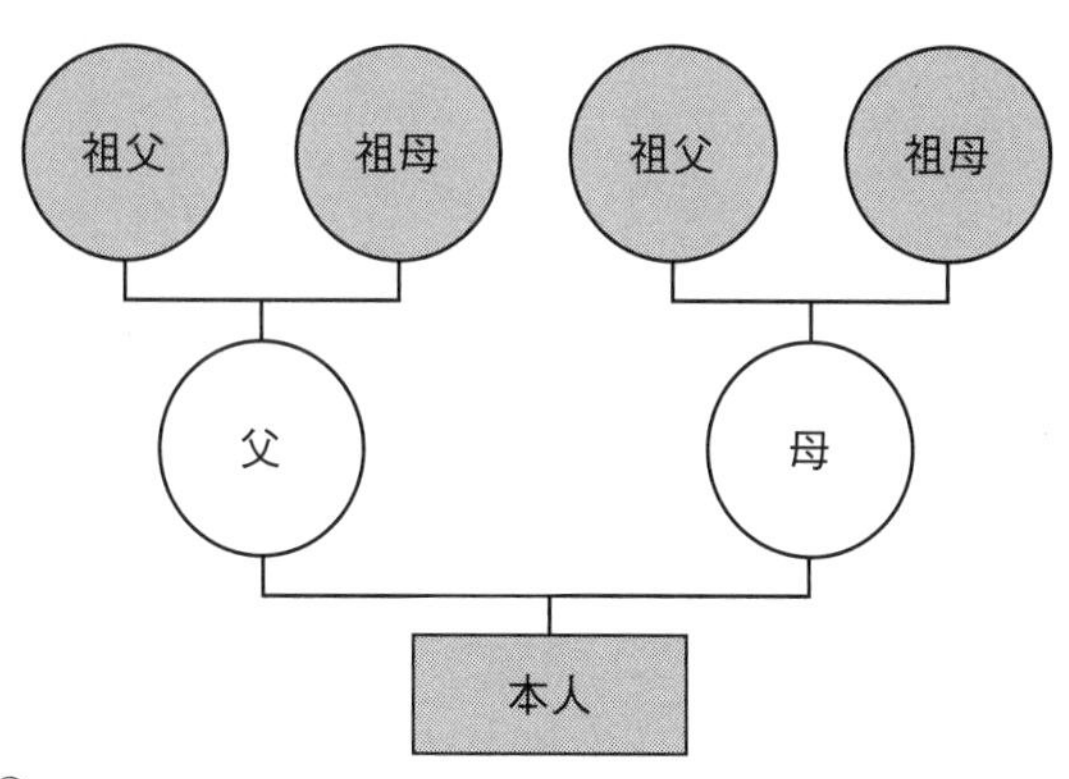

図③

三年時の調査では、ユダヤ教の教会に所属する者を「ユダヤ人」と定義していたが、一九三五年にニュルンベルク法が制定され、血統によって定義されることになりこの方法が用いられた。

使用されるアルファベットは、〝J〟と〝N〟の二文字のみ。〝J〟はユダヤ人を、〝N〟は非ユダヤ人を意味する。そして、この四つのアルファベットの並べ方はきっちりと決められている。

左半分は父方の祖父母、右半分は母方の祖父母、さらに、左右に分けた二組の夫婦においても、左は祖父、右は祖母について、つまり、「父方の祖父／父方の祖母／母方の祖父／母方の祖母」の順で、当人がユダヤ人であるなら〝J〟を、それ以外の場合は〝N〟の文字を並べていく（図③）。

その結果、〝NNNN〟と、Nが四つ並んだ場合、当人がドイツ国籍保持者であれば〝Deutschblütige（ドイチュ・ブリューティゲ）（純血ドイツ人）〟に分類された。

たとえば、〝JNNN〟と記載されている場合は、この記録者の父方の祖父はユダヤ人であるが、それ以外は非ユダヤ人という意味であり、この場合、四人の祖父母のうち一人だけがユダヤ人であるから、この本人は〝Vierteljuden（フィアテル・ユーデン）（四分の一ユダヤ人）〟と呼ばれる。

JとNが半分ずつなら〝Halbjuden（ハルブ・ユーデン）（半ユダヤ人）〟、そして、Jが三つもしくは四つ並ぶ場合は"Volljuden（完全ユダヤ人）"となる。

本人や父母の血統を聞かずとも、祖父母の代をチェックするだけですべてが分かる仕組みになっている。そして一九四一年十月から始まった東欧に設置された収容所行きのユダヤ人移送で（アウシュヴィッツへの移送は、ベルリンでは一九四二年七月十一日に一度行われ、十一月二十九日より本格始動。一九四四年十月十二日まで続いた）、まずはこの「完全ユダヤ人」が連れ去られた。

さて、ヴィーゲルト姓を持つ七人の「四つのアルファベット」は図②（一〇七頁）にもあるように、①NNNN、②JJNN、③NNJN、④NNJJ、⑤NNJJ、⑥NNNN、⑦NJNNである。

①の男性はまったくの非ユダヤ人であり、②の妻が、父方の祖父母がユダヤ人で、母方の祖父母は非ユダヤ人であるから、夫妻の子である③は父方の祖父母はともに非ユダヤ人、母方は祖父がユダヤ人で祖母は非ユダヤ人ということで、辻褄がきちんと合っている。

このアルファベット表記によって、①と⑥はまったくの非ユダヤ人であることが分かる。先の担当者が「五人しかいない」と言ったのはこのことからだ。ユダヤ人でない二人の記録がここに残っていたのは、同居する者の中に一人でもユダヤ人が含まれる場合は世帯全体を記録に残すというガイドラインに基づいて作成されたためだ。

そこで五人の情報を整理すると、①～③のベルリン在住の親子は、②の妻の旧姓として別の名が記されていたので、ヴィーゲルト姓は①の「純血ドイツ人」男性の家系から継承されたものであることが明らかだ。よってこの家族における「ヴィーゲルト姓」はユダヤ人の歴史とは関係がない。

④の女性の場合も、ユダヤ人なのは「母方」の祖父母であり、父方はドイツ人であるから、通常、姓を継承させるはずの④の父方の祖父と父親が二代にわたって婿養子に入るという特殊な事情がない限り、ヴィーゲルト姓を名乗ることはありえず、ここにおいてもヴィーゲルトはユダヤ系のファミリーネームではないだろう。

⑤～⑦の親子についても、ユダヤ人であるのは⑤の男性の「母方」の祖父母だけであるから、④のケース同様、⑤の男性の祖父および父親が二代にわたって婿養子になり続けない限り、ヴィーゲルト姓がユダヤ人家系から継承されることはない。

このように、ヴィーゲルト姓がユダヤ人のファミリーネームではないことが明白となった。ユダヤの血統としてヴィーゲルト姓が継承されたという事例は、おそらくただの一例もないことだろう。

なお、「婿養子」に関して付け加えるなら、後述するがドイツの墓地は、宗教・宗派にかかわらず八〇パーセント以上が個人墓で、先祖代々守りつづける家族墓を持つ家庭は少ない。受け継ぐべき「家柄」を持つ家族もまた同様だ。そのことからも先述の「婿養子」説はただの可能性であり、実際にはありえないだろう。

さらに言えば、ベルリンの住所帳一九四〇年版に、ヴィーゲルト姓を数えたところ、四十三世帯が掲載されていた。

住所帳 Adreßbuch（アドレス・ブーフ）とは、今でいうタウンページのようなもので、町ごとに独自に出版されていた。ベルリン版は、姓をアルファベット順に並べたページのほかに、住所別や職業別、また、公共機関や団体の案内、その年の町の行事から観光案内や企業広告にいたるまで幅広く網羅し、一七九九年から一九四三年まで毎年発行されていた。

一九三九年の国勢調査で、ヴィーゲルト姓はユダヤ人が継承した姓ではないと判明したのであるから、この四十三世帯のうち前述の女性（半ユダヤ人）とその息子（四分の一ユダヤ人）の二人を除くすべての人々は非ユダヤ人である。

なお、この国勢調査ののち、ユダヤ人を含まない家庭の記録は「不要」とされ破棄処分されたという。もしエリーゼが一九三九年にまだドイツのどこかに生きていれば、「不要」とされたデータの中に彼女の名もあったことになる。

「ヴァイゲルト」姓（『舞姫』文中では「ワイゲルト」と表記）に関しては、エリーゼの姓である "Wiegert"（ヴィーゲルト）から転じて小説に使われた姓であるのだから、それがユダヤ人の姓であるかどうかを知る必要がそもそもない。

よって連邦公文書館において詳細にわたる調査はおこなっていない。けれどもその数だけは控えておいた。ユダヤ人データに載っているヴァイゲルト姓はドイツ全国で五十二人、ベルリン市内で二十九人だった。六十万人のデータの中のわずか五十二人という数を見ても、こちらもユダヤ人特有の姓であるとは言えない様子が窺えるが、住所帳の記録をもとに、その実態を考察することができる。

図④は、ベルリン住所帳に掲載されていたヴィーゲルトおよびヴァイゲルトの世帯数を数えたもの。住所帳は年刊で前年の内容が翌年発行分に反映される。人口はそれぞれの時代の公立統計局で発表されたものである。

一八八八年版でヴィーゲルトが一件しかなかったとき、ヴァイゲルトは二十件あった。そしてベルリンの人口増加とともにどちらの姓もその数を増す。

一九三三年にヒトラー内閣が成立し、ナチ党の影響によってユダヤ人の国外脱出が始まる。一九三八年にはユダヤ人迫害が本格化し、一九三九年には第二次世界大戦が始まり、一九四一年にはユダヤ人の強制収容所への移送が始まる。

一九四三年に入ると空襲が激しくなり、印刷物の発行は新聞社であっても困難な時期となり、住所帳も終焉を迎える。そのため終戦の年の情報は得られない。

年	ヴィーゲルト姓（世帯数）	ヴァイゲルト姓（世帯数）	ベルリン市の人口（万人）
1888	1	20	132（1885年）
1930	32	58	433
1934	32	50	422
1940	43	40	433
1943	37	34	443

図④

ヴィーゲルト姓は、ユダヤ人への迫害が始まったのちも、減るどころか増加を続け、ここからもこの姓がユダヤ人とは無関係であることがよく分かる。

典型的なユダヤ姓といえば、たとえば"Cohn（コーン）"という姓が挙げられる。住所帳にこの姓を見た場合、一九二五年版には一ページ約二百六十世帯が掲載されている住所帳のほぼ五ページ分、単純計算で千三百世帯を数えるが、一九四三年版ではわずか二十八世帯、なんと四十六分の一に激減している。

ナチ党が成立した一九三三年以降、確かに徐々に減少を示しているものの、一九三〇年版での五十八世帯から一九四三年版の三十四世帯と半分にさえなっていない。また、住所帳一九四〇年版のヴァイゲルト姓四十世帯に対し、ユダヤ人データの二十九人では、ユダヤ人がヴァイゲルト姓の半分を占めるとも思えない。

よって、「ヴァイゲルト姓の中にはユダヤ人もいた」と言うことはできても、「ヴァイゲルトはユダヤ人のフ

ァミリーネームである」とは言えない。しかしながら繰り返すが、『舞姫』における
ヴァイゲルト姓は実在人物の本名を転じて小説に使われたものであり、そこにユダヤ
血統の可能性を求めること自体がナンセンスだ。

なお、荻原氏は、ヴィーゲルトもヴァイゲルトもそのファミリーネームからユダヤ人であると断言した、その論についての根拠や典拠を著書に示していない。研究者らからそれを指摘され出典の開示を求められたが、応じることはなかったようだ。何日も時間と足をかけてこれらを調べ、この結果に辿り着いた今、私もまた、その論の学術的根拠を知りたいと心から思う。

『舞姫』エリスがユダヤ人だったとするもうひとつの根拠は、エリスの住まいがゲットーの中にあったというものだ。

エリスを家まで送り届けた豊太郎は、エリスから借金を申し込まれ、自身が身に着けていた懐中時計を差し出し、質屋で現金に換えるようにと指示した描写について、荻原氏は次のような考察をおこなっている。

エリスはユダヤ人の貧民階級で、ユダヤ人街、それもいわゆるゲットーに住んでいる設定なのだ。(中略)つまり、ゲットーの扉は、夜になると締まってしまう

> のだ。外部との交流はいっさいできなくなる。このため、豊太郎が下宿にお金を取りに帰って戻って来ても、ゲットーの中に入れない。またエリスをつれて行ったら、今度はエリスが戻れない。
> 　すなわち、時計を置いて来るしか方法がないのである。そして、質屋はゲットーの中にもある。質屋は当時のユダヤ人の小商人の、やはり典型的職業なのである。（一七頁）

発想はユニークだけれども、舞台がベルリンとなると話が合わない。ベルリンにはゲットーそのものが存在しなかったのだ。

ベルリンの歴史に関する文献を手に取ると、この町にゲットーがなかったことに必ずといってよいほど言及されている。ここでの誤解の要因は、ベルリンにはかつて「Großer Jüdenhof《グローサー・ユーデンホーフ》（大ユダヤ館）」および「Kleiner Jüdenhof《クライナー・ユーデンホーフ》（小ユダヤ館）」と呼ばれる場所があり、前者が後代に中庭を囲んだ住居区を形成し、その景色が観光名所のひとつとして古い絵葉書に残っていることにあるのだろう。「ユダヤ館」という訳し方も誤解を与えやすい気がするけれども、鷗外研究者の間ですでにこの呼称が使われているので、ここでもそれに倣うことにする。

ベルリンにゲットーがなかった事実を理解するには、ベルリンにおけるユダヤ人の歴史に目を向けるのが一番だ。ユダヤ人に対する排斥行為は、ナチ時代以前にもくり返し起きており、ベルリンにおいては大きく三つの時代に分けることができる。

【第一期】 一二九五年以前にベルリンに定住。数度の迫害に遭い一五七二年完全追放。
【第二期】 一六七一年より定住。ナチ時代の迫害により一部の例外を除いて追放。
【第三期】 戦後から現在に至る。

『舞姫』にもあるようにベルリンはとても若い町で、その歴史は八百年ほどしかない。シュプレー川の両岸にあったベルリンとケルンのふたつの町が、一二五〇年頃に合同で市壁を築き、のちに合併し「ベルリン市」として発展した。

ユダヤ人は、一二九五年十月二十八日発布のベルリン市議会条例にユダヤ人についての言及があることから、町の発祥当初から在住していたと考えられている。

第一期のユダヤ人は当初、シナゴーグとユダヤ教の儀式に用いる沐浴場ミクヴェを構え、その周辺に数軒の小屋を建てて暮らしていた。市民はこのエリアを「ユダヤ館」と呼んでいたが、柵があったわけでもなく、誰でも自由に行き来できた。

ドイツ語の「ホーフ」には中庭の意味があり、校舎や裁判所など建物を指すこともあり、宮廷もホーフであり、新興住宅地の××団地や××台もホーフという。ここではユダヤ横丁といったところか。ユダヤ人の住居はユダヤ館に限定されず、人口増加にともない周辺にも住むようになり、ユダヤ館に接した通りは、ユダヤ人が多いことから「ユダヤ通り」と呼ばれていた。

ところが一三四八年頃、欧州でペストが大流行し、ユダヤ人が井戸に毒を盛ったのが原因という虚偽の風説が広まり迫害がはじまり、ついには町から追放される。

数年後の一三五四年、市はユダヤ人六家族とユダヤ教師および司教を招き入れたが、ユダヤ館の家屋にはドイツ市民が住んでいたため、町の西側に住居を与えた。

ユダヤ人不在にもかかわらず「ユダヤ館」の名称はそのまま残り、のちの居住エリアも「ユダヤ館」と呼ばれ、こうしてベルリン市内の「ユダヤ館」は二つになった。そこで、先のほうが面積が広かったことから「大ユダヤ館」、他方が「小ユダヤ館」と呼ばれるようになった。

その後も排斥運動や追放は繰り返され、一五七一年に最悪の事態を迎える。ブランデンブルク選帝侯ヨアヒム二世の急逝は、ユダヤ人による暗殺だったとの虚偽の噂により大ユダヤ館の教会施設は焼き討ちに遭い、ユダヤ人は再び追放に。

その後ベルリンは百年にわたりユダヤ人不在の時代が続き、一六七一年、ユダヤ人家族五十組が迎え入れられることになり、再び共生の時代がはじまった。

ユダヤ人不在の百年も「ユダヤ館」や「ユダヤ通り」の名はそのまま残ったが、新しく移住してきたユダヤ人たちは、それとは無関係に市内各所に住居を構えた。そして一七三七年にユダヤ人の賃貸住居が特定の地域に限定されたことでユダヤ人街が誕生し、鷗外の留学時代には他都市に類を見ない巨大なユダヤ人街に成長していた。その場所は、『舞姫』の舞台である「古ベルリン」ではなく、鷗外第三の下宿の北東に広がるエリアである。（六〇頁参照）。

なお、百年の空白ののちに移住してきたユダヤ人たちは、かつて大ユダヤ館にあったシナゴーグが焼失していたため、別の場所に新たに建設することになった。これが前述のエリスと豊太郎の出会いの場所の候補に挙がっている寺院だ。

【大ユダヤ館】

大ユダヤ館がゲットーではなかったことは別の媒体でも知ることができる。絵葉書に残る、ひとつの中庭を囲むように十二の家屋が建ち並ぶ景観を持った「大ユダヤ館」が建設されたのは、十八世紀に入ってからのこと。それまでは人々の口にのぼることはあっても、確立された区画があったわけではなく、当時の地図には、地名としても、その場所を示すような地形も出てこない。

古い地図を順に確認すると、一般的な地図はもとより、家屋を詳細に描き出した一六六六年や一六八八年に製作された地図においても大ユダヤ館は存在せず、一七一〇年以降に製作された地図であればどれにおいても登場する。

大ユダヤ館に建設された十二の家屋はドイツの一般住居であり、ゲットー機能ももちろんない。念のため鷗外の滞在期間の住所帳を確認したが、この時代においても住人はドイツの一般市民であり、この住所で質屋を営む者もなかった。

【小ユダヤ館】

こちらも、実際にユダヤ人が住んだのは一三五四年から次に追放されるまでの期間で、名前だけが残った状態だ。そして一八七七年に取り壊された。これは都市計画の一環によるもので、周辺一帯が更地になり、新しいアパート群が一斉に建設された。鷗外の第二の下宿はまさしく、かつて小ユダヤ館があった場所に建てられた。

オーガイという軍医とその人の恋人

「オーガイというその軍医、その人の恋人は、僕のおばあちゃんの踊りの先生だった人だ」

そう聞いた翌週、M氏とカフェで待ち合わせた。

M氏とは、射撃訓練で一緒になったドイツ人のことだ。とにかくもう少し詳しく知りたかった。彼の名はヴィーゲルトに負けないくらい珍しく、電話帳を開くだけで誰だか特定されてしまうので、ここでは「M氏」に留めておく。

「おばあちゃんの踊りの先生」について話を聞きたいと電話で伝えておいたので、M氏もその心づもりでやってきてくれた。

カフェに座りコーヒーを注文すると、M氏は待ち兼ねたように本題に入った。今日のこの会談のために母親にもなにか覚えていないか電話して聞いてみたところ、すこし思い違いをしていたことが分かったという。

それは、「エリ」は確かにM氏の祖母の踊りの先生だが、祖母の姑、つまりM氏の曾祖母にあたるという事実だった。M氏の曾祖母はバレエスクールを経営しており、そこで息子の妻であるM氏の祖母もレッスンを受けていたというのだ。エリと呼ばれるこの女性が鷗外の恋人エリーゼだとすると、「ヴィクトリア座」で「場中第二の地位」を占めたエリスは、生涯踊りを続けていたことになる。そして私は今、かつて鷗外が愛した女性の曾孫と向き合っていることになる……。

けれどもM氏が子どもの頃に耳にした、エリと日本人軍医の恋愛物語について、M氏の母親は聞き覚えがないらしい。M氏は子どもの頃、何にでも興味を示し、「これなに？」、「どうして？」を常に繰り返す子だったから、よく預けられていた祖母の家で何かの拍子に聞いた問いかけに祖母がふと漏らしたことだったのではないかと回想しつつ、M氏は自身の家系について話しはじめた。

「曾祖母は『エリ』という名で、祖母の名は『エディ』。それで叔母は『リリ』という名なんだけど、僕の家系はずっと芸能関係で、エリもエディもリリもみんな舞台に立っていた。晩年エリは夫とバレエスタジオを経営していたけれど、若い頃は自分も踊っていて、あの頃はバレエ団はなかったからヴァリエテやサーカスなんかで踊ってたんだと思う。エディも踊り子で、若いときはフリードリッヒ・シュタットパラスト（欧州最大のレビュー劇場。一八六七年創業。当初はサーカスを興行しておりレビューが行われるようになったのは一九一九年より）など有名な舞台にも立つ売れっ子だったんだ。エディの夫……僕のおじいちゃんね、彼も有名なサーカス団のアーティストだった。サーカス・ブッシュ……あれ、レンツだっけ？　ま、とにかく有名なサーカス団。当時はサーカスが大人気だったでしょう、ベルリンの、ほら、ハッケッシャー・マルクト駅、あのすぐ隣も巨大なサーカス小屋だったし。エディはきっと仕事の関係でオラフ・クリスティアンと知り合ったんだろうね。あ、オラフ・クリスティアンはおじいちゃんのことだよ。叔父はオラフというんだけど、おじいちゃんはオラフ・クリスティアンで、曾おじいちゃんはクリスティアンだから……」

何を言っているのかさっぱり訳が分からなかった。

代を追うごとに「母方」、「父方」と、親の数が倍増していく。家族の系譜であるから似た名も続出する。それを当然のことのように語るM氏と要領を得ない私……。

そこで、まずは登場人物を整理することにした。それぞれの名前とM氏との間柄を聞いていく。スペルを何度も聞き返しながら書き留める作業に、語るM氏も聞き取る私もすっかり疲れ果て一日が終わった。


次の週、また同じカフェで待ち合わせた。

前回聞いた名前をもとに家系図を作って持参した。それを見ながらおさらいをしたあと、曾祖母について何か思い出せないか聞いてみた。けれどもこの日はやたらとM氏の携帯電話が鳴り、そのたびに会話は途切れ、ひどく中途半端な会談となった。

その後しばらく間が空いた。夏休みに入り、私は日本に帰省したのだ。


夏の終わりのある日の午後、またあのカフェで落ち合った。

私は日本で関連書をあれこれ買い込み、M氏はベルリンで『舞姫』のドイツ語版を読んでいた。

M氏は、それはあくまで「小説」だと感じたと言い、私から鷗外に関する情報を聞きたがった。けれども私はそれをあまり好まない。なにか話して聞かせたことが先入観となって彼の記憶が変質しては困る。本当は『舞姫』も読まないでいてほしかった。

私が話すことか彼が自ら思ったことかが曖昧になってしまう前に、彼の純粋な記憶だけを聞き出したい。それで私はつい無口になり、彼から出てくる言葉を待つ。

M氏は、ダンサーは期限付き契約で舞台に立つことが多く町を転々としていたことや、踊り子たちは芽が出るまでは経済的にも大変で、住まいも何人かでシェアすることが多かったなど、祖母や叔母から耳にした話や、エリやエディたちが昔住んでいた場所など思い出すまま聞かせてくれた。

それらの話を聞き終わり、これまでなかなか言い出せなかったことを切り出してみた。エリの正式な名前や旧姓、それから生年月日が知りたいと。

M氏の曾祖母の「エリ」という名は、きっと愛称で、もうすこし長い名前が他にあるはずだ。それが、「エリーゼ」からか、それとも「エリザベス」から来ているのか、またはもっと他の名前か。もし「エリ」が「エリーゼ」から来ていなくても、ほかにもファーストネームがあるはずで、そのどれかが「エリーゼ」かもしれない。

名づけの習慣については、ドイツでは現代でもファーストネームを二つ持つことはよくあることで、戦前までは当然だった。鷗外の時代には最低でも二つ、一般的には三つ、中には五つ以上も持つ人もあった。

かつて私の知り合いに貴族の称号を持つ人がいた。ベルリンの下町でのアパート暮らしであったから、姓の前に付いている“von（フォン）”の三文字によってしか彼が貴族の末裔であることは分からなかったが、慎ましい生活の中でも家風や伝統を重んじることは忘れないで、結婚して子どもが生まれたとき、家系の伝統どおり、彼は七つの名を付けた。そして年子で二人目が生まれたとき、その子にもまた七つの名を授け、彼は親として一年で十四個もの名前を順序も違えず覚えなければならなくなり大変な思いをしていた。「ジュゲムジュゲム」を地で行くようだが実話である。

けれどもファーストネームはいくつあっても、ハイフンで結ばれていなければ日常的に使用する義務はない。例えば「アンナ」と「レーナ」の二つのファーストネームを持つ女性がいて、それが〝Anna Lena〟である場合、ハイフンが付いていないから、その名のどちらかひとつだけを使っても良いし、両方を用いてもかまわない。けれども名前の間にハイフンがある場合、この婦人はいかなる場合も「アンナ＝レーナ」と名乗り、〝Anna-Lena〟と書かねばならず、そう呼ばれなければならない。フォンの称号を持つ私の知り合いの子どもたちの名は、幸いハイフンで結ばれてはいなかった。付いていたら大変だ。それこそ毎朝、学校に遅刻してしまう。

「エリ」のファーストネームが「エリーゼ」であるなら、併せて旧姓が「ヴィーゲルト」かどうかを確かめなければならない。それでエリが「エリーゼ・ヴィーゲルト」だと分かったとしても、相応の年齢であったかを知るために、生年月日を確認しなければならない。これらの情報がなければ前にまったく進まない。

けれどもこの一言が簡単に切り出せなかった。射撃訓練に偶然居合わせたにすぎないのに話を聞かせてほしいと詰め寄って、さんざん聞き出した挙句、人違いであったら、それで終わりになってしまう。しかも私は一方的に相手の時間を奪うばかりで彼の質問には満足に答えもしないという態度を取り続けている。その上、「貴方の曾祖母のフルネームは？　旧姓は？　生年月日は？」と畳みかけるのはあまりに身勝手だ。私たちはもう何度も面談しているし、彼は母親ともこの件について話し合ったというのだから、言うつもりがあるならもうとっくにそうしているのではないか。そんな思いが躊躇させていた。けれどもこれ以上引き延ばしても仕方ない。このままでは次の約束を取りつける理由もない。それでついに口に出した。無言のM氏……。

しばらく重い空気が流れた。けれどもそれは、答えたくなかったからではなく、知らないのが原因だった。

「なにを見れば分かるだろう」

「出生証明書とか……」

ドイツには戸籍謄本は存在しないが、“Geburtsurkunde（ゲブルツ・ウアクンデ）”と呼ばれる出生証明書がある。婚姻の際には区役所内で結婚式が執り行われ、“Heiratsurkunde（ハイラーツ・ウアクンデ）（結婚証明書）”が発行され、“Stammbuch der Familie（シュタムブーフ・デア・ファミーリエ）”と呼ばれる布や革を張ったファイルに綴じて手渡される。出生証明書など戸籍に関する書類はこれに挟んで保管する。当時の制度がいくらか違っても、それに準ずるものはあったのではないか。

M氏は、もしあるとすればオラフ叔父が持っているはずと言い、分かったら連絡するということでまた一日が終わった。

数日後、M氏から電話があった。

日ごろ叔父と付き合いがないM氏に代わり、母親が連絡を取ってくれることになったと言った。そして、いつになるか分からない結果を待つよりも、墓地に行ってみるのはどうかとM氏が提案した。

ドイツでは、日本のように「○○家の墓」といった家族単位の墓はとても珍しく、個人墓が一般的だ。そのため墓石には、故人の名前をはじめ生年月日や死亡年月日が刻まれていることが多い。墓地には一度行ったことがあるから、さほど迷わず墓所を見つけることができる気がするとM氏は言った。

翌週のある午後、二人で墓地へ向かった。いよいよ「エリ」と対面するのだ。

ベルリンの墓地はどこも公園のようだ。大きな門をくぐると前庭の向こうに礼拝堂や管理事務所が見え、その奥に墓地が広がる。墓石群はいくつかの区画に分けられ、メインとなる通路は道幅もゆったりとしていて、所々にベンチが置かれ、大木が枝を伸ばしている。晴れた日には、ベンチで話しこむ人の姿や、二、三人つれだって歩く姿が見られ、散策にでも来たようで陰鬱な感じがしない。

ベルリンには現在、宗教を限定しない市立墓地のほか、カトリック系、プロテスタント系、ユダヤ教、イスラム教などの教会保有の墓地がある。

鷗外が滞在していた頃のベルリンは、王族がプロテスタントであり（一五三九年、ブランデンブルク選帝侯ヨアヒム二世がプロテスタントに改宗）、それが市民にも影響するのか、当時の市民もほとんどがプロテスタントで、カトリック教会はウンター・デン・リンデンの皇太子離宮裏手に聖ヘドヴィッヒ・カテドラル（一七七三年完成）がひとつあるのみだった。

ドイツの墓地の特徴は、その多くが個人の墓であることと、期限付きの賃貸契約であることだ。期限は二十年と定められ、墓地の中の埋葬される場所によって契約延長が可能な墓とそうでない墓に分かれる。延長不可の場所に埋葬されると期限満了時に、延長可能な墓でもその手続きを行わなければ契約は完了となり、墓は掘り起こされ次の死者へと名義が変わる。墓地を歩くと傍らに無造作に積み上げられた古い墓石を見かけるのはそのためだ。

土葬の場合、二十年くらいでは掘り起こすと遺骨が出てくるのではないか、それも外に出されるのだろうか。この点について墓地の管理事務所に問い合わせると、遺骨は当然出てくるが外へ出すことはしないとのことだった。契約満了になると、次に入れる棺の深さまで掘り起こし、土をふるいに掛け、棺の部品などは取り除き、遺骨は別に集めて改めて墓穴の底に戻し、その上に次の故人の棺を置く。それを期限が来るごとに繰り返すので、墓石はなくなっても遺体はずっとその地に眠るとのことだった。

費用面では、シオン教会付属墓地を例にとると、二十年契約・埋葬・棺昇き・礼拝堂使用料込みで土葬の場合、最低価格が九九〇ユーロ（二〇一一年現在）。そのほか、契約条件や広さによって価格設定がなされている。

火葬も五九〇ユーロから各種あるが、ベルリンに火葬場が建設されたのは一九一二年のことで、『舞姫』の時代には土葬しかなかった。

この九九〇ユーロを円換算すると、一ユーロ一二五円として約一二・四万円になる。エリス母娘はこの金額が捻出できず、母親に身売りを迫られたエリスは言い争い、家を飛び出し教会の扉にすがって泣いていたのだ。

さて、墓地の門をくぐり十数分、M氏の記憶は正確で、広大な墓地の奥のほうへとずいぶん歩いたけれども、さほど迷うこともなくエリの墓石に辿り着いた。

エリは息子夫婦とともに埋葬されていた。ひとつだけ置かれた墓石には、エラ、エディ、オラフと三つの名が刻まれていた。エディとオラフはM氏の祖父母の名だ。ということはエリの名は正式には「エラ」ということになる。墓石横に挿された札にエラの死亡年が一九七四年と記されていた。

フルネームも生年月日も分からず仕舞いだけれども、死亡年を知ることによりひとつの予測が可能となった。一九七四から一八八八を引くと八十六だ。来日当時、十五歳だったとしても享年百一歳。エラがエリーゼだとすると、かなりの長命だったことになる。名前も「エリ」から「エリーゼ」へではなく、「エラ」へと却って遠ざかってしまった。あまり期待をかけてはいけない空気が漂った。


冬の国と言われたドイツでも温暖化が進み、夏の期間が長くなった。ここ数年で扇風機も大いに普及したが、それでもドイツの夏は去るのが早い。残暑といっても儚げで、午後の陽射しが黄色く感じられる頃、M氏から連絡があった。

叔父からエリの出生証明書のコピーが届いたという。これでフルネームや出生地、そして生年月日が明らかになった。その名はアンナ・エラ・ケーテ、生まれたのは、奇しくもエリーゼが来日した一八八八年だった。

M氏の記憶からエリスに辿り着くことは叶わず、こうして夏が終わった。

お墓参りから出生証明書入手の報が入るまでの数日間、エリはエリーゼではない可能性が高いと覚悟していたものの、実際にそれを知らされると、なんだかポカンと心に穴があいたようになった。それまでもエリーゼ探しに掛かりきりだったわけではない。どちらかというと仕事の合間の片手間イベントだった。だから忘れるのも大したことではないはず、射撃に行った日より前の感覚に戻ればよいだけのこと。日本で買い込んだ本もただの読み物、この夏のマイブームだったと思えばよい。

そう思いながらも、なんだか吹っ切れない。なにかが気にかかって仕方ない。だからといって、このままエリーゼ探しを続けようとは思わなかった。思ったところでなにかアテがあるわけでもない。先人たちが、自己の専門分野をフルに活用し、考察し、検証してもなお、辿り着くことができなかったエリーゼの実像だ。私ごときに近づけるわけがない。

とりあえず、二年前に『舞姫』を読んで気になっていた、『舞姫』に登場する「ヴィクトリア座」とベルリンに実在した「ヴィクトリア劇場」の関連性についてだけはこの機会に調べておこうと思った。本を閉じるのはそれからでも遅くない。

ヴィクトリア座

『舞姫』には、エリスは「ヴィクトリア座」で「場中第二の地位」を占める踊り子であったと書かれている。そして鷗外の時代のベルリンには「ヴィクトリア劇場」という名の劇場が実在した。

ヴィクトリア劇場は当時、なかなかの知名度だったようで、ドイツ全国の主だった劇場の公演情報をまとめた劇場年鑑（ゲトケ社刊）にも毎年取り上げられ、一八八八年版では、ベルリン市内として取り上げられている十八の劇場のうち、王立劇場、ドイツ劇場、ヴァルナー劇場に次ぐ四番目に掲載されている。

一八五九年に完成したこの劇場は大掛かりな建築で、ひとつのステージの両側に、それぞれ「冬劇場」、「夏劇場」と名づけられた客席を構えた、二つの劇場を合体させたような特殊構造を誇っていた。

"Der Zuschauer im Victoria-Theater"（ラッサーズ書店刊・刊行年記載無し）なるヴィクトリア劇場のハンドブックによると、夏劇場の客席は三階席、冬劇場は四階席までであり、それぞれ、一二五二席および一四一三席を配していた。

所在地はミュンツ通り二〇番地。ウンター・デン・リンデンの延長線、古（アルト）ベルリン地区の東側にあったので、鷗外の第二や第三の下宿からも遠くない。

一三二頁の図版二枚はどちらも同じヴィクトリア劇場でありながら、その印象は大きく異なる。

上はオープン当時に描かれたもので、下は後年に撮影された写真だ。写真は、当時

ヴィクトリア劇場

ミュンツ通り20番地にあった大衆娯楽用劇場。1860年頃に完成予想図として描かれたエングレーヴィング画。

ヴィクトリア劇場

実際の外観。デザインそのものが異なるが、1881年撮影のため老朽化も目立つ。道路拡張工事のため1891年頃取り壊された。

の人気写真家F・アルベルト・シュヴァルツによって一八八一年に撮影された。オープンから二十二年が経過しており老朽化も目立つ。

これほどの規模を誇り、常に劇場年鑑の上位に取り上げられ、かつてはバレエやオペラ、演劇など大作を上演していた劇場だけれども、鷗外の留学時代には舞台装置に工夫を凝らしたショー的で大衆向けのものが中心になっていたようだ。

フランスの詩人ジュール・ラフォルグ（一八六〇〜一八八七）は、ベルリン滞在の回想記〝Berlin. Der Hof und die Stadt, 1887（ベルリン、王室と都市、一八八七年）〟の中に、この劇場で鑑賞したバレエ「エデン」について触れている。それは、「これをパリで見せようものならどれだけのブーイングを喰らうことか」と辛辣なもので、「その辺のエキストラでも連れてきたのかコスチュームが合っていない。むやみに貼り付けた色紙、小汚い金箔、救いようのない衣装……」と手厳しくこき下ろしている。一八八七年といえば鷗外も滞在していた時期だ。

ヴィクトリア劇場は、ラフォルグが観劇した四年後に閉館となった。けれどもこれは出し物のレベルが原因だったわけではなく、一八八四年に着工された都市開発によるる。聖マリア教会をロの字に取り囲んでいた建物の一辺を撤去することによって雑居地区の小路だった「パーペン通り」が拡張され、「カイザー・ヴィルヘルム通り」と改称されたが、この大通りがさらに延長されることになった。ヴィクトリア劇場はち

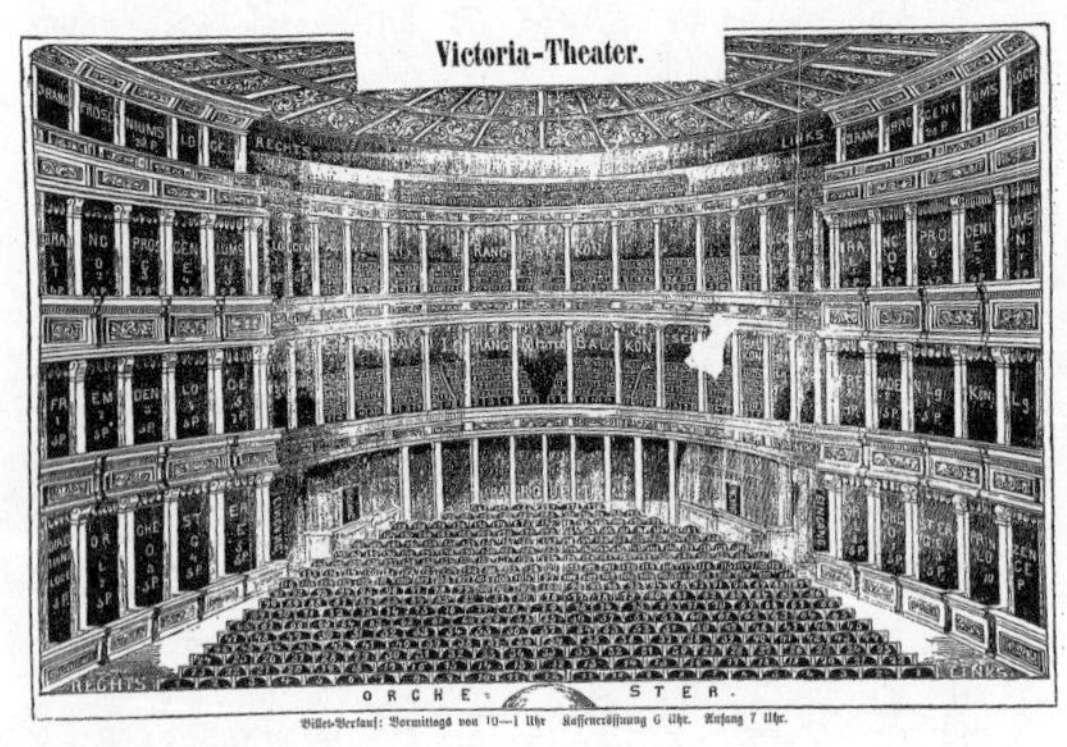

ヴィクトリア劇場客席
一つのステージを中心に、「夏劇場」と「冬劇場」の座席が対面する特殊構造。写真は「冬劇場」の配席図。

ようどその延長線上に位置していたため立ち退くことになったのだ。

この劇場は『舞姫』のほかにも日本人との縁がある。

日独間で修好通商条約が交わされた翌年である一八六二年、文久遣欧使節団が欧州を訪問し、ベルリンにも数週間滞在した。その際に、プロイセン王国より公式に招待されたのがこの劇場で行われた音楽会だった。『ヨーロッパ人の見た幕末使節団』（鈴木健夫ほか共著、講談社学術文庫、二〇〇八年）によると、一八六二年七月二十五日付の「総合プロイセン新聞」に、使節団に敬意を表して行われた「大音楽会」は大成功であったと大きく取り扱い、オイレンブルク伯に案内された使節団の面々は、劇場バルコニーで晩餐会を楽しみ、庭園には大きなカーブを描く幾千もの提灯が光の屋根となり、異国情緒溢れる素晴らしい輝きを放っていたと報じた。

著者のひとり、ギュンター・ツォーベル氏はこの劇場について、欧州ではミラノのスカラ座に次ぐ大きさを誇り、夏・冬両劇場を併せれば大きなコンサートホールや舞踏ホールとして使用でき、王の命によって開かれたこの演奏会は、客人に対する王の印象を損なわなかっただろうと解説している。

使節団がベルリンを訪問したのは、ヴィクトリア劇場がオープンしてわずか三年後のことであったから、その華やかさは相当なものだっただろう。

鷗外が実際にこの劇場に通ったのかどうかは、『独逸日記』のどのページにも見当たらない。行ったこともない場所か、出し物のひどさに書く気にもなれなかったか、エリーゼと観に行っていたことから『独逸日記』には採用しなかったか……。

興味深いのは、鷗外の滞在期間中の劇場監督が、グスタフ・シェーレンベルクという名であることだ。劇場監督とは、『舞姫』における「座頭」のこと。『舞姫』の中の座頭は、人の弱みにつけこみエリスに言い寄ったとされ、その名を「シヤウムベルヒ」という。アルファベットで書き起こすと〝Schaumberg〟だ。鷗外は〝g〟の発音を「ヒ」にしているが、現代では「ク」と書き、「シャウムベルク」となる。いっぽう、実在の「シェーレンベルク」は、“Scherenberg”であり、カタカナもスペルも酷似している。『舞姫』の登場人物は実在の人物の名前にひとひねり加えたものが当てられているというパターンがここにも見られる。

それならば、「ヴィクトリア座」で「場中第二の地位」の座にまで登りつめたエリス、そのモデルとなったエリーゼの名が年鑑にあるのでは……、と期待を寄せてみたけれども、年鑑の中には、一八八七年版も、八八年版においても、第一ソロ、第二ソロはもとより、コール・ド・バレエ（群舞を踊るバレリーナたちのこと）の中にさえその名を見出すことはできなかった。

第三章

エリーゼ探しの第一歩

「ヴィクトリア座」について調べるいっぽうで、『舞姫』を再読したことで別の疑問を抱くようになっていた。それは、エリスは踊り子で、その勤め先は「ヴィクトリア座」とされているけれども、劇場の名こそは出ているものの、それ以外なにも窺い知れないという点だ。

「昼の温習、夜の舞台と緊しく使はれ」と、その世界の者しか知りえない実情が書けるほど劇場事情に詳しい鷗外であるのに（私は友人であるベルリン国立バレエ団のバレリーナからその厳しさを聞き知った）、なぜ劇場そのものについての描写がないのだろう。エリスのモデルであるエリーゼは、本当にヴィクトリア劇場の踊り子だったのだろうか。

一般的に考えられているように、二人が出会った教会が聖マリア教会で、二人が暮らした部屋が鷗外の第二の下宿と考えた場合、ヴィクトリア劇場は徒歩圏にありながらも、地理的に考えると辻褄が合わないのだ。

豊太郎とエリスの日常は『舞姫』の中にこのように描かれている。

朝の咖啡果つれば、彼は温習に往き、さらぬ日には家に留まりて、余はキヨオニヒ街の間口せまく奥行のみいと長き休息所に赴き、（中略）。又一時近くなるほどに、温習に往きたる日には返り路によぎりて、余と倶に店を立出づる（後略）。

自宅で朝食を済ませたあと、エリスは劇場へレッスンに行くか、それがない日は家に居る。新聞社の特派員のような仕事をしている豊太郎は、ケーニッヒ通りのカフェに出かけ、いくつもの新聞を読んでは日本向けの記事を書く。一時近くになると、レッスンのある日はエリスが劇場の帰りにカフェに立ち寄るので、二人は一緒に帰宅するといった内容だ。

けれども二人の住まいを鷗外の第二の下宿とすると、ヴィクトリア劇場はその北東に位置し、ケーニッヒ通りは住まいの南東から南へと伸びており、方角がまったく異なる。ヴィクトリア劇場の帰りにケーニッヒ通りに立ち寄るのは不自然ではないか。

エリスとの住まいと日常のルート
二人の住まいを鷗外第二の下宿とした場合の、エリスが温習に通った劇場と豊太郎が日中過ごしたカフェの位置関係。

そこで一八八八年製作の地図を広げ、ヴィクトリア劇場、クロースター通りの住まい、カフェのあるケーニッヒ通りの三か所を線でつなげてみた。

クロースター通りは聖マリア教会の北側の通りで、鷗外第二の下宿はその北西の端にある。この通りは下宿から南東へと弓なりに延びている。

下宿を出てすぐの角がカイザー・ヴィルヘルム通りとの交差点であり、ここから聳え立つように見える聖マリア教会を背にして、カイザー・ヴィルヘルム通りを北へ三ブロック歩くと突き当たりの三叉路にヴィクトリア劇場が建っている。

いっぽうケーニッヒ通りは、カイザー・ヴィルヘルム通りとの角からクロースター通りを南東方向へ二ブロック行くと交差する通りなので、ヴィクトリア劇場からの帰りがけにここに立ち寄ろうとすると、かなりの遠回りになる。その上、ケーニッヒ通りは南西へと長く延びており、クロースター通りとアレクサンダー広場駅の間あたりのカフェでなければ、午前中ずっとレッスンに励み、休憩のために帰宅するエリスが徒歩で向かうのは無理だろう。

そこで、この場所に「間口せまく奥行のみいと長き休息所」らしき物件はないものか……と、広げた地図のケーニッヒ通りの北の端を眺めていたところ、なんとそこに「ヴァリエテ劇場」と書かれた建物があった。

それはアレクサンダー広場駅からケーニッヒ通りに入ってすぐのところで、なかなか大きな建物だ。「ヴァリエテ」は前述したが、飲食をしながらサーカスや演劇などの余興を楽しむ施設のことで、舞台と客席が分かれた劇場形式のところから、カフェに小さなステージを設けただけのようなところまで規模はさまざまだ。

地図に示されたこの劇場にも劇場名があるはずだけれども、地図には「ヴァリエテ劇場」としか記されていない。そこで一九〇八年に作成されたシュトラウベ地図を確認すると、同じ位置は真っ白に抜け、「劇場」の言葉も消えていた。

いろいろ調べた結果、ここにはケーニッヒス・コロンナーデンと呼ばれる円柱回廊があり、その両側に商店が並んでいたが、ヴァリエテ劇場だった場所にデパートが建

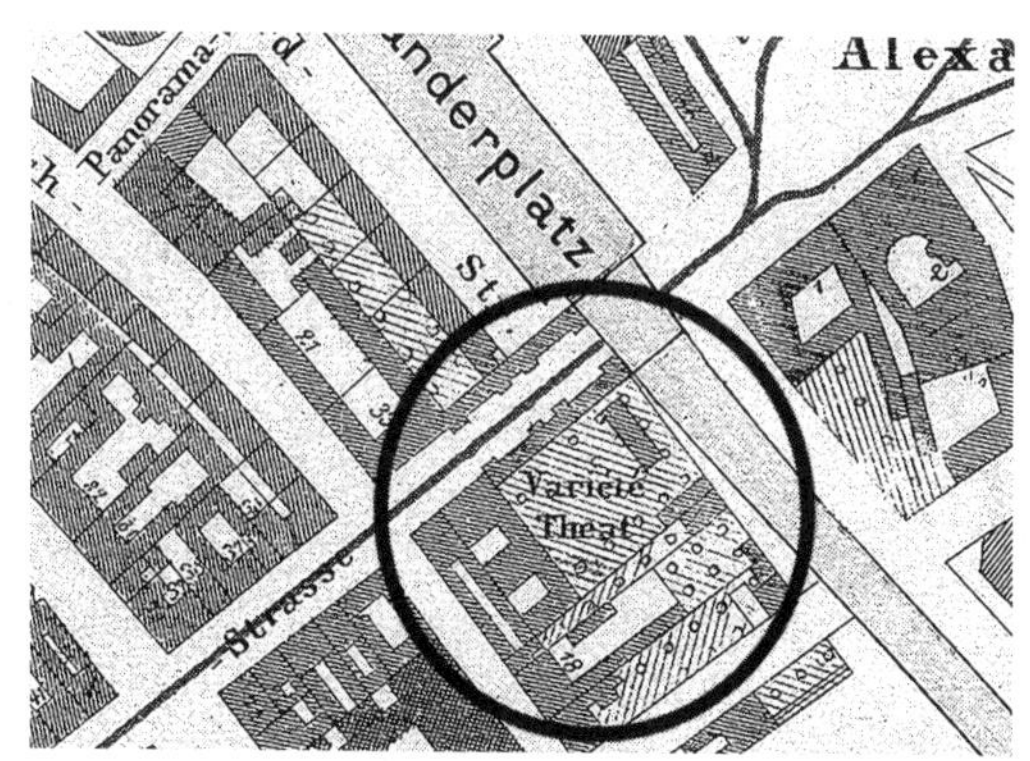

地図上に見つけたヴァリエテ劇場
1888年製作の地図に偶然見つけたヴァリエテ劇場と記された場所。エリスの踊っていた劇場がここであればすべての辻褄が合う。

設されることになり、一九一〇年には両側の回廊すべてが撤去され、シェーネベルク市のクライスト公園へと移築されたことが分かった。

そこで、州立公文書館や国立図書館に出かけて、円柱回廊の奥にあったヴァリエテ劇場について調べてみたが収穫はなく、市立博物館に劇場関係のアーカイブがあることが分かったので、資料の閲覧が可能かメールで問い合わせた。

十五歳で習い始めたエリスの踊りを鷗外は「耻づかしき業」とした。ヴィクトリア劇場の踊りは、先のラフォルグの回想を読むと、「耻づかしき業」であったことが想像できる。けれども、もしこれが「ヴィクトリア劇場」ではなくほかの劇場、たとえばヴァリエテだったらどうだろう。温習の帰りにカフェに立ち寄るに相応しい場所にその劇場はあったのではないだろうか……。

気がつくとまた、エリーゼ探しが始まっていた。

乗船名簿

市立博物館からの返事を待ちながら、二年前に読んだ『舞姫』の関連書籍を本棚の奥から出してきた。エリーゼの名が英字新聞の乗船者名簿に見つかったことはすでに触れたが、船会社が作成した乗船者名簿は存在しないのだろうかと思いついたのだ。船会社の記録であれば、新聞の掲載内容よりも詳しいに違いない。船の名が分かっているのだから船会社を突きとめるのは難しいことではないだろう。このルートでのエリーゼ探しはどこまでなされているのだろう……。

どこかで読んだ気がしたけれども、なかなかそのページが出てこない。その合間に通常の仕事は入るし電話は鳴るし、そのたびに手が止まり、気がつくと同じ箇所ばかりを読み返している。不確かな記憶を手がかりに探すよりも自分で調べたほうが手っ取り早いと判断し、パソコンに向かうことにした。

エリーゼは、ブレーメン／香港間はブラウンシュヴァイク号に、香港／横浜間はゲネラル・ヴェルダー号に乗り、それらがドイツの汽船であることが分かっている。

　これらの情報をもとにインターネットで検索すると、船会社は北ドイツ・ロイド社で、のちに他社と合併し、ハーパック・ロイド（株）として今も存在することが分かった。さらにブレーメン港にはドイツ船舶博物館や、ドイツ移民博物館があり、展示のほかに、家族のルーツを調べる人たちのための情報管理も行っていることを知り、そこでこの三か所にも問い合わせのメールを送った。

ブラウンシュヴァイク号
北ドイツ・ロイド社の汽船。ブレーメン―香港間を運航していた。エリーゼは独日間の航海のほとんどをこの船で過ごしたことになる。Deutsches Schiffahrtsmuseum Sammlung Arnold Kludas

　翌日にはさっそくハーパック・ロイド社から返事があった。担当者によると、同社では経営上必要となる船舶関連情報や統計結果はデータとして保管するが、個人に関する情報や乗船者名簿などは残しておらず、当時の時刻表なども今はもう社内にはないとのことだった。また、北ドイツ・ロイド時代の遺産というべき記録の多くが戦争の犠牲となり、部分的に残ったものもブレーメンの研究所を経由し各機関に分散されてしまったという。しかしながら有効な調査方法として、ドイツ船舶博物館への問い合わせを強く勧めてくれ、船舶や船員に関連する諸団体からルーツ探しの業者に至るまで実にさまざまな連絡先もまとめて教えてくれた。

それらの情報を吟味すると、私にとっての必須はドイツ船舶博物館だったが、ここへの問い合わせは昨日済ましているから、あとは返事を待つしかなかった。

数日後、ドイツ移民博物館の学術担当者からも回答があった。同館で管理するブレーメン港を出港した船の乗船者名簿は一九二〇〜一九二九年のもので、それ以前の名簿は保管されていないとのことだった。

また、待望のドイツ船舶博物館からも返事があったが、乗船者名簿は保管していないとのことだった。けれども気を遣ってくれたのか、船の画像を捜してくれ、ブラウンシュヴァイク号および、ゲネラル・ヴェルダー号の姉妹船であるオーダー号の画像を同館で所蔵していると教えてくれた。

各博物館およびハーパック・ロイド社の丁寧な対応には頭の下がる思いだ。そしてこの作業の中で、本書のテーマからは外れるが、十九世紀末から一九三〇年代にかけ、実に多くのドイツ人が海を渡って外国へと移住していったという歴史を知った。

オーダー号

北ドイツ・ロイド社の汽船。香港―横浜間を運航していたゲネラル・ヴェルダー号とまったく同型に造られた姉妹船。Deutsches Schiffahrtsmuseum

諦めきれずあれこれ調べていると、ブレーメンにある系譜学協会が、移民局や乗船者名簿の歴史についてまとめていた。それによると、一八三二年に移民に関する条例が制定され、乗船者名簿の作成が義務づけられた。当初は船長が名簿を管理しなければならなかったが、一八五一年に移民局の出国者用窓口が港に設置され、名簿管理が集約されることになった。名簿は倉庫に保存されていたが、年を追うごとにスペースが不足しはじめ、一八七五年にブレーメン当局は、過去三年分を保管し、それより古い乗船者名簿を破棄することに同意し、一九〇七年まで実行されたとのことだった。

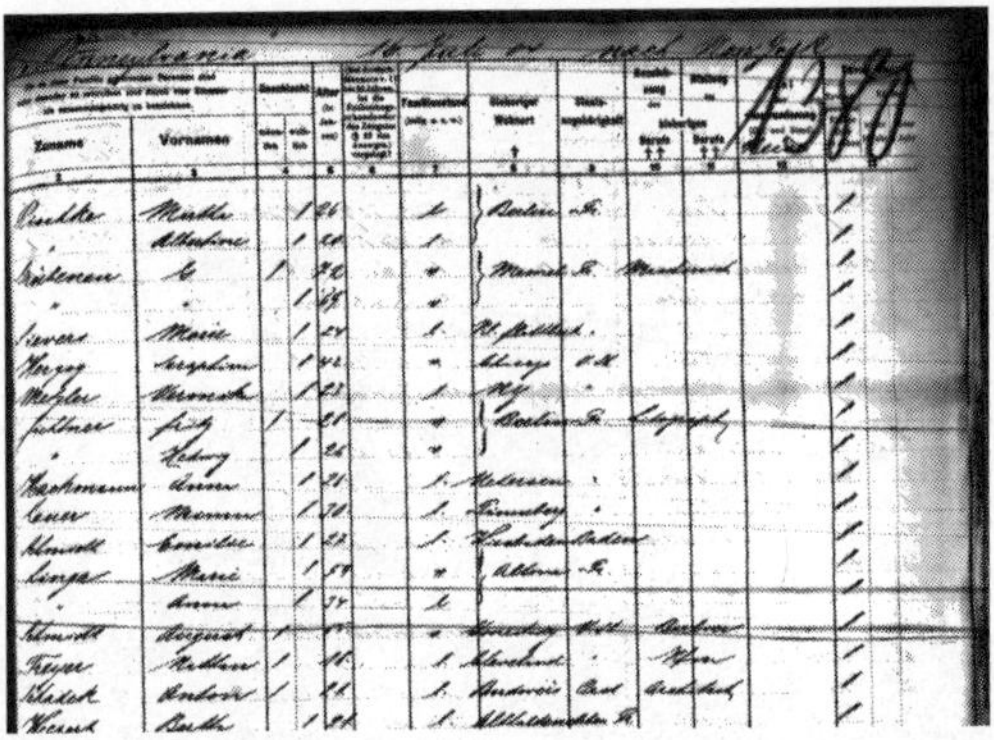

ハンブルク港乗船者名簿

1904年にハンブルク港を出航した汽船の乗船者名簿の一ページ。氏名、年齢、未婚・既婚、渡航前の在住都市、国籍、職業などの記載がある。

　移民局に提出された、一八八八年七月某日に出港したブラウンシュヴァイク号の乗船者名簿には、エリーゼの名前も載っていたことだろう。一九〇四年のハンブルク港発の名簿を見ると、氏名のほかに、年齢、乗船前に住んでいた都市名、国籍、職業などの記入欄がある。もしこのリストが今もまだ残っていたら、今探していることのすべてを、一瞬にして知ることができるのに……。

住所帳

　こうして乗船者名簿探しが徒労に終わる頃、市立博物館から連絡があった。同館の史料部には劇場関係のポスターやプラカード、写真などが多数保管され閲覧が可能とのことで、私のために空けてあるという訪問日時が記されていた。

けれどもこの数日の間に、市立博物館での資料調べへの熱が冷めてしまっていた。ヴァリエテ劇場の名称が分かったところで、それをもって「エリスの踊っていた劇場はヴィクトリア座ではなく○○座だった」とするのは軽率すぎるし、名称を知ることさえ困難な無名の劇場にエリーゼが踊っていた証拠など、どう頑張っても見つかるはずがない。そもそもそれ以前に、考えてみれば、林太郎と豊太郎、エリスとエリーゼ、名前が少しずつ違い、職業においても、林太郎は「医学」で、豊太郎は「法学」と、あえて異なった分野を用いているのだ。エリスが踊り子だからエリーゼも踊り子であるという考え方に、どれだけの妥当性があるのだろう。

そう考えると市立博物館の訪問は、意味のないことのように思われた。それに史料部の担当者をつき合わせるのは申し訳ない。せっかく用意してくれた予約だけれども、キャンセルすることにした。

そうなると、私にとっての『舞姫』研究は、これをもって終了だった。

二年前に読んでいた本まで引っ張り出してきたので、机の上は〝舞姫〟の山である。片づけるのもうんざりするほどの量だけれども、横着な気持ちとはまた別に、消化不良のようなスッキリとしない感覚がつきまとう。

そこで片づけてしまう前にもう少し……と、未練がましく積み重なった本を手に取ってはパラパラとめくって眺めるうちに、いつしかまた読み耽っていた。

こうして久しぶりに読み返しても、あの日の感動が鮮やかに蘇る。『舞姫』文献は私にとってまったく新しい世界で、山崎国紀氏の『森鷗外〈恨〉に生きる』で作者と作品を併せて考えながら文学を読み解くという面白さを学び、林尚孝氏の『仮面の人・森鷗外』で各人の残した記録を比較しながらの考察に興奮し、植木哲氏の『新説鷗外の恋人エリス』で丁寧に調査を重ねる大切さを知ったのだ。

そして植木氏の、住所帳からのエリーゼ探しのページに辿り着いたとき、ふと思い立ってパソコンに向かった。

植木氏がベルリンに滞在した一九九七年頃、住所帳のデータはマイクロフィルムしかなく、保管されているいくつかの機関に足を運ばなければならなかったようだが、今ではオンラインでの閲覧が可能だ。その操作方法は簡単ではないけれども、時間を問わず自宅でリサーチできるようになった。多くの記録が戦火によって失われてしまった今、ほぼ完璧な状態で残っているこの住所帳は、古い時代の記録として稀有な存在で、以前に第二次世界大戦時のベルリンについてリサーチした際にも、貴重な資料として大いに役立った。

鷗外の留学時代、ベルリンにはすでに電話もあった。ゲルヒルト・H・コマンダー氏編の〝Berlins erstes Telefonbuch 1881（ベルリン初の電話帳一八八一年）〟（ベルリン・ストーリー出版、二〇〇六年）によると、ベルリンにおける電話通信は一八八一年四月一日に始まり、七月には初の電話帳が発行された。この年の加入者数はわずか百八十五件だが、その後の普及は目覚しく、電話帳も分厚くなっていった。そして住所帳の出版が幕を閉じる一九四三年までは、そのどちらもが存在した。

この両方を比べると、電話帳には電話加入者しか載らないのに対し、住所帳は在住者が対象であるから情報量は格段に上である。とはいえ、住所帳も住民課の管理データではないから、これをもってベルリン市の住民全員を把握することはできない。

住所帳に掲載されるのは、家屋所有者本人および所有者との間で賃貸契約を交わした世帯主のみで、扶養家族は掲載されず、下宿人や間借り人も対象外だ。有名なドイツ人作家エーリッヒ・ケストナーの名が見つからないのも、彼は下宿住まいが長かったためで、鷗外など日本からの留学生もみな下宿住まいであったから、その名を住所帳に見つけることはできない。

また、フルネームが掲載されるとは限らず、ファーストネームは頭文字だけの場合も多い。中にはそれさえも省略されていることもある。

それでも街の中心部のほとんどを戦火で失ったベルリンにとっては今に残る貴重な

ベルリン住所帳
電話帳の前身。街の情報や広告もふんだんに織り込まれたタウンページだった。写真は1888年版の表紙。

資料であり、この手のリサーチの第一歩に欠かせない。

さて、住所帳の一八八八年版を開き、Wの項を調べてみた。一八八八年はエリーゼが来日した年だ。ヴィーゲルト姓は一件の掲載が見られるだけだ。

けれどもとても興味深いのは、そのただひとつの「ヴィーゲルト」の職業が、「シュナイダー」であることだ。

『舞姫』には、「ふと油灯の光に透して戸を見れば、エルンスト、ワイゲルトと漆もて書き、下に仕立物師と注したり」と、エリスの父の生業(なりわい)が記されている。「シュナイダー」は、すなわち「仕立物師」なのだ。

住所はシリング通り三七番地。番地のうしろに〝Pt〟と記されているのは、アパートの地上階、日本でいう「一階」のことだ。ということは、内職というより店舗であ

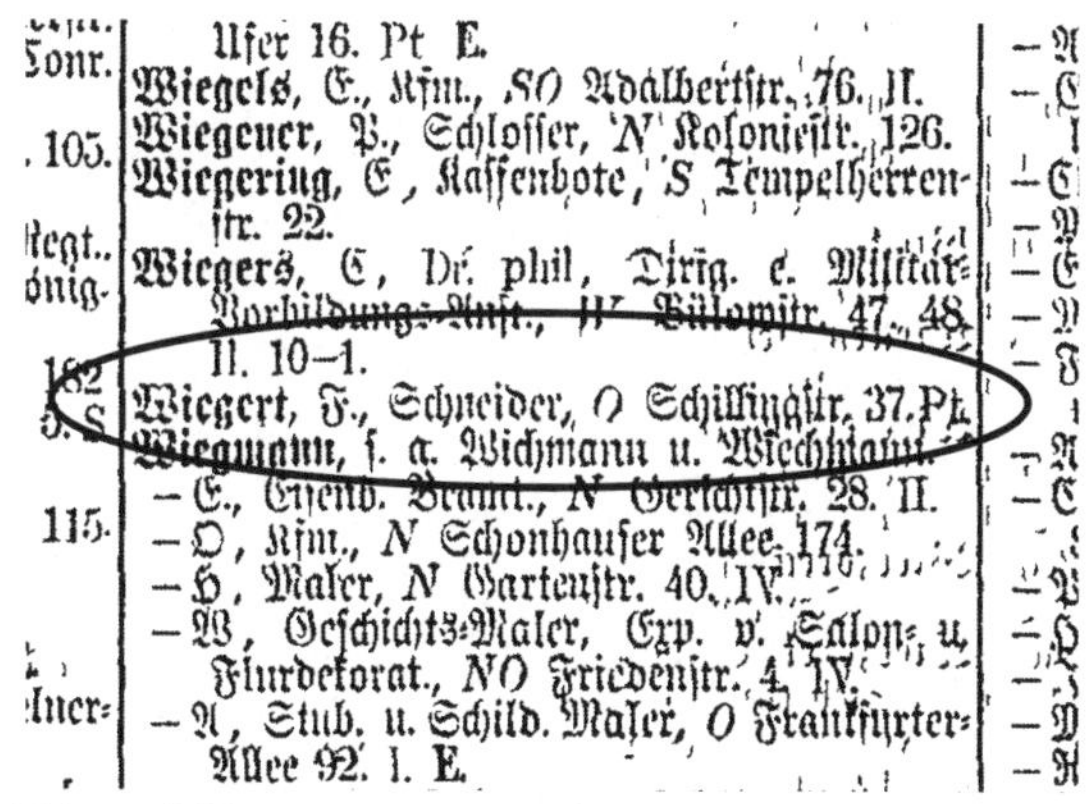
Ufer 16. Pt E.
Wiegels, E., Kfm., SO Adalbertstr. 76. II.
Wiegener, P., Schlosser, N Kolonieftr. 126.
Wiegering, E., Kassenbote, S Tempelherren-str. 22.
Wiegers, E., Dr. phil., Dirig. d. Militär-Vorbildungs-Anst., W Bülowstr. 47. 48. II. 10–1.
Wiegert, F., Schneider, O Schillingstr. 37. Pt.
Wiegmann, s. a. Wichmann u. Wechmann.
— E., Eisenb. Beamt., N Gerichtstr. 28. II.
— O., Kfm., N Schönhauser Allee 174.
— H., Maler, N Gartenstr. 40. IV.
— W., Geschichts-Maler, Exp. d. Salon- u. Flurdekorat., NO Friedenstr. 4. IV.
— A., Stub. u. Schild. Maler, O Frankfurter-Allee 92. I. E.

住所帳1888年版　ヴィーゲルト Wiegert

1888年版住所帳には、ベルリン市在住のヴィーゲルト姓の世帯はたった一件しか掲載されていなかった。

る可能性が高く、仕立物師といってもアトリエを持つだけでなく、洋裁店を経営していたのかもしれない。一八八八年版に掲載されたヴィーゲルトはただ一件のみ、それがエリスの父親の職業と一致するというところが大いに気にかかる。

「ヴィーゲルト」の後ろにコンマが打たれ、〝F〟と一文字添えられている。これはファーストネームの頭文字だ。「シュナイダー」は、男性名詞の語尾変化であるから、F・ヴィーゲルトが男性であることが分かる。先に述べたように住所帳に掲載されるのは世帯主であるから、この男性は家賃の支払い能力のある、独身男性または家長ということになる。

今度は地図を広げ、「クロステル巷」にあたる「クロースター通り周辺」に、F・ヴィーゲルトの住所であるシリング通りを探してみる。けれどもこの界隈に、この通りの名を見つけることはできなかった。

そこでまたインターネットの住所帳に戻り、翌年の項を調べた。するとそこにも引き続きF・ヴィーゲルトの名が見られ、『舞姫』のエリスの父のように亡くなった様子はない。それどころか商売は繁盛していたようで、賃貸物件を買い上げたらしく、「所有」を意味する〝E〟の文字が追加されていた。そこで住所別のページで確認すると、なんと三七番地の家屋全体の所有者になっていた。

植木氏はこの名を手がかりに、不動産登記簿を調べるなど、法律家ならではの方法で検証し、F・ヴィーゲルトの娘の存在を発見し、「エリーゼ＝ルイーゼ説」を打ちたてた。ここにいたるまでの説きあかしは鮮やかで、感銘することしきりだ。けれども実際に、エリーゼがルイーゼだったかと考えると、同意したわけではない。これは氏の研究の姿勢に対する尊敬の念とはまた別の次元の話だ。

そして今回、自身でも住所帳をひもとき、「F・ヴィーゲルト」という活字を前にして、鷗外とエリーゼの間に起きた現実としてとらえてみて、その疑念はより大きくなった。では、具体的に何が引っかかるのだろう。それを自身でも理解するために、氏の論をもう一度、注意深く読み返すことにした。

ルイーゼの祖父の死が、鷗外の滞在時期に重なっている。『舞姫』に父エルンストの死が描かれているだけに、これは大変興味深い事実だ。けれども、ルイーゼの年齢を見たときに疑問が生じた。

ルイーゼは一八七二年十二月十六日生まれであると氏は報告している。彼女が本当に鷗外の恋人だったとしたら、来日したときの年齢は、わずか十五歳だ。知り合った頃にはまだ十四歳だった可能性もある。十四歳と言えば、まだ中学生ではないか。

植木氏は、「当時の女性が今日より早熟であったことを考えると、この少女は鷗外の恋人として十分な資格があると思われる」と書かれているけれども、そうだろうか。本当に当時の女性は、今日より早熟だったのだろうか。

日本の童謡に「十五でねえやは嫁に行き」（「赤とんぼ」三木露風作詞、山田耕筰作曲）という歌詞もあるが、これは早熟だったからではなく、当時の「縁談」や「嫁入り」という風習によるものだろう。本人たちの意思に基づいた恋愛結婚であったら、日本においてもその婚期はずっと遅かったのではないだろうか。

では当時のドイツはどうだったのだろう。ドイツでも結婚は親が決めていたのだろうか。百年前のドイツ女性も、日本のように若くして嫁いでいったのだろうか。

この件に関しては、聖マリア教会の実際のデータを入手することができたので、それをもとに統計を取ってみたところ、次のような結果が出た。

この教会では、一八八八年の一年間に延べ百二十二組の結婚式が執り行われた。うち再婚者を含む挙式は十八組で、百四組が初婚同士のカップルだった。平均年齢は、初婚者だけを見ると、男性の平均は二十八・六歳、女性は二十五・四歳だった。「当時の女性が今日より早熟であった」の意見に対して疑問を抱きはしたけれども、女性の高等教育もまだ認められていなかった時代に（女子の高等教育が公式に認可され、ベルリンの女子高生六人がドイツ初の大学入学資格を取得したのは一八九六年）、女性の結婚平均年齢が二十五・四歳だったとは、意外なほど晩婚である。

年齢で見ると、女性の最年少は十七歳だった。けれどもこれは、百二十二人中ただ一人だけで、次は十九歳。五人の女性が十九歳で結婚し、二十歳で九人、二十一歳で十人と増加を見せ、その後、二十二歳の十二人を折り返すように人数は減少していくが、各年齢とも数人ずつ続き、三十七歳、三十八歳でともに一人となり、その後、間があいて、初婚における最高齢は四十二歳だった。

このことから、女性の結婚平均年齢は二十五・四歳であっても、結婚適齢期は二十二歳であったと考えることもできる。そう考えてもなお、十五歳は若すぎる。

また、十五歳の少女の一人旅という点も気にかかる。

当時のドイツでは、未成年女子の単独の渡航が許されていたのだろうか。認められなければ旅券は発行されないだろう。また、たとえそれが可能であったとしても、日本までの長旅を、十五歳の女の子がたったひとりで成しえるものだろうか。

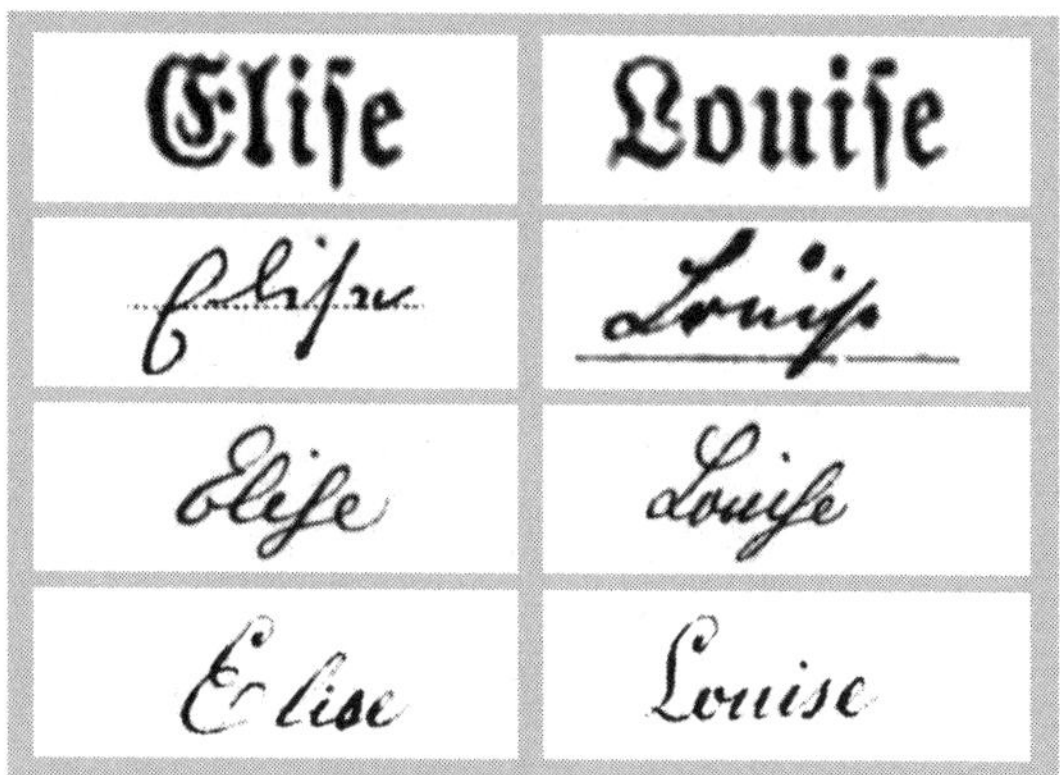

エリーゼの綴り方、ルイーゼの綴り方
活字（上の一段目）は当時、住所帳などによく使われていた字体。筆記体（下の三段）は名前ごとに三名の別人が綴ったもの。

横浜の港に着くまでには、まずはベルリンからブレーメンまで列車に乗り、駅から港までの移動も必要だ。前述の船舶の手引きによると、一八八九年の九月着の便は、ブレーメンから横浜まで五十二日もかかっている。また香港では船を乗り換えなければならないのだ。これだけの長旅をわずか十五歳の少女がたった一人でクリアできただろうか。さらに言うと、ルイーゼは不動産を持つほど成功した仕立物師のお嬢さんで、兄弟もいない、ヴィーゲルト家のひとり娘なのだ。ヴィーゲルト氏はわずか十五歳の愛娘をこんな形で旅に出すだろうか。

また森家にしても、年端もいかな

い少女を「路頭の花」と呼び、一族総出で追い返して「人の言葉の真偽を知るだけの常識にも欠けている、哀れな女の行末」と明言し、「誰も誰も大切に思っているお兄い様にさしたる障りもなく済んだのは家内中の喜びでした」と書くなど、そんな非情なことがありえるだろうか。

さらにこの推論には、名前が異なるという決定的な難点もある。英字新聞の乗船者名簿に記載されていたのは「エリーゼ」であり「ルイーゼ」ではない。

「エリーゼ」と「ルイーゼ」はカタカナで書くと、一見、似ているように感じられるけれども、実際のスペルは〝Elise〟（エリーゼ）と〝Louise〟（ルイーゼ）。見た目も異なり文字数も違う。見間違いは起きにくい。当時一般的に使われていた活字や筆記体を見比べても明らかだ。

一八八八年を見たついでに、八九年、九〇年とクリックし、住所帳の中にエリーゼを探してみた。時に四件、時に二件と、増えたり減ったりしながらベルリン在住のヴィーゲルトさんが並ぶ。

それらの名前をどんなに熱心に眺めても、〝Elise〟という文字が浮き出てくるわけでもない。エリーゼが誰かの扶養家族であっても、エリーゼの親の名が分からないから、エリーゼの家族の名前が掲載されているのかどうか、見当もつかない。時間ばかりが無駄にすぎ、時計を見ると、日付は翌日に変わっていた。

「あああああ‼」

大きな声を出して伸びをした。それからパソコンのスイッチを切って立ち上がった。これで終わりにしようと思った。この瞬間は、本当にそう思っていた。

小さな奇跡

翌日、出し散らかした本を片づけはじめた。

以前から持っていたもの、この夏に買い求めたもの、その量はかなりのもので、運びやすいように大きさで分類していくつかのまとまりを作っていった。

そのとき、林氏の著書に付いていたオレンジ色のしおり紐がページの途中に挟まれていたので、それを表紙裏に入れようと引っ張った。するとバランスが崩れて本が手から落ちそうになり、思わず摑むとそのページが大きく開く恰好になった。このページに紐を掛けたのは最近のことではない。何を気にしていたのだっけ……。

開いたページに目を走らせ、すぐさまその理由を思い出した。そこには鷗外の妹、喜美子の書いた「森於菟に」の一部が引用されていて、エリーゼに関する内容が興味深かったので全文を読みたくなって、別途注文しようと思ったのだった。

ところが入手したそれには、エリーゼのことなど何も書かれていなかった。おかしなことだと思ったけれども、本が手元に届くまで数ヶ月もかかり、その頃には『舞姫』熱も冷めかけていて、間違いの原因を追究する気にもならず、無駄な買い物をしたと後悔しただけで終わっていた。

あとになって、喜美子は「森於菟に」というタイトルでまったく異なる二つの文章を発表していたと知った。ひとつは『冬柏』一九三五年（昭和十年）第六巻から連載され、もうひとつは『文学』一九三六年（昭和十一年）六月号に掲載された。私が入手したのは前者で、『森鷗外の系族』に収録されている。インターネットで調べるとこちらのほうしか出てこず、まさか二種類あるとは思いもしなかった。

そして今は、偶然開いたページをそのまま読み進み、まずはこの箇所に驚いた。

それが片附いて私の宅へ礼にお出になりました時、「ほんとにお気の毒の事でした、妊娠とかの話を聞きましたが、」、「それは後から来ようと思ふ口実だつたのだらう、流産したとかいふけれどそんな様子もないのだから、

「それが片附いて」は、エリーゼ来日のことを指し「私の宅へ礼にお出になりました時」は、それが一件落着したあとに、鷗外が喜美子宅に挨拶に来たという意味だ。

こうして改めて読むと、エリーゼの妊娠が森家の中で話題になっていたことが、こ

こに明確に書かれている。前回ここを読んだときは、「風の噂」というイメージでとらえていた。けれども喜美子にとって、エリーゼに関することは夫小金井か実家の誰かしらが情報源なのだ。喜美子の質問に対して鷗外は、その趣旨を肯定したうえで返答している。エリーゼの妊娠は、森家の中でも話題になっていたのだ。エリス妊娠の設定もここから来ているということか。

愛をつなぎとめようと偽装妊娠を謀ったのだと鷗外が一笑に付していた、と喜美子は書いた。『舞姫』では、エリスは発狂しても流産することなく、豊太郎はエリスの母親に生活費を渡し、生まれてくる子どものことを頼んで帰国したという筋書きになっている。真実はどこにあるのだろう。

そして先を読み進め、この一文に釘付けになった。

　帰つて帽子会社の意匠部に勤める約束をして来たといつて居た。いや心配をかけた宜しくいつてくれ。」私との話はたゞそれだけでした。

「帰つて帽子会社の意匠部に勤める約束をして来たといつて居た」の一文は、「ベルリンに戻ったエリーゼが、就職先が決まった旨の報告をしてきた」という意味と、「エリーゼは、ベルリンに帰ってからの就職先を決めてから来日した」の、二通りに解釈することができる。

けれども帰国後の目処までつけて来日したのであるなら、森家は一族総出で彼女を追い返す必要もないはずで、前者の解釈を指したものだろう。杏奴によると、エリーゼと鷗外は長年文通をしていたのだから、帰国したエリーゼからの手紙に就職した旨の報告がなされていたということだろう。

それにしてもエリーゼ来日の件の礼を言うためにやって来たにしては極端に間が空いている。

欧州への船の旅は五十日ほどもかかる。住み慣れた町とはいえ、戻るつもりのなかった土地に帰り、人生を築き直すわけだから、就職の報告ができるようになるまで心身ともにそれなりの時間が必要だったことだろう。そしてメールも電話もない時代、鷗外への手紙もまた船で運ばれるのだ。ということは、横浜の港でハンケチを振って別れてから、就職の報告を含んだ手紙が鷗外の手元に届くまで、どんなに早くても三ヶ月はかかっただろう。エリーゼの来日中の小金井の失態は、小金井と鷗外の間に確執を生じさせでもしたのだろうか。「小金井の失態」とは、先にも述べた、エリーゼを帰国させる交渉に当たっていたはずの小金井が、ある日、日記に「こと敗る。ただちに帰宅」と書いたきり、距離を置いてしまった件だ。これほどの歳月をおかなければならないほど、鷗外の中のわだかまりは大きかったということか。それともエリーゼの帰国のあとも、森家には片づかない問題が引き続き生じていたのだろうか……。
いろいろ思いは巡るけれども、ここで私の心を大きく惹きつけたのは「帽子会社の意匠部に勤める」のほうだ。

帽子会社意匠部に勤めることになったエリス。その信憑性はどうだろう。乗船名簿の発見によってエリーゼ来日は証明された。しかしそれよりも前に恋人の来日を証言したのは喜美子だった。鷗外や森家の名誉を守りたいという思いが先だってしまうのか、実際とは異なる内容を綴ってしまうところのある喜美子だけれども、その中に事実が点在しているのも確かだ。

エリーゼが、手先が器用な女性だったということは、後述するエリーゼが鷗外に贈った刺繡の付いたハンカチ入れや、鷗外の手元に残った刺繡道具などからも窺える。帽子会社に勤めることになったと虚偽の公表をすることが、森家に有利に働くとは思えないだけに、あながち嘘でもないかもしれない。「ヴィクトリア座の踊り子にまた戻った」などと書かれていたなら眉唾モノだけれども、帽子会社の意匠部とは、意表を突かれはするものの、手先の器用さに関連する職業だけに真実味を感じる。

それで私はこの一文を真に受けてみることにした。
まずは、「意匠」の意味を広辞苑で引いてみた。

帽子の流行
帽子職人の専門紙"Die Modistin"に掲載された最新流行デザイン。写真はエリーゼも帽子職人として活躍した1898年の一枚。

①工夫をめぐらすこと。趣向。工夫。海道記「魯般、―窮めて風をなし」。「―を凝らす」
②美術・工芸・工業品などの形・模様・色またはその構成について、工夫を凝らすこと。また、その装飾的考案。デザイン。

職業としては②が対象だ。ようするに、帽子メーカーのデザインルームにポストを見つけたということだろうか。

そこで、当時それがどのような仕事であったのかを知ろうと思い、その手がかりを求めて国立図書館に出向いた。

まずは当時の女性向け新聞を出してもらう。

写真はまだ珍しい時代で、イラストがふんだんに使われている。女性をターゲットに作られた新聞だけあってファッションの話題が盛りだくさんだ。この頃の婦人はみな帽子を被って外出し、社交界では華やかな帽子は欠かせない。イラストから当時の帽子の流行やその必要性は分かっても、職業の手がかりになるような情報は得られることなく、何号か眺めて諦めて、また考えた。

帰国してすぐに見つけたというその就職口は、誰かの紹介があったのではないか。もしそうなら誰だろう。エリーゼが踊り子だったなら、劇場関係の知人も多くいたことだろう。斡旋役を務めたのはそれらの知人だろうか。喜美子は「帽子会社」としたが、舞台衣装を製作する会社の帽子部門はありえないだろうか……。

そこで今度は、以前に閲覧したことのある劇場年鑑をもう一度出してもらった。後半が広告ページになっていたのを思い出したのだ。

ページを繰ると、シャルロッテンブルクにある劇場用衣装製作会社の宣伝があった。舞台衣装全般を取り扱う大規模な製作会社のようだ。ここなら被り物の部署もあるだろうし、エリーゼも就職できたかもしれない……。

帰宅するやパソコンに向かい、また住所帳を開けた。

今ではベルリンの町のど真ん中に位置するシャルロッテンブルク区も一九二〇年の大都市ベルリン形成以前はベルリンの西側に隣接する独立した町で、住所帳も周辺都市としての別扱いになっている。まだ地下鉄も開通していない時代で、鉄道馬車はあったけれども、一人暮らしをするのなら、これを毎日の通勤に使うよりもむしろ徒歩圏に住まいを構えたのではないかと想定し、シャルロッテンブルク市在住のヴィーゲルトを調べようと思ったのだ。

一八八九年版から数年分を見たが、ヴィーゲルト姓はただの一件も存在しなかった。

そりゃあそうだろう。ちょっと広告を見つけたくらいでエリスにつながるなら、とうの昔にエリーゼの消息も知れている。それに先日は思考をめぐらして、エリーゼは踊り子ではなかったと確信したのに、今日はまた混同して考えている。思えば豊太郎が帰国する可能性を考えたときのエリスは、自分は豊太郎とともに日本へ行くことを決心し、一人になる母親については「わが東に往かん日には、ステッチンわたりの農家に、遠き縁者あるに、身を寄せんとぞいふなる」と言っているのだ。実際の母親も本当にシュチェチン付近(『舞姫』文中の「ステッチン」のこと。現在はポーランドに属するが、当時はドイツの一都市だった。ドイツ語では「シュテティーン」)の田舎に引っ込んでいて、エリーゼもそちらに身を寄せたのかもしれない。エリーゼ探しなど所詮無理な話なのだ……。

それは細い糸が指先に触れて、それが時おり銀色に透けて美しいものだから、知らず知らずのうちに手繰り寄せようとするような、そんな感覚だった。エリーゼがその糸を垂らしているのだと、そんな気さえすることがあった。

射撃訓練で知り合ったM氏を取材している頃は好奇心に近かったエリーゼ探しも、さまざまな文献を読むにつれ変化していた。他人から「路頭の花」扱いをされることや、「人の言葉の真偽を知るだけの常識にも欠けている、哀れな女」と蔑まれること、それがどれだけの痛みを伴うものかを考えるようになっていた。

私も同じ女性であるから、同様の経験がないわけではないし、心無い言葉に叩きのめされ、打ちひしがれて、悔しさと悲しみの入り混じった涙を流したこともある。あれからもう何年も経つのに、いま思い出してみても、当時の傷はまだ塞がっていない。まったくまだ癒えなどしていない。

エリーゼの正体を見つけることによって、彼女に掛けられた不当な嫌疑を晴らしてあげられるのではないか、そう思いを抱くようになっていた。もしかするとエリーゼもそれを望んでいるのではないかと思うこともあった。けれどもまた、そのいっぽうで、こう思うこともあった。

とんだ思い過ごしだ。糸を手繰り寄せてみたところで、その先は誰にもつながってなどないだろう。無駄に時間ばかりが過ぎていく。もうよさなければ。

けれどもそう思うと、なにか思い切れないものが残るのだ。なにかが気にかかって仕方がない。

そこで、これだけはやってみよう、と思った。それでエリーゼが見つからなかったら、今度こそ本当に終わりにしよう。自分にそう言い聞かせて、あることを実行した。

もう一度、喜美子の書いた「森於菟に」の抜粋部分を、じっくりと、ゆっくりと読み、それから目を閉じて考えた。

実にバカバカしい方法だけれども、どうせこれで終わるのだから一度くらいやってみてもよいと思った。これまでのように理論や理屈で考えるのではなく、エリーゼの立場で考えるということを。どうせこれで終わるのだから……。

もし私がエリーゼだったら、私は今、どこにいる？

もし私がエリーゼだったら……。

プロポーズされて日本へ行った。なのに思いもしない事態に陥り帰国することになった。すべてを処分して出てきたのだから、ベルリンに戻っても何もない。親か友人の前に突然姿を現して驚かせ、とりあえずそこに身を寄せた。ハンカチイフを振って別れたのは私がバカだからじゃない。あれは精一杯のプライドだった。金さえ握らせれば片が付くと思っている小金井のような男の前でなど、絶対に涙を見せたくなかった。私は負け犬ではない。毅然と帰ってきたのだ。

だから泣き暮らしてばかりいないで仕事を探した。特技を活かして帽子会社に就職した。地道に技術を習得した。最初の頃は誰かのところに身を寄せるばかりの日々だったけれど、徐々に生活も落ち着いていった。それでも最初の頃は間借りだった。一年、二年……そう、遅くとも十年後には、しっかりとした生活を送っている。きちんと賃貸契約した住まいを構え、家賃もちゃんと支払っている。十年後には。

「十年後」に決めた。

これが最後だ。これでエリーゼが見つからなければ、糸の先を見たということだ。それで本当に終わりにしよう。

パソコンに向かい、住所帳を開いた。一八八八年の十年後は一八九八年。アルファベット別の一覧を開き、〝W〟の項をクリックする。

W…Wi…Wie…Wiegert……！　思わず息を呑んだ。

E., Schneiderin, O Blumenstr. 18 IV.

ヴィーゲルト姓の最後尾に、ファーストネームの頭文字が〝E〟で始まる名があった。職業の語尾変化が女性名詞であることを表しているから、この人物が女性であることは明らかだ。そしてその職業はなんと「仕立物師」、洋裁の仕事に就いているという。住所は、ベルリン東区のブルーメン通り一八番地。第四階層。日本で言うところの五階に住まいを構えている。

帽子も縫って作るのだから、縫製業と言えるのかもしれない。ファーストネームがフルネームで載っていないだろうかと職業別で調べても、帽子製作の欄に載っているのは工場ばかりで、個人名は見当たらなかった。住所別で見ても〝Wiegert, E., Schneiderin〟とあるだけだった。

そこでその翌年である一八九九年版のアルファベット別一覧を開いた。

あった……!

思わず声が漏れた。奇跡が、起きた。

Elise, Schneiderin, O Blumenstr. 18 IV.

そこには、〝E〟と頭文字のイニシャルではなく、「エリーゼ」と、はっきり記されていた。帽子デザイナーと書かれているわけではないけれども、喜美子の記述はまったくの間違いではなかったのだ。

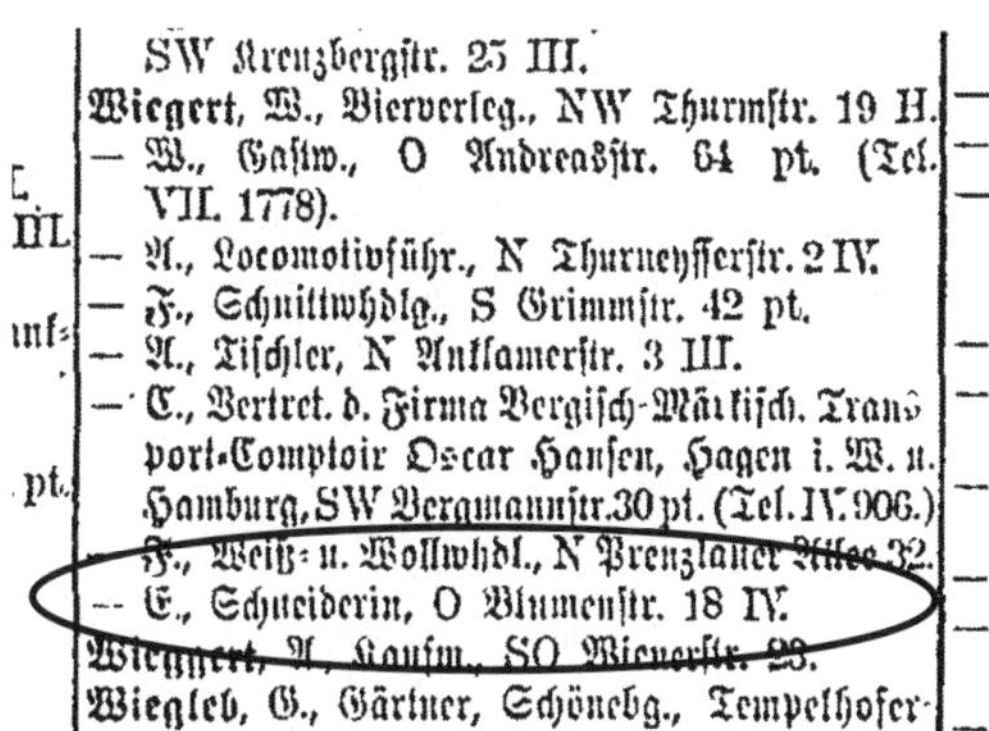
SW Kreuzbergstr. 25 III.
Wiegert, W., Bierverleg., NW Thurmstr. 19 H.
— W., Gastw., O Andreasstr. 64 pt. (Tel. VII. 1778).
— A., Locomotivführ., N Thurneysserstr. 2 IV.
— F., Schnittwhdlg., S Grimmstr. 42 pt.
— A., Tischler, N Anklamerstr. 3 III.
— C., Vertret. d. Firma Bergisch-Märkisch. Transport-Comptoir Oscar Hansen, Hagen i. W. u. Hamburg, SW Bergmannstr. 30 pt. (Tel. IV. 906.)
— F., Weiß- u. Wollwhdl., N Prenzlauer Allee 32.
— E., Schneiderin, O Blumenstr. 18 IV.
Wieggert, A., Kaufm., SO Wienerstr. 23.
Wiegleb, G., Gärtner, Schönebg., Tempelhofer-

住所帳 1898 年版　ヴィーゲルト　Wiegert

住所帳 1898 年版に掲載されたヴィーゲルト姓の世帯は八件あり、末尾の記録が“E”で始まる仕立物師の女性。

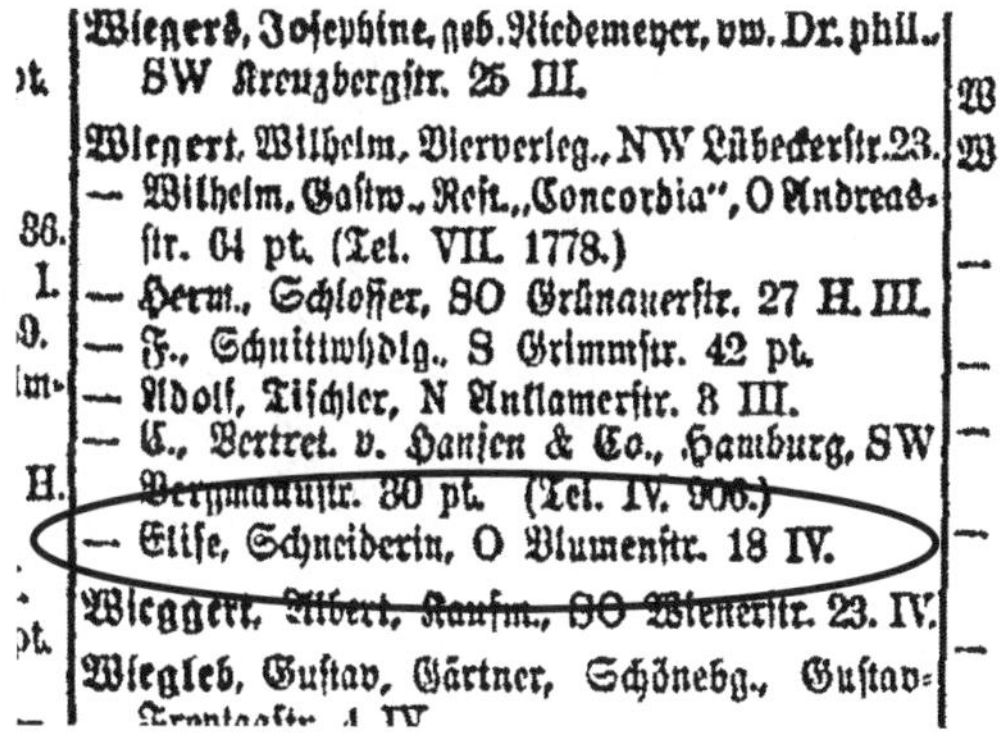
Wiegers, Josephine, geb. Riedemeyer, vw. Dr. phil., SW Kreuzbergstr. 25 III.
Wiegert, Wilhelm, Bierverleg., NW Lübeckerstr. 23.
— Wilhelm, Gastw., Rest. „Concordia", O Andreasstr. 64 pt. (Tel. VII. 1778.)
— Herm., Schlosser, SO Grünauerstr. 27 H. III.
— F., Schnittwhdlg., S Grimmstr. 42 pt.
— Adolf, Tischler, N Anklamerstr. 8 III.
— C., Vertret. v. Hansen & Co., Hamburg, SW Bergmannstr. 30 pt. (Tel. IV. 906.)
— Elise, Schneiderin, O Blumenstr. 18 IV.
Wieggert, Albert, Kaufm., SO Wienerstr. 23. IV.
Wiegleb, Gustav, Gärtner, Schönebg., Gustav-

住所帳 1899 年版　ヴィーゲルト　Wiegert

前年に“ E ”で始まる仕立物師の女性の名が、翌年 1899 年にはなんと“Elise（エリーゼ）”と表記されていた。

そこで一八九八年より前の年号を調べてみても、エリーゼの名は出てこなかった。エリーゼに関する記載はまさしく一八九八年に始まっていた。

このブルーメン通りというのは一体どこにあるのだろう。〝O〟とされているから「東区(オスト)」であり、古(アルト)ベルリン地区でないことは確かである。

……それにしてもこの通りには聞き覚えがある。どこだったか、たしか劇場と関係していた。『舞姫』に出てきたようには思えない。となると『独逸日記』か。

そこで『独逸日記』を、鷗外がベルリンに移ってきた一八八七年(明治二十年)四月十五日条から読み進めたが見当たらず、観念して最初のページから通読してようやく見つかった。

探していた「ブルーメン通り」の一言は、日記の本文ではなく、『独逸日記』の欄外の注釈(ちくま文庫/森鷗外全集13『独逸日記/小倉日記』/九七頁)の中にあった。それは次のような内容である。

ベルリン市の東部、ブルーメン街にあり、主としてフランスの茶番劇を上演。

本文は、次のような内容だ。(一八八六年/明治十九年、二月二十二日条)

二十二日。（中略）田中と輩下戯園 Residenztheater に至る。たまたまドユマア Alexander Dumas の新作「デニス」Denise を演ず。帰途汽車を用ゐてフリイドリヒ街 Friedrichstrasse に至る。伯林市中の汽車を用るは此を始と為す。（後略）

注釈は、レジデンツ劇場（輩下戯園）に関しての解説だった。

この条を見つけるまでのあいだ、心のどこかで期待していたのは、エリーゼが仕立物師としてこの通りに住居を構えたのは、この劇場の舞台で使う帽子を手がけていたからとか、エリーゼがこの劇場の仕事を受けたのは、この劇場が鷗外との思い出の場所であったといった、「物語性の発見」だった。

けれども実際に本文を前にしてみると、前者はさておき、後者は想像の膨らませすぎだ。それにしてもエリーゼは、なぜ住み慣れた古(アルト)ベルリンを離れ、汽車に乗らなければならないほど街から遠く離れたところへ移っていったのだろう。

そして一八九九年以降の足取りを摑もうと、再び住所帳を開いて閲覧するうち、戸惑うような記録にぶつかった。

一九〇〇年版でのエリーゼは、住所も職業も姓も変わらないまま、名前だけが突然「エリーゼ」から“Lucy”(ルーツィ)に変わったのだ。

Wiegers, Josephine, geb. Niedemeyer, vw. Dr.phil., SW Kreuzbergstr. 25 III.
Wiegert, Albert, Bahnbeamt., N Thurneysserstr. 2.
— Wilhelm, Gastw., O Andreasstr. 64 pt. u. I. (Tel. VII. 1778.)
— Wilhelm, Gastw., NW Putlitzstr. 7.
— H., Schlosser, SO Grünauerstr. 27 H. III.
— F., Schnittwrhdlg., S Grimmstr. 42 pt.
— Adolf, Tischler, N Anklamerstr. 3 III.
— C., Vertret. v. A. Hartrodt, Spedit. Gesch., Hamburg, Bremen, London u. Antwerpen, SW Fidicinstr. 6 II. (Tel. VI. 2757.)
— Lucy, Schneiderin, O Blumenstr. 18 IV.
Wieggert, Helene, geb. Steinert, Ww., NW Wilsnackerstr. 9 III.

住所帳1900年版　ヴィーゲルト　Wiegert
1900年版になると、同じ住所、同じ職業であるのに、"Elise"（エリーゼ）の名が、"Lucy"（ルーツィ）に変わっていた。

「ヴィーゲルト」という姓がベルリンでは大変珍しい姓であるから、エリーゼがほかの住居へと引っ越し、代わりに同じ職業を持つ同姓の別人が入居してきたとは考えにくい。姓は同じでありながら名だけが変わるとは、どういうことだろう。

さらに一九〇一年版を見ると、"Lucy"のスペルが"Lucie"に変わり、職業も"Modistin"（モーディスティン）となった。

住居のほうも、住所はそのままで、部屋の階層がひとつ下がり、第三階層、日本でいう四階部分に移動している。そして一九〇三年まで同じ記録が続き、一九〇四年にまた名前が"Elise"に、職業も元の仕立物師に戻り、一九〇五年、ヴィーゲルトの

Zeitler, O., W Elßholzstr. 16.
Zoll, R., SW Belle-Alliancestr. 75.

Modewaaren
s. Manufactur- u. Modewr.

Modistinnen
s. Schneiderinnen.

Molkereien.

Ahlbehrendt, W., SO Oppelnerstr. 37.
Albrecht, H., N Demminerstr. 1.

住所帳1900年版　職業別
“Modistinnen”（モーディスティンネン）の項目には「女性仕立物師の項参照」と記されていた。

欄からエリーゼが消えた。同時に通り別からも職業別からも姿を消した。その後も、エリーゼの消息がまったく絶えてしまった。

他の町に引っ越したのだろうか。もしそうであれば仕事上で成功をおさめ、もっと良い条件の待つ町（または国？）へと移っていったのかもしれない。それとも親の面倒を見るため「ステッチンわたり」の田舎に引っ込んだのだろうか。あるいは結婚したのだろうか。来日時に十八歳だったとしても、三十五歳になっている。

名前が消える前年に、名前も職業も元に戻ったところを見ると、「ルーツィ」もエリーゼ自身だったのだろう。なぜある期間だけ「ルーツィ」と名乗ったのだろう。〝Modistin（モーディスティン）〟という職業に関係があるのだろうか。

そもそも〝Modistin（モーディスティン）〟とは、どんな職業なのだろう。

古い言葉なのか、独和辞書を引いても出てこない。「モーデ」は「モード」、ファッションのことだ。言葉の響きからは「スタイリスト」といったイメージを抱く。

住所帳の職業別を見ると、該当者の名はここには挙げられておらず、「女性仕立物師の項参照」との案内が記されている。ということは、この職業が縫製の分野に入ることは確かだ。けれどもそれは「女性仕立物師」と性別が限定され、「モーディスティン」の職業も、〝Modistinnen〟と女性名詞の複数形で、それが女性特有の職業であることが窺える。

男性の就かない職業とはなんだろう。帽子会社勤務を辞めて、女性下着でも縫っていたのか。それともファッションデザイナーやスタイリストに転身したのだろうか。あるいは、「ルーツィ」と名乗ったのは、独自のブランドを立ち上げたのか……。

（エリーゼ＝下宿の娘説）変更の必要あり！

頭がますます混乱する中、さらにとんでもないデータに出くわした。

住所帳がオンラインで閲覧できるようになったとはいえ、そのデータは原本からのスキャン画像の集大成で、"wiegert（ヴィーゲルト）"と入れて一括検索というわけにはいかない。ある程度のカテゴリまでインデックスをクリックして進んだ後は、一ページ、一ページ、スキャン画像をダウンロードしては髭文字を解読しながらページを進めていかなければならず、電話帳を指で繰るほど容易ではない。

けれども、エリーゼの記録が住所帳に見つかったいま、ほかの年号にも載っているかもしれない情報を見過ごさないためにも、一八八五年版以降のすべてに目を通しておくことにした。その始まりを一八八五年としたのは、『舞姫』にエリスの父エルンストの葬儀が出てくることから、エリーゼの父に関する手掛かりが住所帳のどこかに本当に残っていないか、今一度確かめておきたかったからだ。

年号を選び、「市内住民」を選択する。Aから順に並ぶアルファベットの中から"W"群を選んだあとは、"wiegert（ヴィーゲルト）"を含むページまで当たりをつけながらクリックで進む。ヴィーゲルト姓のまとまりが出てきたら、名をひとつひとつ確認していく……。時間もかかるし、目にも負担で、煩雑な作業ではあるけれども、年号を追いながらそれを繰り返すうち、アルバートさん、オットーさん、ヴィルヘルムさん……会ったこともないヴィーゲルトさんたちと「顔馴染み」になっていくのがどこか楽しい。

後年にはヴィーゲルト姓も徐々に増えていく。

そして住所帳の時代も幕を閉じようとする一九四一年、ふたたびエリーゼの名が現れた。それも今度は洋裁師でもスタイリストでもなく、飲食店の経営者として。店舗はダンツィガー通り六番地、住まいはプレンツラウアー・アレー四一番地で、その掲載は、住所帳最終号である一九四三年版まで続いていた。

そこで一九四一年の前年を見ると、アルフレッドという男性名義になっていた。そこでさらに順を追ってさかのぼっていくと、アルフレッドの前任として「馴染み」のヴィルヘルムの名が出てきた。それまで「アルバートさん、オットーさん、ヴィルヘルムさん……」と声に出しながら書き留めていた、「ヴィルヘルムさん」は、どうやらエリーゼの父親もしくは祖父に当たりそうだ。

一九四一年に飲食店経営者として登場したエリーゼ・ヴィーゲルトに関連する記録としては、住所帳を一八九六年版まで戻ることができた。

一八九六年版では、ヴィルヘルムが、アンドレアス通り六四番地でレストラン「コンコルディア」を経営。それは一九〇〇年まで続き、同年にNW区のプトリッツ通り七番地に移転。一九〇五年にはSO区シュミード通り二四―二五番地に移転。これが三年つづき、一九〇八年版から姿を消した。再び掲載が始まるのは一九二二年版で、ケーペニック区のミュッゲルゼー湖畔にてレストラン「ミュッゲル小城」を経営。ここ

iegmann　　Teil I

Bl…st | Wiegert Elise Gastw N58 Danziger Str 6 T.
Wohn NO55 Prenzlauer Allee 41 T.
11 | —Emil Straßbschaffn a D Weißensee Sedanstr 82
: 40 | —Ewald Schriftsetz N 65 Boyenstr 40
23 | —Fritz Hauptkassier Buch Nobelweg 14
—Gerhard Dentist N 54 Brunnenstr 185 T.
Cal- | —Gerhard Gießer Kaulsdf Moltkestr 14
—Gertrud Pensionär Tempelhf Badener Ring 32b
—Gustav Zugführ Charlb Pestalozzistr 33
nstr | —Hans Bankangest SO36 Naunynstr 40 T.
—Hans Schlosser NO55 Danziger Str 41
—Hans Dr phil Studienrat Niederschönhs Elisabeth

住所帳1941年版　ヴィーゲルト　Wiegert

ヴィーゲルトの項の筆頭が“Elise”（エリーゼ）であり、ダンツィガー通り6番地で飲食店経営と記されていた。

でアルフレッドの名が共同経営者として加わり、一九三〇年版でアルフレッドの名だけが残る。そしてアルフレッドは、三九年にはダンツィガー通り六番地にも店をかまえ、翌年には湖畔レストランをたたみ、さらにその翌年にはその名義がエリーゼに変わった。

　一九〇八年から二一年までの空白期間は、ケーペニックが当時まだベルリン市内ではなく、住所帳に取り上げられていた近隣都市にも含まれなかったためだろう。

　一九四三年以降の足取りを追うために古い電話帳を探すと、一九四八年版が見つかり、ダンツィガー通り六番地のレストランは健在であり、

年号	飲食店エリーゼの軌跡	仕立物師エリーゼの軌跡
1896	ヴィルヘルム&F／アンドレアス通り	
1897	ヴィルヘルム／アンドレアス通り	
1898		エリーゼ／縫製業
1899		エリーゼ／縫製業
1900	ヴィルヘルム／アンドレアス通り、プトリツ通り	ルーツィ（Lucy）／縫製業
1901	ヴィルヘルム／プトリツ通り	ルーツィ（Lucie）／モーディスティン
1902		
1903		
1904		
1905	ヴィルヘルム／シュミード通り	
1906		
1907		
1908〜21年	不明	
1922〜29年	ヴィルヘルム＆アルフレッド／ミュッゲルゼー湖畔	
1930〜38年	アルフレッドのみでミュッゲルゼー湖畔	
1939	アルフレッド／ミュッゲルゼー湖畔 アルフレッド／ダンツィガー通り	
1940	アルフレッド／ダンツィガー通り	
1941〜47年	エリーゼのみでダンツィガー通り	
1948〜50年	エリーゼ＆ゲルハルト／ダンツィガー通り	
1960〜81年	ゲルハルトのみ／ダンツィガー通り	

図⑤

そこではエリーゼとゲルハルトなる男性との連名になっていたが、次に見つかった一九六〇年版では、「ゲルハルト・ヴィーゲルト」に名義が変わっていた。それ以降、一九八一年版まで、断片的に見ることができたどの電話帳にも、ゲルハルトの名で店が続いている様子がうかがえた。

これらの情報と、一八九八年版以降に出てくる縫製の仕事に従事するエリーゼの記録を並べると、不思議な符合を見ることができる（図⑤）。

ヴィルヘルムがアンドレアス通りに店を構えた二年後、エリーゼの名が住所帳に登場する。そしてヴィルヘルムが、店を引っ越そうと二店掛け持ちにしている年に、エリーゼは「ルーツィ」と名を変えた。また、ヴィルヘルムがプトリッツ通りの店を切り盛りしている間は、エリーゼもモーディスティンとして活躍し、エリーゼの消息が途絶えたタイミングで、ヴィルヘルムはシュミード通りへ移転している。時期的タイミングが常に一致しているので、この両者にはなにか相関があるように感じられる。そして一九四一年のエリーゼの突然の復活、それも料理屋の女将（おかみ）として。

そこで、洋裁師エリーゼと、料理屋の女将エリーゼが同一人物とした場合の、ファミリー・サーガを考えてみる。

帰国し自分なりの道を進むエリーゼと、念願叶って自分の店を構える父。エリーゼは後に他の町に移ったか、結婚して家庭に収まったか、住所帳からはその名が消えるが、父のほうはミュッゲルゼー湖畔にレストランを開き、息子アルフレッド……すなわちエリーゼの弟（ここではとりあえず「弟」ということにしておく）とともに切り盛りした。そして父も老いて引退し、弟が店を引き継いだ。ところが第二次世界大戦が勃発し、観光名所での飲食店経営も難しくなり、弟はこの店を引き払い、ベルリン市内に小さな店を出す。ところがついに弟が召集される。弟には妻があるが、子どもが幼く手が離せない。そこでエリーゼが一肌脱いで、女将として店を支える。終戦を迎えても弟は終に戻ることなく、瓦礫となった町の復興の時代をエリーゼは歯を食いしばって耐え抜き、ようやく成人した弟の忘れ形見ゲルハルトにその代を譲る……。そんな筋書きがありえるだろうか。

公文書館

仕立物師のエリーゼと、飲食店経営者のエリーゼ。この二つの事実を確認する方法はないものかと考えた。

縫製業に関しては、エリーゼが勤め先と交わした雇用契約書でも出てこない限り、証明のしようがないだろう。けれども飲食店のほうはどうだろう。例えば今の時代なら自営のためには、"Gewerbeschein"（ゲヴェアベ・シャイン）と呼ばれる営業許可証を取得する必要がある。当時もそれに準じるものはなかっただろうか。

手がかりを求めて、ベルリン州立公文書館に電話をかけてみた。

この公文書館には、ベルリン市および州の公文書のほか、新聞（マイクロフィルム）、映像・音声などの資料やベルリンの地図や写真、また歴史関連図書が収蔵されている。

文献の閲覧には、目録の中から注文番号を見つけ出し、その番号で申し込む必要がある。オンラインでの検索には限界があり、特殊な文献を探している場合は、現地に出向いて目録を見るか、メールで問い合わせることになる。メールを出すのは簡単だけれども返事が来るまで何日もかかる。これまでの経験では、注文番号以外の問い合わせに関しては、返事が来たためしがない。かといって来館しても、申請用紙の書き方以外の助言は期待できない。そこで残るのが「電話」という手段で、相談できる窓口や職員が本当に存在しないのかを確かめようと思ったのだ。

電話に出た女性は、やはりここには相談窓口はなく、目録から探すしかないとしながらも同情を寄せてくれている様子で、営業許可に関しては、ここには許可の内容そのものに関する文献しか収蔵されていないはずだけれども、他の可能性を考えてみると、来館を勧めてくれたので、すぐに家を飛び出し公文書館へ向かった。

テーゲル空港の北側にあるその公文書館は、ベルリン南西部の端に住む私にとっては車でも一時間以上かかる。その上、渋滞に巻き込まれて想像以上に時間がかかり、ようやく到着したときは、閉館寸前になっていた。

血相を変えて滑り込んだ館内で、見覚えのある女性職員とすれ違い、「グーテン・ターク」と会釈すると、「グーテン・ターク、フラウ……」と、私の苗字まで付けた挨拶が返ってきたので、腰が抜けそうになるほど驚いた。ここを最後に訪れたのは二年も前のことなのに。

住民票照会

電話で対応してくれた女性職員との面会はなんとか果たしたものの、名案は浮かばなかったとして、最後の手段として住民票の照会を勧めてくれた。

この公文書館では、一八七五〜一九四八年のベルリン市全域および一九六〇年以前の西ベルリン地区の住民票を保管しているという。エリーゼの時代がすっぽり入っているからこの上ない資料だ。けれどもこの照会申請をおこなうには、尋ね人の生年月日が必要とのことだった。

エリーゼの生まれ年を、おおよそで言うことはできても、正確な生年月日はまったく分からない……いや、その情報こそを探しているのだ。事情を説明すると、職員は紙きれを私に差し出して、尋ね人の名前を書かせた。そして"Elise Wiegert"と書かれた紙をひとしきり眺めてから受話器を取った。

彼女は、電話の先の人物に何度もエリーゼの名を読み上げては頷いている。そのまま結果も聞けるのかと期待したがそれは叶わず、生年月日無しで調査してもらえるよう取り計らってくれた。「ヴィーゲルト」がよくある姓ではないので、ファーストネームと職業を併せれば、本人と特定するのも難しくはないだろうとの判断だった。

といってもこの調査は無料ではない。住民票の多くが第二次世界大戦時の空襲で焼失しており、見つからない場合もあるが、結果如何にかかわらず、料金は支払われなければならない。これを了解した上で申請するようにと所定の用紙を渡された。

調査費は、住民票一件につき一〇ユーロ。その他の調査を希望する場合は、別途費用が加算される。この用紙には調査費の金額が明記されていないけれど、調査関係は一般的に一時間五〇～六〇ユーロが相場だろう。この方法に頼るほかない今、それくらいの出費も致し方ないと思い、両方にチェックを入れて申し込んだ。

数日後、ダンツィガー通りに行ってみた。かつてエリーゼが経営していた料理屋が今はどうなっているのか確かめてみたくなったのだ。

この住所は、広大なビール醸造所跡を利用してできた、映画館や劇場、バーやカフェやレストランなどの複合施設「クルトゥアブラウアライ」の側面に位置する。雑誌にもよく取り上げられる人気の場所だから、周辺は通りも多く賑やかだ。六番地は、雑貨屋になっていた。店員に尋ねると、今の店になって四年ほどで、その前は十年ほど靴屋だったと聞いているとのことだった。

こうして思いつくことは厭わずこなし、残すところ公文書館からの返事を待つのみという日々、ちょうど日本から『森鷗外の断層撮影像』（長谷川泉編、至文堂、一九八四年）が届いたので、これを読んで過ごした。

そして半分以上読み進めたところで、「エリーゼの身許しらべ」というタイトルの論文に辿り着いた。著者は金山重秀となっている。私が今やっていることと同じ行為をタイトルにしたその文章に目をやると、「昭和五十六年八月号の本誌上に発表済みであるが、今回はその後の調査報告を試してみたい」の一文ではじまり、まさに一九四二年の住所帳に掲載されている、料理店経営者としてのエリーゼに関する調査として、その結果が報告されていた。

氏が調査したとき、この店はまだ存在し、直接取材ができたという。

経営者はエリーゼの息子のゲルハルトで、母親エリーゼは一八九八年一月二十一日生まれ、同姓同名の別人だったと書かれていた。

長くつづく論文の、冒頭に置かれた、たった数行の報告だった。

同姓同名の別人……。ただ愕然とした。

思い切り落胆

これまでの数ヶ月、「ヴィーゲルト」がとても珍しい姓であることを、住所帳のデータを見るたびに、また、ドイツ人にその名を伝えるたびに、くり返し感じていた。そんなわずかな人数の中に、同世代ではないとはいえ、まさか同姓同名が存在するとは……。料理屋の女将の彼女の場合は、旧姓が別にあり、結婚してこの名になったということだけれども……それにしても……。

「ショック」という言葉では到底足りないほどのショックを覚えた。

鷗外とエリーゼが手を取りあって下界を見下ろし、クックと上げた笑い声が聞こえたような気さえした。

気持ちが落ち着いてきたころ、公文書館の住民票調査を、洋裁師と飲食店経営者の二つの職業を記入して申請したことを思い出した。二人が別人と判明したのだから、後者の職業を抹消してもらわなければ。けれどもすべてがバカらしく思えた。料理屋女将のエリーゼが別人なら、洋裁師エリーゼもただの同姓同名かもしれないのだ。だいたいファッションスタイリストのような職業は、喜美子の書いた「帽子会社の意匠部」からもかけ離れ、帽子とは何ら関係がないではないか。結局はエリーゼの立場に立ったつもりでの当て推量、偶然にすがりついていただけだ。

外ではベルリンご自慢の街路樹も黄色く色づき、風に舞いはじめていた。夏の夕方の一丁の拳銃をきっかけにエリスの面影を追うようになり、気がつくともう三ヶ月もの月日が流れている。

何をやっているのだ、私は……。

第四章

市立博物館

思い切り落胆した翌週、市立博物館史料部へと車を走らせた。立ち直ったわけではない。名案が浮かんだわけでもない。訪問をキャンセルしようと決めていたのに、断るのをすっかり忘れていたのだ。ドタキャンはあまりに失礼であるし、仮病を使っても日程が先に延びるだけで、いつか訪問するということに変わりはない。気分が沈んで、ほかにうまい断り文句も浮かばない。それで仕方なく出かけたのだった。体裁を繕うという、却って申し訳ない行動だったが、いろいろ考える余裕もなかった。

市立博物館は都心部にあるけれども、付属の史料部は、手を伸ばせばブランデンブルク州に触れることができそうなほど、ベルリン北西部の端にあった。

リトファスの柱

劇場情報などを貼る広告塔。ウンター・デン・リンデンのこの塔は1881年には既にあった。かつて鷗外も立ち止まり見上げたことだろう。

ベルを鳴らして建物の扉を開けてもらうと、フロアに入る手前にもう一枚扉があり、それも施錠されていた。この狭い空間で用件を伝え、職員が担当者に電話で問い合わせ、予約の確認が取れるとはじめて次の扉が開錠されるという厳重ぶりだった。

フロアで待つこと数分、迎えに来てくれた女性職員Rさんに案内されて上階へ進むと、長い廊下のずっと先にある会議室に通された。

入り口の厳戒ぶりとは対照的に、ここでは国立図書館や州立公文書館のように私物をコインロッカーに預ける必要がないらしい。会社訪問のときのように、通された部屋でコートを脱ぎ、ポールハンガーに掛けて席に着いた。

Rさんは大衆演芸部門の担当者で、当初私が希望していたヴァリエテやサーカスに関する資料をテーブル上に用意してくれていた。それは当時の舞台のパンフレットやポスターや新聞の切抜きなどで、年代で分けたファイルに収められている。それらの資料は市民から寄贈されたものであるため、偏りがあるものの量が多く、順に見ていくと、当時の市民のライフスタイルが手に取るように想像できた。

当時、クラシックや演劇やサーカスなどプログラムの広告は、今日でも路上によく見かける、円筒形の広告塔に貼り出された。この広告塔はLitfaßsäule（リトファス・ゾイレ）（リトファスの柱）と呼ばれているが、印刷業エルンスト・リトファスがその名の由来。ベルリン生まれのリトファスは、俳優になることを夢見た時代があったものの大成せず、諦めて、親が経営していた印刷会社を引き継いだ。

そこでパリやロンドンにあるような広告塔を街角に建てれば、印刷業と演劇の応援が両立できると思いつき、広告塔製作に乗り出した。一八五四年に完成し、第一号が設置されたのは、その五年後に完成することになるヴィクトリア劇場のすぐそばだった。

テレビもラジオもない時代、街頭広告の効果は絶大で、リトファス・ゾイレはたち

踊り子のブロマイド

ヴァリエテの踊り子たち。葉書大のブロマイドとして刷られ、店内で販売されていた。“Theater als Geschäft” Stadtmuseum, 1995

まちのうちに普及していった。鷗外は大のクラシックファンで、留学中も音楽会やオペラなどよく劇場に通っている。ウンター・デン・リンデンなどに建つリトファス・ゾイレを見上げて、公演プログラムを吟味していたのだろう。

そういった広告の歴史があり、資料にはリトファス・ゾイレに掲示するために刷られた公演ポスターも多い。そこには演目のほかに、主だった出演者の名も見える。

それらの資料の劇場名や演目などを確かめながら、出演者の中にエリーゼの名を探したけれども、その名が印刷されていることはなかった。

また、用意してくれたファイルの中には、写真ばかりを収めたものもあった。舞台風景や女優や俳優、曲芸師の演技など、当時の芸能事情が窺える写真が山のように収められている。中には日本からやってきた曲芸師や芸人たちの姿も見える。さらにヴァリエテ関連のファイルもあり、踊り子たちのブロマイドに驚いた。

それは掌ほどの大きさのブロマイドで、葉書としても使える作りになっており、当時はヴァリエテ劇場で販売されていたそうだ。劇場は踊り子をウリにして客を呼びこみ、踊り子たちはその店のアイドルとしてもてはやされたという。といっても、鷗外の留学時代には、気軽に持ち運べるカメラがまだ普及していなかったため、こういったブロマイドが出まわるようになったのは二十世紀に入ってからのようだ。

それにしても、ブロマイドに写る踊り子たちは、実にふくよかだ。

郷ひろみが主演の映画『舞姫』（一九八九年）のエリス役が、肉感的で目力も強力な、腕相撲をさせたら連戦連勝を誇りそうな体格の女優で、小説の中のエリスの儚げなイメージが一掃されてしまったと不評を買ったが、こうして当時の踊り子たちの姿を見ると、あのキャスティングは時代考証には適っていたと言えそうだ。

私の知人であり当時制作に関わった福沢啓臣（ひろおみ）氏によると、実はエリスのイメージに合う別の候補がいたという。けれどもその女優はまだ新人で、主演の郷ひろみが、本業が俳優ではなく、全編ドイツ語の台詞で挑まなければならないのだから、演技力のある女優が相手役として彼を支えるべきとの意見が強く、実力派女優として頭角を現しはじめていた舞台出身の彼女に決まったのだとか。

残念ながら大ヒットには至らなかったと聞いたけれども、主演の郷ひろみは、短期間でよくここまで、と唸らせるほどしっかりとしたドイツ語を話している。もちろん日本人特有の訛りはあるけれども、堂々と演じ切った姿は清々しく、好感が持てる。いっぽう鷗外自身は、十歳の頃からドイツ人のもとでドイツ語を学んだというから、ネイティブ並みに話せたことだろう。ドイツ滞在中はドイツ人をも感嘆させることが多かったようだし、カールスルーエでの赤十字国際会議における演説は非常に高い評価を得ている。日本へ向かうエリーゼのために鷗外が寄港地に残したとされる独訳英語小説の扉に走り書きしたメッセージをみると、〝d〟の書き方やスペルのあしらい方などはまるでドイツ人が書いたもののようだ。

『舞姫』には、日本人の豊太郎が、ドイツ人のエリスに、ドイツ語の読み書きを教え、訛りを正したというくだりがある。これはエリスが外国人だったわけではなく、下町の娘で標準語をきちんと話せなかったという意味だ。

ベルリンに見られる「訛り」は、イントネーションではなく根本的な発音の違いにあり、中には語彙そのものが違ったり、独自の文法なども存在する。

例えば、「とても良い」の表現のひとつに“ganz gut(ガンツ・グート)”という言い方がある。これがベルリン弁では“janz jut”（ヤンツ・ユート）となる。また、「私は何も知らない」は標準語で“Ich weiß gar nicht.”（イッヒ・ヴァイス・ガー・ニヒト）だが、ベルリン弁では“Ick wees ja nüscht”（イック・ヴェース・ヤー・ヌユシュト）であるからベルリン以外では通じない。

“Berlinisch（ベルリンの方言）”（Akademie-Verlag Berlin出版、一九八六年）によると、ベルリン弁はベルリンの発祥とともに地元の言葉として発生し、ベルリンでは当初、ベルリン弁のみが話されていた。言語が学問として研究されるようになったのは十六世紀に入ってからで、その後「標準語」が規定され、ベルリンにも「標準語」と「下町語＝ベルリン弁」の二つの言語が存在するようになった。

また並行して、この時代のベルリンの上流社会では、フランス語を嗜（たしな）むことが良しとされていた。フランス語を使う機会も実際多く、鷗外はベルリン滞在中、フランス語のプライベートレッスンに通っていた。

エリーゼの職業“Modistin”の謎

資料を閲覧し終えたあとは、Rさんのほかに Lさんも加わり、ヴァリエテ劇場の歴史についての話を伺った。

そこでケーニッヒス・コロンナーデン円柱回廊の奥にあったヴァリエテ劇場につい

て尋ねると、Rさんは、「場所を確認するのに地図が要るわね」と、いったん部屋を出て、古い地図が見つからなかったと現在の地図を手に戻ってきた。

ミッテ区はかつての東ベルリンに属し、前述のように、冷戦期に大きく様変わりし、地域によっては建物どころか当時あった道路さえも存在しない。その上、広げられたのは現在の市内全域を示した地図で、今話題にしているエリアはその中のほんの一部分のことだから、地図の中ほどに小さく載っているだけだ。それで今まで大きな会議テーブルを挟んで、部屋に声を反響させながら大らかに語り合っていた私たちは、たちまち頭を擦り合わせるように地図に覆いかぶさり、善からぬことを企てるかのように声を潜めて話しはじめた。

「ここが聖マリア教会で、この道を……」と、記憶を頼りに地図の上の道なき道を辿りながら、「ここに」と、円柱回廊がかつてあったはずの場所を指で示すと、二人は即座にそれを理解し、Rさんはまた足早に部屋から消えた。

Lさんは、「そこなら私たちもリサーチしたことがあるから、すぐにデータが出てくるわ」と微笑んで、戻ってきたRさんは、この史料部が出版した職員共著による"Theater als Geschäft（興行としての演劇事情）"（一九九五年）のページを開いて見せてくれた。

それによると、ここにあったヴァリエテ劇場は、ヴィラートという名の経営者が

“Klosterstübl(クロースター・ステューブル)”の名でオープンし、次に“variete Primas(ヴァリエテ・プリーマス)”と改名した。入場料は無料で、飲食費を支払えば演芸は無料で楽しめるという類の店だったようだ。

　これらの内容をノートに書き写していると、なぜ特定の店に興味を持ったのかと、Rさんが尋ねたので、まずは『舞姫』という小説の存在を紹介し、それから、文中の記述通りに地図を辿ると、ヴィクトリア劇場の位置関係は不自然であり、一八八八年版地図にこの劇場を見つけたのだと答えた。

　するとLさんは、「そう考えるのなら、劇場はここだけではないわ」と言い、アレクサンダー広場駅の向こう側にはヴァリエテ劇場がいくつもあったと地図を指した。Rさんも「そうよ。この辺りが基地だったし……」と指先を這わせた。

　二人の説明によると、軍隊の基地のそばには必ずといってよいほど劇場があり、かつてヴァリエテ劇場として一世を風靡(ふうび)したヴィンター・ガルテンや巨大な常設小屋を持っていたサーカス・ブッシュなども基地のすぐそばにあったとのことだった。「男たちの居るところに女アリよ」と、Rさんが意味ありげな微笑を投げかけた。

「それでは」と、ブルーメン通りの場所について尋ねたのは、そのそばにも基地があったのかを知りたかったからではない。そんなに劇場事情に詳しい二人なら、あるいはベルリン東部にあったというこの通りのことも知っているのではないかと思ったのだ。なにせそこはエリーゼが住んでいただけでなく、鷗外がかつて「ドユマア」の新作『デニス』を観劇したレジデンツ劇場もある通りであったのだから。

　するとLさんは「なに言ってるの、その通りこそが、さっき言った劇場が密集している通りじゃないの」と興奮した口調になった。

　さっぱり理解できなかった。「さっき言った」という劇場街と東部にあったブルーメン通りに何の関係があるのだろう。キョトンとする私に、二人は地図を突きつけた。アレクサンダー広場駅の向こう側に「ブルーメン通り」という名の通りがあった。今もその名が使われているのだ。「東部」といってもベルリン都心部からはるか東方に離れているわけではなく郵便区分のことで、それは古(アルト)ベルリンに隣接しており、それもブルーメン通りは「東部」の中でも西の端、古(アルト)ベルリンから見ると駅の向こう側にすぎなかったのだ。そんなバカな……。

「ちょっと待って」と、二人を押しとどめ、カバンから『独逸日記』を取り出した。大事だと思った箇所に付箋(ふせん)を貼ったり栞(しおり)を挟んだりするうちに、すっかり分厚くなった文庫のページを、ひらひらと紙を揺らしながら繰り、ようやくその箇所を見つけて、ドイツ語に訳しながら読み上げた。

　鷗外はあの夜、汽車に乗って家路についたのだ。もっと遠くなければおかしい。

困惑するばかりの私に、汽車を降りたのはどの駅かと、Lさんが訊いたので、フリードリッヒシュトラーセ駅だと答えると、二人は、アレクサンダー広場から線路に沿って駅の数を数え、「二駅乗ったということでしょう」と言った。

歩いて帰れる距離なのにわざわざ汽車に乗って、それも次の駅で降りず二駅も乗ってしまっては、帰りが却って大変ではないかと呆れ、「伯林市中の汽車を用るは此を始と為す」と日記に記したほどだから、鷗外はそこまでして汽車に乗ってみたかったのか……と想像した次の瞬間、自分の大きな思い違いに気がついた。

このとき鷗外はまだベルリンに住んでおらず、ドレスデンからの訪問だったのだ。日記を確認したところ、鷗外はこの訪問時、ティアガルテンの南東部、ポツダム広場の南側にあるホテル・サンスーシに投宿していた。

この日は、「デニス」の鑑賞後、汽車でフリードリッヒ・シュトラーセ駅まで行き、駅から南へ数分歩いて、ウンター・デン・リンデンの有名高級カフェ、バウアーで、留学仲間の加藤と合流し、ホテルまでは遠いからと、この夜は、加藤の下宿に泊まり込んでいる。（カフェ・バウアーは一八八頁図の左角に見える）

歩いて帰れるという感覚は、第二の下宿をイメージしていた私の勘違いだった。

「なるほど！」と、感心ながら相槌を打ち、「じゃあ『モーディスティン』は一体どういうことなの?!」と、気がつくと無意識に呟いていた。静かな部屋の中でその一言は挑発的に響き、私自身も驚いた。

いくらブルーメン通りが劇場の密集する通りだからといって、帽子職人だったはずのエリーゼがわけの分からない職業に転職してしまっては……と、思考が勝手に進み、調査が進まない日頃の鬱憤が口を衝いて出た恰好だった。

驚いて私を見つめる二人を前に、慌てて取り繕おうとして、「いや、あの、ふと思い出したことがあって……。『モーディスティン』って……どんな職業かご存じですか? 服飾デザイナーかなにかでしょうか、それとも、ブラジャーか何かをこう……」と、ミシンで縫う手つきをして見せた。

外国に暮らすのは大変なことも多いけれど、こういうときは得である。少々話の辻褄が合わなくても、「外国人が一生懸命ドイツ語を話しているのだから……」と、寛容に応じてくれる。このときも二人は、急に話が本題から逸れたことに不快な表情を見せることもなかった。

そしてRさんはこう言った。

「服飾デザイナーじゃないわよ。ブラジャー縫ってるわけでもないし。『モーディスティン』は、帽子を作る人のことよ」

どれくらい時間が経過しただろう。やっと出た言葉は日本語での「うそ……」で、次に出たのが「えええっっ」だった。

私の異変にRさんは思わず立ち上がり、「念のために聞いて来ます！」と言い残して、両手を肩のあたりでパタパタさせながら走り去った。

心配して覗き込むLさんに何か言おうと息を吸っても、「ええっっ！」という声しか出てこない。しばらくして戻ってきたRさんは、申し訳なさそうな表情で、「今、劇場の衣装担当に確認したのですが……」と言いながら、私のすぐ傍にきた。

それで、「私の勘違いでして」の一言を聞くことになるのだと身構えた私に、なにか重要なことを患者に告げる医師のような深刻さで、Rさんは、ゆっくりとこう宣告したのだった。

「モーディスティンという職業、やっぱり、帽子職人のことですって」

まさかここで、エリーゼの職業が本当に帽子製作だったと知ることになるとは、思ってもみなかった。

Rさんは衣装担当から聞いた話も交えつつ、「モーディスティン」という職業について説明してくれた。モーディスティンが手がけるのは、婦人用の帽子だけで、帽子の形状をなさない髪を覆うものや髪に挿す飾りなども含め、頭部のための装飾品全般におよぶそうだ。もっぱら女性特有の職業分野であったため、この職業は女性名詞しか存在せず、当時は帽子が必需品でもあったから、「モーディスティン」は人気の職業のひとつだったとのことだった。

そこでブルーメン通りに住むモーディスティンが舞台衣装を手がける可能性を聞いてみたところ、もちろんその可能性も高いとして、会社勤めもありえるけれども、帽子作りはさほどのスペースも必要なく、年季を積んでいるなら、住まいの一室を工房にして自営していたと考えるほうが自然とのことだった。ということは、「ルーツィ」はエリーゼのアトリエの屋号だったのだろうか。

こうして偶然ではあるけれども、「帰つて帽子会社の意匠部に勤める約束をして来たといつて居た」の喜美子の証言に一致するエリーゼが、少なくとも一八九八年から一九〇四年のあいだベルリンに在住していたことが確認できた。

住民票調査の結果

数日後、ベルリン州立公文書館に申請していた住民票照会の結果が届いた。

封を開けるときに、いくらかの緊張を覚え、広げた便箋の中ほどに短く綴られた一文に拍子抜けした。

そこには、エリーゼ・ヴィーゲルトの記録は見つからなかったと書かれ、調査費一〇ユーロ也と記されているだけだった。

一日悩んで、公文書館へ出かけることにした。

申請の際、尋ね人の氏名を「エリーゼ・ヴィーゲルト」とし、職業欄に「一八九八～一九〇四年・裁縫師」と、「一九四一～四三年・飲食店経営」の二つを併記して提出した。調査費は一件につき一〇ユーロであるから、請求額は二件で二〇ユーロであるべきなのに、一〇ユーロとなっている。

これは、「記載された二つの職業を持ち合わせたエリーゼ・ヴィーゲルトはベルリンには存在しない」と言っているのか、それとも「エリーゼ・ヴィーゲルトという人物はそもそもベルリンには存在しない」という意味か、どちらを意味するのか知りたかった。後者であればこれ以上、住民票の存在に期待をかけても仕方ない。けれども前者であるなら、職業を分けて申請していれば見つかったのかもしれない。

請求額の一〇ユーロが「両方の職業を持ち合わせたエリーゼ・ヴィーゲルト」にあるのなら、飲食店経営は取り下げて申請しなおしたいし、「裁縫師」だったり「モーディスティン」であったり、名前もルーツィだった時代もあるから、必要ならすべての組み合わせで申請するしかない。

調査を担当してくれた職員は、快く対応してくれ、答えは後者、「エリーゼ・ヴィーゲルトの名自体が住民票の中に見つからなかった」と説明した。

公文書館では住民票を、厳密にアルファベットの順に並べるということをせず、「Müller（ミュラー）とMiler（ミラー）」、「Ehlert（エーラート）とOehlerdt（エーラート）」など、似た響きの苗字のまとまりを作って管理しているのだそうだ。そしてこのグループ分けの下に、男性の苗字、未亡人、独身女性と分類し、姓も住所も同一の場合は「一家族」と捉え、家長となる人物を筆頭に並べている。

照会依頼が入ると、まずは姓で調べ、同姓同名の人物が見つかった場合は、申請書に書かれている生年月日や職業を見て尋ね人本人であるかを確認する。エリーゼの場合は、名前自体がなかったので、申請しなおしても結果は同じとのことだった。

同館が管理しているのは一八七五〜一九四八年のベルリン市全域および一九六〇年までの西ベルリン地区の住民票とのことだったが、保管されているデータ数はわずか二百八十万件分とのことだった。当時アレクサンダー広場にあった住民票管理本部が一九四三年の大空襲に遭い、住民票のほとんどが焼失してしまったのだそうだ。二百八十万という数字だけを聞くと膨大な数のような気がするけれども、一九三九年一年だけをとっても、ベルリン市の人口は四百三十万人もあったのだ。

記録のほとんどが失われ、尋ね人をそこに見つけること自体が奇跡と考えたほうがよさそうだ。請求された一〇ユーロは、エリーゼの消息ではなく、ベルリンの個人データ保存の現状を知るための授業料となった。

教会の記録

ベルリン州立公文書館からの返事を受け取った数日後、プロテスタント教会公文書館にメールを送った。エリーゼ・ヴィーゲルトという名の女性の消息を教会簿に探すことはできないだろうかと、問い合わせた。

それは、州立公文書館で耳にした、ある一言がきっかけだった。

エリーゼの記録を住民票に見つけることができないと分かり、落胆しながら礼を述べて帰ろうとする私に受付の女性が漏らしたひとことが、妙に心に残ったのだ。「あとは教会簿くらいだものね……」

これまでも時おり耳にしてきたこの「教会簿」ということば。洗礼や結婚など教会祭事をまとめた記録らしいけれども、実際どんなものなのか周囲には知る者がまったくない。慰め言葉に使ったのだから、それはいよいよ期待してはいけないのだろう。

そうは思いながらも気にかかり、数日のあいだ逡巡し、たとえそれが意味のないことであったとしても、トライしておこうと決めたのだった。

その理由は、『舞姫』の中の二つの描写による。

ひとつは、二人の運命的な出会いが教会の前であり、エリスが教会の扉に寄りすがって泣いていたこと。もうひとつは、豊太郎に妊娠を告げたエリスが、「穉しと笑ひ玉はんが、寺に入らん日はいかに嬉しからまし」と言って、見上げた目には涙が溢れていたと書かれていること。いっぽうでは悲しみが、他方では喜びが、「涙」をもって表現されている。とても印象的な描写であるだけに、まったくのフィクションではない気がして、エリスにとっての教会という存在の大きさを考えるなら、あるいはこの「教会簿」というものの中に、エリーゼに関する何らかの軌跡が残っているのではないかと考えたのだ。

プロテスタント系の公文書館に的を絞ったのは、先の職員が口にした「教会簿」がこの宗派のことを指していたことと、古(アルト)ベルリン地区にはカトリック教会そのものが存在していなかったことによる。

メールには「尋ね人はエリーゼ・ヴィーゲルト、一八六二〜一八七二年に生まれている。出生地不明。少なくとも一八八七〜一九〇四年まではベルリン在住だったことが確認できている」と書いた。

この生年は、一八八八年時点で十六〜二十六歳になるからだ。個人的には、エリーゼが二十六歳だったようには思えないけれども、単に十年をひとつの区切りにして、『舞姫』の文中にエリスの見た目が十六、七歳であると書かれているので、十六を下限として計算した。

翌日、さっそく返事があった。一八五一年から七四年までの古ベルリン地区の洗礼票を調べたところ、「エリーゼ・ヴィーゲルト」の名は認められなかった。よって尋ね人はベルリン市出身でない、もしくは、プロテスタント教会の所属ではない、のどちらかと考えられるとのことだった。

そしてその他の調査方法として、婚姻や埋葬の記録を調べるという方法があり、そのためには尋ね人が当時住んでいた住所を、番地にいたるまで詳細に分かっている必要があり、その住所を管轄する教会の教会簿がこの公文書館に所蔵されていると分かった場合に、閲覧が許可されるとのことだった。

そこで「ブルーメン通り一八番地」で申請し、しばらくのメールのやり取りののち、一日おきに三日分の閲覧許可が下りた。陰鬱な曇り空ばかりが続く、十一月も終わりに近い日のことだった。

この公文書館の開館時間は、九～十六時。けれども訪問時間を好きに選ぶことはできず、十時までに到着していなければ予約は取り消されてしまう。

学術上の研究・調査には特別枠が設けられており、私はその中に入れてもらえ、問い合わせてから二週間ほどで閲覧許可が下りたけれども、自分や家族のルーツを知るために教会簿の閲覧を希望する人はかなり多く、三ヶ月ほど先まで予約でいっぱいらしい。そこで当日十時の時点で埋まらなかった席は、飛び入りの閲覧希望者に与えられるシステムになっていて、十時近くになると予約を持たない人が集まり、窓口職員という預言者からその日の空き具合のお告げを待つ。

教会簿のデータはすべてマイクロフィッシュ（シート状のマイクロフィルム）化されている。それを閲覧するには、まずは当時の通りの名称が列記された住所別ファイルで、尋ね人の住所がどの教会の管轄かを調べる。それが分かると今度は、教会別ファイルを取り出して、該当ページを開く。そこには（A）洗礼・出生、（B）婚姻、（C）葬儀といった具合にデータが分類されていて、その分類の下には年代とシート番号が並んでいる。その番号を二枚綴りの貸出票に書き込んで窓口に提出し、シートを借りて閲覧する。慣れてしまえば大したことでもないのだろうけれど、慣れる日など一度も来ないのではないかと思われるほど、複雑で煩雑な仕組みだった。

いよいよブルーメン通りの調査を始めた。

といってもこれは教会簿であるから、ただ住んでいたというだけではその名が記録されることはない。洗礼、結婚、葬式など、教会が執り行う儀式のいずれかを受けていなくてはならない。ということはエリーゼの場合、差し当たって考えられるのは「結婚」か。住所帳一九〇四年版をもってエリーゼの記録は消えてしまった。結婚し夫の姓に変わり、新居へと移っていったと考えることはできないか。

まだ慣れない私のために、職員が住所ファイルを開いて見せてくれて、ブルーメン通りの管轄教会が聖マルクス教会であることを教え、近隣にアンドレアス教会やゲオルゲン教会もあるから、もし聖マルクス教会で見つからなければ、この二つの教会のデータも調べたほうがよいとアドバイスしてくれた。当時の下町の人たちは市内で引っ越すことが多かったけれども、牧師が優しい、他の信者と親しくつきあっている、といった理由で、転籍しないでそのまま同じ教会に通い続けることがよくあったらしい。けれどもそれは「徒歩で通える」という条件下で、歩いて通えない距離になると新住所の管轄教会に所属を移したのだそうだ。

まずは聖マルクス教会の婚姻簿七六〇九番（一八九八～一九〇四年）を借りた。

この番号には六枚のシートが同封されている。昔のブラウン管テレビのようなモニターに台が付いていて、そこにシートを一枚差し入れ、レバーを動かしてシートを前後左右とスライドさせながら、モニター画面に映し出される記録を読む。

婚姻記録は表形式で、左欄に新郎の氏名・住所・状況／親の氏名・住所・状況／保護者承諾の有無／既婚歴と並び、その右側には、新婦の氏名／新婦父親の氏名・住所・状況／保護者承諾の有無／既婚歴と記入欄があり、右端には、結婚式の日付と、当日の結婚式に関する情報を記入する欄が設けてある。

結婚式が執り行われるたびに、順にこの表に記入していくので、その並べ方は日付順で、一組の記入が終わるごとに物差しで線を引いて、次の組について記録しているので、一枚のシートの掲載件数はその都度異なる。

新婦氏名の欄に「エリーゼ・ヴィーゲルト」という名が登場するのを期待しながら、レバーをゆっくりとスライドさせる。一枚見終わるとまた次のシートに差し替えレバーを動かす。文字が流れる画面をじっと眺め、エリーゼの名を待つ。六枚を見終えたけれども、この期間にエリーゼが結婚した気配はなく、次の番号一九〇四～一九〇六年分を借りてきてまたモニターに向かう。

手動のレバーを動かすたびに文字が流れ、その中で内容を認識しなければならないため、目と脳がとにかく疲れる。それでもこの調べ方しかないのだから、我慢するしかない。何度も同じ動作をくり返しながら、ふと気がつく。

今こうして閲覧しているのは、一九〇四年から一九〇六年の三年間に聖マルクス教会で結婚式を挙げた人たちの記録だ。それも新郎が左欄にあるということは、新郎がメインであり、たとえば新婦がA教会に所属していても、新郎がB教会の信者なら、この二人の結婚式はB教会で行われ、その記録はB教会の教会簿には載るけれども、A教会のそれには記録されないのではないか。

様子を見に来てくれた職員にそれを尋ねると、「ビンゴ～！」とでも言うような口調で、「その通り！」と答えた。それでも当時は、近隣で知り合って結婚するパターンがほとんどだったから、教会も同じ所属であることが多いと、一度は国際結婚をすべく遠く東の果ての国まで出かけた女性の消息を探している私には慰めにもならないような励ましかたをしてくれた。

こうして一八九八年から一九〇六年までの聖マルクス教会の結婚式を記録した十二枚のシートを閲覧し、「ヴィーゲルト」どころか、「エリーゼ」の名のひとつさえ載っていないことを確認した。次にここでの可能性といえば、葬儀しかない。葬儀記録一九〇三～一九〇五年の六枚を閲覧した。

ここでエリーゼの名が見つかれば、大発見となるのだけれども、調べているのは死亡記録だ。エリーゼの生年を大雑把に一八六二～一八七二年としながらも、個人的には一八六六～一八七〇年の間と思っていたわけだから、一九〇三年の記録に名前があれば、それは、三十三～三十七歳の年齢をもって、その生涯を閉じたことになる。エリーゼにそんな若さで死んでほしくない。それで、名前が出てこないことを祈りながら閲覧する。けれども次第に疲れてくると、そろそろ出てきてくれてもよいという気になってくる。けれどもそれは、そろそろ死んでくれてもよいと思っている、ということになるから、これはいけないと戒めて、出てこないように念じながら、出てくるのを待つという、なんともおかしい作業になった。

こうして、職員に勧められた三つの教会すべての婚姻と葬儀、計四十枚のシートを閲覧した。この夥(おびただ)しい記録の中に「エリーゼ」のスペルも「ヴィーゲルト」のそれも、ただの一度も見かけることはなかった。

閉館の十六時までまだ時間があったので、洗礼票を見せてもらうことにした。

これはメールですでに、該当者無しとの返事をもらっている内容だけれども、ヴィーゲルト姓自体は数件あったとのことだから、自分の目でも一度見ておきたかった。一七五〇年以降の記録があるというから、エリスの父である「エルンスト」の名が見つかるかもしれない。

この洗礼票というのは、新生児ひとり分の出生日と洗礼日を書きとめた紙きれで、おそらくこの票をもとに教会簿に清書したのだろう。ファミリーネームのアルファベット順に並んで、一シートに二枚ずつスキャンされている。よって洗礼を受けた教会がどこか分からなくても、苗字からの検索が可能だ。ただしこれは古(アルト)ベルリン地区のものしか存在しない。

この洗礼票の閲覧方法について質問したときに、一八七四年以前は、市役所がまだ戸籍役場を持っておらず、市民の戸籍管理は各教会に委ねられていたため、市民は必ずどこかの教会に所属し、出産はたとえそれが死産であっても教会で記録されたという事情を聞いた。ということは、エリーゼの出生の記録も、ベルリンか他の町か、とにかくドイツのどこかの教会に必ず記されているのだ。もちろんそれはプロテスタント教会に限らず、カトリック教会やユダヤ教会の可能性もあるし、今も記録が残っているかどうかは、「戦火に焼かれていない限り」という条件付きにはなるけれど。

さて、洗礼票を閲覧すると、ここでもヴィーゲルト姓は極めて少なく、最も古い記録で一七五五年生まれが一人、一八〇〇年以前で三人、次の二十年内に四人あるだけで、エリーゼと同じ年代の出生はわずか三人が確認されただけだった。その三人は、ひとりはアンナ・アルヴィーネ・クララ（一八六八年生まれ）、あとのふたりは、判読が難しく、一八七〇年生まれの子は「死産」と記され、一八七二年生まれの子は洗礼の日付の箇所に十字が打たれているので、洗礼式前に死亡したと思われる。

このアンナの住所はケルン・フィッシュマルクト五番地とあり、これは、ベルリンが「町」となった発祥である「ベルリン」村と「ケルン」村のうちの、ケルン村に属する。位置としてはニコライ教会の南側、古(アルト)ベルリンの川向こうにあたり、「クロースター巷」からずいぶん離れている。そして、エリーゼの名はもちろんのこと、エルンストの名も見当たらなかった。

こうして一日が過ぎ、次の予約は一日空けた二日後だった。三日分の予約をもらったとき、たて続けにしてくれればいいのに……と思っていたけれども、これで却って助かった。翌日寝込んでしまったのだ。実はモニターを覗くうちに気分が悪くなり、途中で二度もトイレに駆け込んだ。マイクロフィッシュ閲覧は、想像以上に大変な作業だ。画面に映る書面を常に動かしながら読み進めるうち、船酔いのような症状を呈したのだった。子どもの頃、バス遠足のときはいつもビニール袋を手に、最前列に座らされた。年を重ねていろいろなことが変化したのに、これだけは変わっていないようだ。

翌々日、再び教会公文書館を訪ねた。

エリーゼの消息は、「一九〇五年前後のブルーメン通り」を手がかりに、管轄教会の記録を見ても何も見つからなかったため、今度はエルンストの死亡の記録を、聖マリア教会をはじめ、パロヒアル教会、ニコライ教会と、「クロースター巷」に位置する教会を順に探した。けれども成果はなかった。

ちなみに、クロースター教会は前述のように、当時は男子校の敷地内にあった礼拝堂で、一般礼拝は行われておらず、教会簿も存在しない。

意外に早く閲覧し終え、少し迷ったのち、教会別ファイルを再度取り出し、聖マリア教会の洗礼簿の番号に指を走らせた。喜美子のあの一文を思い出したからだ。


「ほんとにお気の毒の事でした、妊娠とかの話を聞きましたが、」、「それは後から来ようと思ふ口実だつたのだらう、流産したとかいふけれどそんな様子もないのだから（後略）」


この一節があるということは、当時エリーゼの妊娠が噂になっていたことは明らかだ。あとに続く帽子会社勤務の話が本当だったのだから、妊娠の噂も本当で、それどころかエリーゼは、本当のところは鷗外との子を産んでいるのではないか……。

喜美子は偽装妊娠としたけれども、鷗外は、エリーゼに子どもがいると思わせるような作品を残している。短編『杯』と『木精（こだま）』がそれだ。

『杯』は、泉の畔（ほとり）にやって来た少女たちのやり取りを描いた作品で、十一、二歳くらいの少女たち七人が、「自然」と書かれた大きな銀の器で泉の水を汲んで飲んでいるところに、別の少女が現れる。この少女は七人の少女たちより背丈も年齢も少し上でか」と意味ありげな一文が見られる。

　七人の少女たちはこの少女を「平和の破壊者」だと感じ、不快な感情を露にする。そして少女の持つ器が小さくみすぼらしいことを嘲り、自分たちの器を貸そうと提案する。けれども少女は、「わたくしの杯は大きくはございません。それでもわたくしはわたくしの杯で戴きます」と外国語で毅然と断り、黒ずんだ小さい杯で数滴の泉を汲み、唇を潤す。……まるでこの少女が、七人と同じように与えられて当然のものを受けていないと言っているような内容だ。

　いっぽう、『木精』は、幼い頃に谷間に出かけて自身の声に反響するこだまを聞くことを楽しみにしていた少年の話だ。成長した少年が久しぶりに出かけて、呼びかけてみたが答えがなく、くり返しても同じであったから、「木精は死んだのだ」と思う。けれども諦めきれず、もう一度その場所に行ってみると、見知らぬ子どもたちが集まっていて、木精はその子たちの呼びかけには応えていたという。

　少年はフランツという外国の名前で、髪はブロンド。大変美しいボーイソプラノの声を持ち、木精はコントラバスのような太い声だ。フランツは西洋の子どもで木精は離れて住む父という印象を受ける。ここでも見知らぬ子どもたちの数は七人で、みんな栗色の髪をして血色がよく健康的。

子どもたちの呼びかけに応える声は、かつて聞き慣れたあの声だったが、木精が死んでいなかったことだけを喜んで、自分が話しかけるのはよそうと決心する。

私の読んだ『森鷗外全集2』（ちくま文庫、一九九五年）では省略されていたが、山崎國紀（くにのり）氏によると、「木精」には発表時、「このかくし名を用ふべく余儀なくされたる人の何人なるかは、この文を読めば分る。この文の中に隠されたる寓意は、その何人の手に成れるかを知れば、又自から解る」という序文が添えられていたという。

喜美子の記述とこれら二つの作品から、帰国したエリーゼが一人で子どもを出産した可能性を考慮に入れて、洗礼の記録も併せて調べたのだった。

こうして教会簿の閲覧を繰り返すうちに一定のパターンがあるのが分かった。葬儀は死亡の二日後、遅くとも三日後には行われ、いっぽう洗礼は生後一ヶ月から三ヶ月の間に受けるのが一般的で、稀に数ヶ月後になることがあるようだ。

また、一八七四年以降、戸籍管理は政府に委ねられることになったものの、市民と教会の密接な関係は変わらず続き、生まれた以上は教会に何らかの記録が残ることも明らかになった。生まれれば必ず洗礼を受ける。洗礼の日まで生きられなかったとしても、一度生を授かれば、それがたった一日であっても、また一日さえも生きることができなかったとしても、「出生」として名前と生年月日は記録され、葬儀簿にもまたその名が記される。

聖マリア教会の洗礼簿にもエリーゼの名前が見つかることはなく、残った時間を利用し「クロースター巷」に属する教会の洗礼の記録にも順に当たっていった。けれども得られる成果は何もなかった。

気がつくと閲覧室は人影もまばらで、時計の針も四時を指そうとしていた。

受付の職員に「終わりました」と告げると、「なにか発見はありましたか」と聞かれた。ほんの少し笑って見せ、明後日に入っている三度目の予約はもう必要がないと告げ、これまでの協力に深く礼を述べ公文書館を後にした。

一日覗き込んで翌日は寝込んでしまうほど、身体に負担のかかるマイクロフィッシュ閲覧の作業。ベルリンにあるすべての教会の記録を草の根的に確かめていくのは到底不可能だ。エリーゼがプロテスタント教会に属していたという確証もない。たとえプロテスタント教会であったとしてもベルリンではなく、ほかの町であることも考えられる。母方の親戚のいる「ステッチンわたり」かもしれないのだ。

初日ほどではないにしろその疲労は相当なものだった。マイクロフィッシュ調査は、いろんな神経を痛めつける。なんとか家路につき、翌日の昼過ぎまで眠った。

教会公文書館における調査は徒労に終わった。強いて言えば、これまでエリーゼの軌跡を求めて教会公文書館に足を運んだ研究者はなかったのだから、未踏の地に足を踏み入れたという小さな達成感があったといえるか。

当時の市民と教会の密接度を知り、生まれても死んでも必ずどこかの教会簿に記録されるということが分かっていても、当たりが付けられなければエリーゼの記録に辿り着くことなど到底無理だ。百二十年以上もあとになって、鷗外の親戚でもエリーゼの知り合いでもない私が、ベルリン在住の地の利を活かして動いたところで、得られる結果はこの程度のことだろう。

「ま、こんなもんでしょ」とそれなりに納得し、数日間の労をねぎらった。

古い『舞姫』の中の新しい発見

初めて教会公文書館を訪ねた日の翌日にダウンしてしまったことで、念のため三日目の予約の翌日までは他に仕事を入れずにいたため、時間がぽっかり空いてしまった。だからといって他の仕事を入れたりせず、週末までのんびり過ごすことにした。

この期間に、エリーゼの身許探しにきちんと踏ん切りをつけて、来週からは従来の仕事のパターンに戻ろうと決めた。

それで朝はコーヒー、午後は紅茶を楽しみながら、テーブルに頬杖をついたり、ソファーに寝転がったりしながら、このリサーチのために買い込んだ本の未読部分を読みふけった。喜美子が同タイトルで書いた、一九三六年六月号『文学』に掲載されたほうの「森於菟に」をやはり全文通して読みたいと思い、林尚孝氏著の参考文献から『森鷗外「舞姫」作品論集』（長谷川泉編、クレス出版、二〇〇〇年）に収録されていることが分かり、注文しておいたものが手元に届いていたのだ。

「於菟さん、かなり遠くへいらつしやいましたね」と、親近感が漂う語りかけで始まるその回想記には、衝撃的な内容も含まれていた。

高千穂丸のサロンでお書きになつたものを新聞で拝見いたしました。あの「扣鈕」の詩の「えぽれつとかがやきし友、こがね髪ゆらぎし少女」ですね。えぽれつとかがやきし友はとにかく、こがね髪ゆらぎし少女と独逸留学時代に同棲したことがあつたといふのはまちがひでせう。誰からお聞きでした。まさかお祖母様からではないでせう。

鷗外とエリーゼが同棲していたと書いた於菟のことを、喜美子がたしなめている。世間にあれこれ詮索されたくないのなら、直接、於菟に伝えればよいものを、誌面を使って伝えるとはどうなのだろう。おそらく膨大な読者を抱えていた『文学』誌を通して、於菟の書いたものを読んでいない人までが、鷗外とエリーゼの深い関係を逆に確信してしまったのではないか。これを読んだ私のように……。

そしてこのあとに、前に触れた「帰つて帽子会社の意匠部に勤める約束をして来たといつて居た」の一文が登場し、その先を読み進めていくと、その先に、『舞姫』が『国民之友』誌に発表される数週間前、鷗外が書き上げたばかりの『舞姫』原稿を、弟篤次郎が実家に持ち帰り、家族みんなの前で読み聞かせたというエピソードが紹介されている。ここにも驚くべき事実がしたためられていた。

「石炭ははや積み果てつ中等室の卓のほとりはいと静にて熾熱灯の光の晴れがましきもやくなし。」中音で読み初めたのを、誰も誰も熱心に聞いて居りました。だんだん進む中、読む人も情に迫つて涙声になります。聞いてゐる人達も、皆それぞれ思ふ事は違つても、記憶が新しいのと、其文章に魅せられて鼻を頻にかみました。「嗚呼相沢謙吉の如き良友は世に又得難かるべし、されど我脳裡に一点の彼を憎む心は今日までも残れりけり。」読み終わつた時は、誰も誰もほつと溜息をつきました。暫く沈黙が続いた後、「ほんとによく書けて居ますね」といひ出したのは私でした。お祖母様はうなづきながら、「賀古さんは何と御言ひになるだらう」、「何昨夜見えたので読んで聞せたら、己れの親分気分がよく出て居るとひどく喜んで、ぐずぐず蔭言をいふ奴等に正面からぶつつけてやるにはいゝ気持だ。一つ祝ひ酒をご馳走にならうと又夜が更けました」。

なんと、『舞姫』が事実にもとづいて書かれたものであることを、鷗外の親友も、また、森家の全員までもが認めている。

それも読み上げる篤次郎は途中から涙声になり、聞いている家族も、記憶に新しいできごとだから鼻をすすると、かなりリアルな表現だ。

「賀古さん」は鷗外の親友、賀古鶴所のことで、『舞姫』には親友「相沢謙吉」として登場する。主要人物には、実在の人物と似た名前があてられる中、唯一、その命名に類似性が見られない人物だ。けれどもここで、賀古本人が自分のことだと認め、むしろ自身の親分気分がよく出ていると喜びさえしたというのだから、賀古鶴所が「相沢謙吉」のモデルであることを疑う余地はない。

賀古は、『ヰタ・セクスアリス』に「古賀鵠介（こくすけ）」として登場しているから、実家で読み上げられた原稿にも、当初は、これか、または、賀古とすぐ分かるような名が書かれていたのだろう。研究者の間でも「相沢謙吉」の命名は謎とされ、草稿には最初から「相沢謙吉」と書かれ、書き直した形跡がないとの指摘を読んだことがあるけれども、私見では、草稿は筆をもって書いた清書であり、実家に持ち込まれた原稿は、前述したように鉛筆で書いた下書きであったように想像する。弟を通して実家での反応を聞いた鷗外は、賀古本人は嫌がりはしなかったものの、「相沢謙吉」に変更したうえで、草稿を執筆したのではないか。

この『森鷗外「舞姫」作品論集』はそのほか、『舞姫』やその著者鷗外を深く理解するに有益な論文の集大成であり、実に読み応えのある一冊だった。編者長谷川泉氏は熱心な鷗外研究者で、『舞姫』探求のために何度もベルリンに足を運んだと聞いている。その情熱がこの一冊を生み出したのだと思うと、敬服するばかりだ。

読み進めるうち、長谷川氏の「『舞姫』草稿について」に、今の私たちが手にする『舞姫』は岩波の『鷗外全集』が底本であり、それに定着するまで、鷗外の存命中、幾多の推敲が重ねられてきたという遍歴を知った。

エリスと出会う教会の描写が、当初は「凹字の形に横に引籠みて」と書かれ、のちに「横に」の部分が割愛されたというのは、どこかで読みかじっていたけれども、他にも草稿と現在の『舞姫』のあいだに違いがあるなど、思いつきもしなかった。

「横に」引籠みて
鷗外の『舞姫』自筆草稿には元々、「凹字の形に引籠みて」の間に、「横に」の二文字が含まれていた。

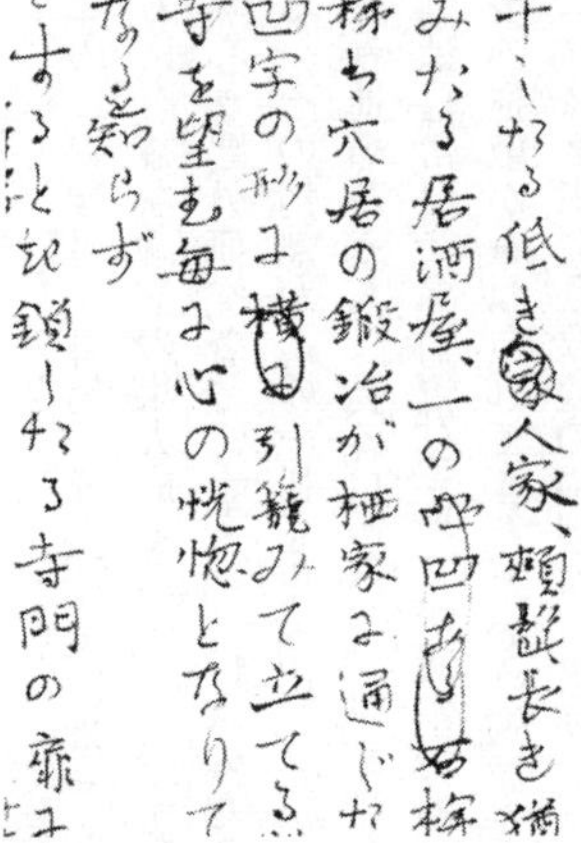

長谷川氏によると、例えばエリスの部屋に入ったとき、豊太郎の目に映ったエリスの表情は、現在は「灯火に映じて微紅を潮したり」とされているけれども、もともとは「余の入りしとき紅を潮しぬ」だったという。情景がより鮮やかになったと感じる。また、エリスの罹った「パラノイア」は、当初は「ブリヨートジン」であったと。

「パラノイア」は現在もよく耳にする言葉で、偏執や妄想などといった日本語の言葉もすぐ浮かぶ。ところが「ブリヨートジン」のほうは何のことだか想像もつかない。これはドイツ語の“Blödsinn”なのだそうだ。「ブロエッジン」ならまだ通じるかもしれないが、「ブリヨートジン」ではドイツ人にも日本人にも分からない。

“Blödsinn”という言葉について、友人でもあるベルリンの大学病院に勤務する医師に尋ねてみたところ、精神科の用語のひとつとのことだった。けれども一般的には、この言葉が医学用語であると知っているドイツ人は少ないだろう。現代においては、「バカバカしい」などと思ったときにため息まじりに呟く言葉に属する。これは鷗外に先見の明があったといえる。「パラノイア」に置き換えたのは正解だった。

そしてさらに興味深い変更箇所を見つけた。

エリスと出会った豊太郎が、エリスを家まで送っていくことになり、部屋に辿り着くまでの描写が、私たちのよく知っている『舞姫』には、「寺の筋向ひなる大戸を入れば」のあとに、「欠け損じたる石の梯あり。これを上ぼりて、四階目に腰を折りて潜るべき程の戸あり」と続いているけれども、草稿にはもともと「表家の後ろに煤にて黒みたる四階目にて取り囲まれたる中庭あり片隅には芥溜の箱あれど街の準には清らかなり石の梯を登ること三たび、とみれば腰を折りて潜るべき程の戸あり」と書かれていて、それが、「表家の後ろに煤にて黒みたる四階目層楼にて取り囲まれたる中庭あり片隅には芥溜の箱あれど街の準には清らかなり石の梯を登りてみれば腰を折りて潜らば頭や支えんと思ふ計りの戸あり」となるように訂正されたという。

これらの描写から情報を抜き出すと、エリスが住んでいるアパートは、「教会のはす向かいにある／エリスの部屋へは中庭にある扉から入る／中庭は煤で黒ずんだ建物に取り囲まれている／中庭には隅にごみ箱があるが不潔ではない／石の階段を三つ登ると（四階目に）エリスの住まい／玄関の扉は屈まなければ入れないほど低い」ということになる。

ドイツでの建物の階の数え方は、日本で言うところの「一階」を「地上階」と呼び、「二階」を「第一層」、「三階」を「第二層」といった具合に数えていく。

現代の『舞姫』には、「四階目に腰を折りて潜るべき程の戸あり」とある。

エリスの住まいは屋根裏であるから、四つ上がるということは、この家屋は四階建てということになる。いっぽう、草稿には当初、「石の梯を登ること三たび」と書かれていた。こちらは三階建ての家屋だったことになる。どちらが正しいのかを考える前に、まずはベルリンのアパート様式について見てみたい。

ドイツの町並みは地方ごとに特色や味わいがあり、ベルリンもこの町特有の景観を持っている。「旧建築（アルトバウ）」と呼ばれる石造りの集合住宅の中でも、一八六二～一九一九年頃に建てられた建築様式が、現在の都市空間に影響している。

それまでの家屋は小ぶりで高さもまちまちだったが、一八六〇年に新しい都市計画がなされる際に政府推奨の間取り見本集を作成。これが一八六二年に発行されて以来、ベルリンのアパート建築は四階層（五階建て）が基本となった。戦後も高さを揃えて階層を増やす方法で均整が取られ、今日のベルリンの町並みとなっている。

この間取り見本集は、衛生への配慮を最大の目的として作成され、各部屋への彩光のために庭空間が必ず取ってあり、中庭を中心にロの字に建てるタイプが最も多い。場所によっては、日の字や目の字のように、奥へと家屋が連なるところもある。

街路に面した建物部分は「フォーダー・ハウス」、中庭に入って両側に見える部分は「ザイテン・フリューゲル」、中庭の奥にフォーダー・ハウスと平行して建っている部分は「ヒンター・ハウス」と呼ばれている。

当時の内部の様子は、フォーダー・ハウスの大きな扉を開けてエントランスホールに入り、ゆったりとした階段を上がると、各階に扉が二つずつ並んでいる。中には、その階全体を一世帯が所有するという豪華な造りもあるが、二家族でフロアをシェアするのが一般的で、この二世帯がアパートのフォーダー・ハウス部分を左右に二分する。そしてこの二世帯の部屋は、それぞれ左右のザイテン・フリューゲル部分へと続く。よってフォーダー・ハウス賃貸者の居住面積はけっこうな大きさとなる。

玄関ドアを開けるとまずは玄関フロアがあり、奥へと続く廊下の両側に部屋が並ぶ。街路に面した部屋は往来の音が聞こえることもあり、応接間や食堂、書斎などとして使われることが多く、中庭に面した部屋よりも大きめで、窓も大きく取られている。中庭に面する部屋のほうは、寝室やバスルームなどにあてられることが多い。そして

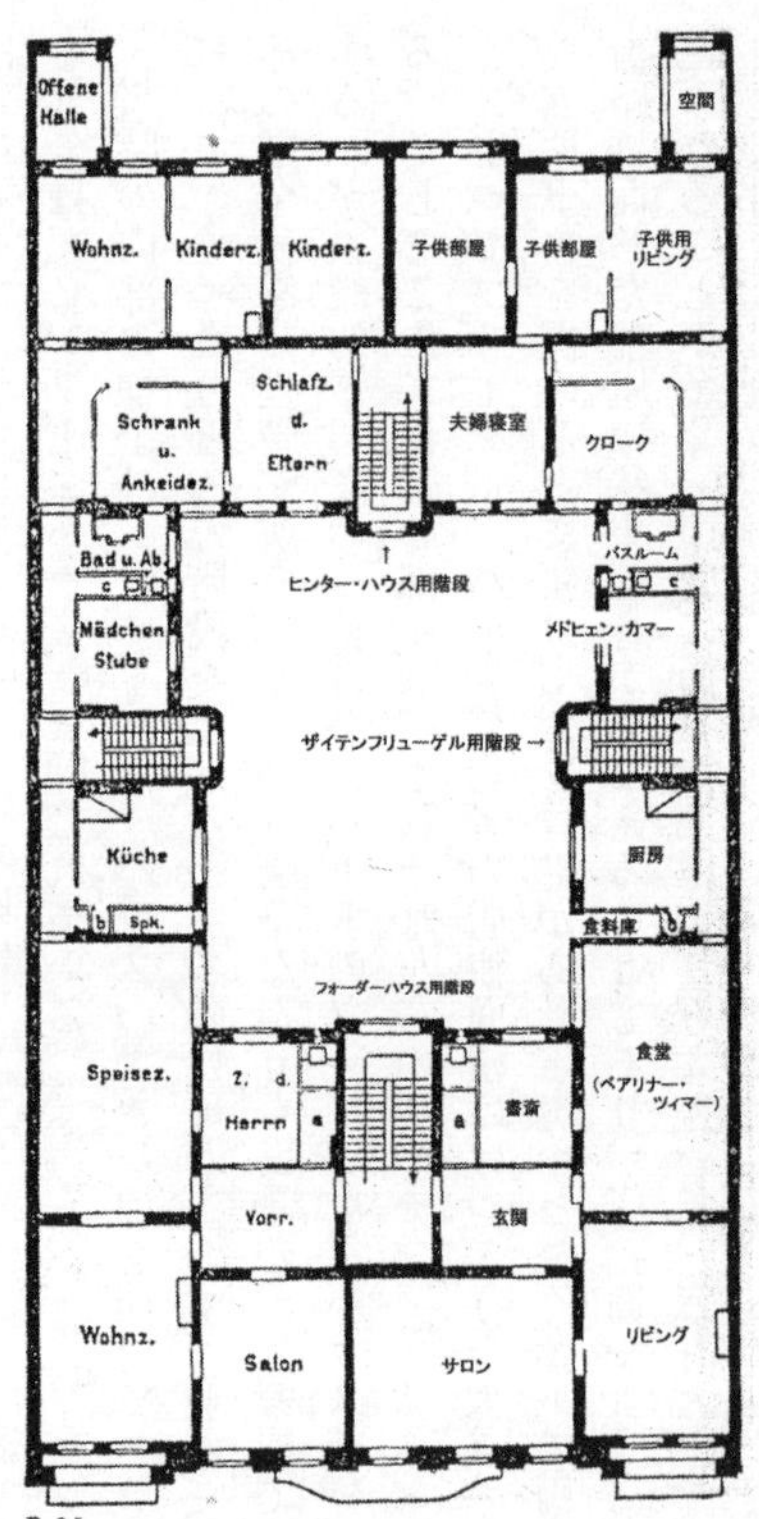

あるアパートの間取り

タウエンツィーエン通りに実在した間取り（1895年頃）。アパートの三階部分で、ロの字に建てられた家屋のこのフロアには二世帯だけが入居している、かなり贅沢な造り。ここにもベルリン部屋が見られ、食堂として使われていた。

ザイテン・フリューゲルに差し掛かる角部屋が、ベルリンの旧建築の最も特徴的な部分で、"Berliner Zimmer"（ベアリナー・ツィマー）と呼ばれている。「ベルリン部屋」を意味するこのスペースは、部屋としての大きさがあり、一見、独立した部屋のように見えるものの、ザイテン・フリューゲル部分への行き来のために必ず通過しなければならないため、個室としては使えない。間取りの関係から窓が小さく昼間でも薄暗い場合が多く、使い勝手もすこぶる悪い。この空間をいかにうまく使いこなすかが、家人の腕の見せどころといえる。ベルリン部屋の向こうには厨房や納戸があり、その奥に作業室や子ども部屋などが続く。

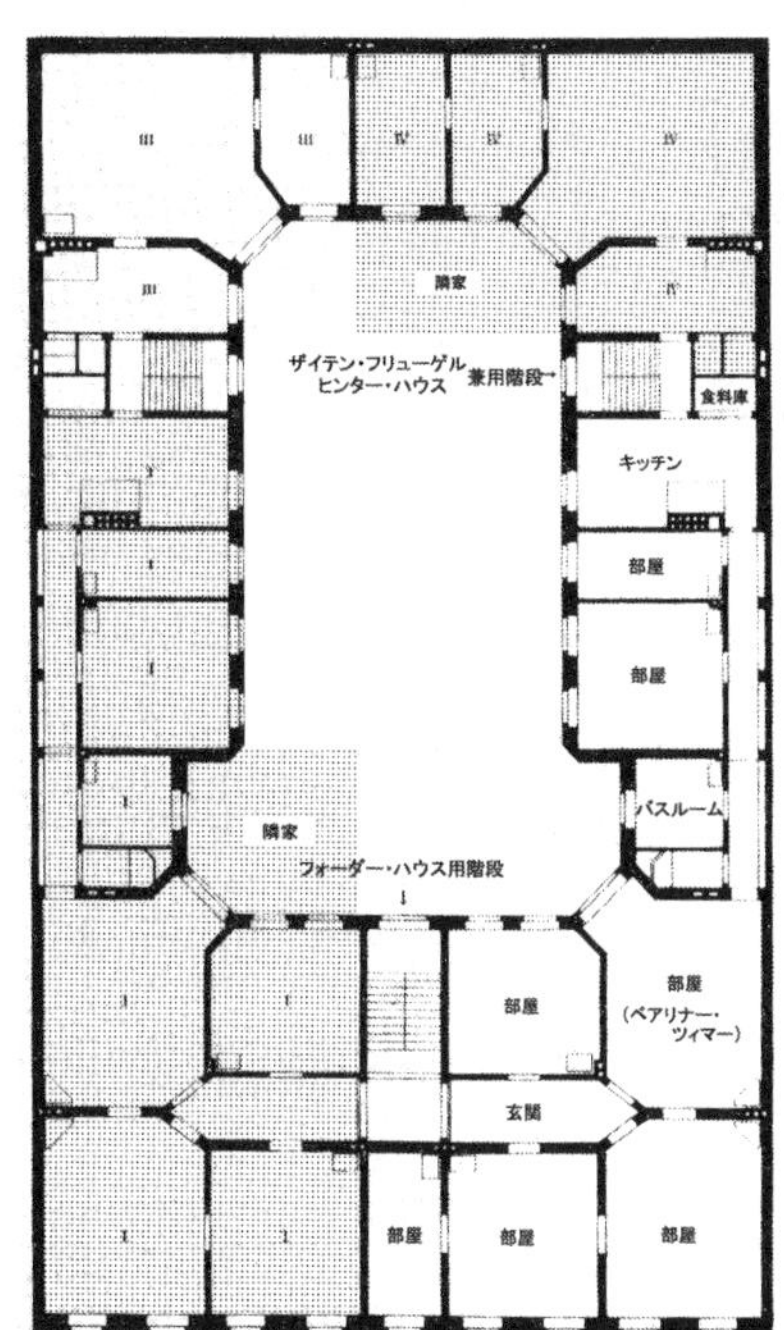

ベアリナー・ツィマー
19世紀後半以降建築の典型的なベルリンのアパートの間取り。中庭に面した窓一つの部屋のような空間が「ベルリン部屋」。

建物の中でも二階が最も豪華な造りで、外観もこの階だけは秀でて美しく、室内も、天井には凝った装飾が施され、床の木材も上質で寄せ木張りになっている。暖炉も豪華で、天井までの高さも他の階と比べてずっと高い。家賃ももちろん高額になる。私も以前、この年代に建てられた家屋に住んでいたことがあるが、五部屋で百六十平米もの広さがあった。

近年ではこれらの旧建築も、部屋を仕切って世帯数を増やすところが増えた。各階には複数の扉が並び、ザイテン・フリューゲル部分も別世帯に貸しているところが多い。

ザイテン・フリューゲル部分の部屋への出入りには、フォーダー・ハウスを突っ切って中庭に出て、側面に付いている扉を入って階段を上がる。この階段は、世帯数を増やすために増築されたわけではなく、もともと付いていた。それがすなわち、エリスの住まいへの入り口のことだ。この階段は次のような背景があって存在した。

前述の状況から、かつてのフォーダー・ハウスの住人はある程度の経済力のある人々で、当時はそのほとんどが使用人を置いていた。

使用人は、屋敷などでは男性もいるが、アパート住まいの家庭においては女中が一般的で、〝Mädchen（メートヒェン）〟と呼ばれていた。日本でもこの言葉は、「メドヒェン」や、その昔は旧制高校の学生たちの間で「メッチェン」、また現代においてはアニメファンの間で「メドヘン」として知られている。それは「少女」や「娘」という意味で、鷗外も『独逸日記』の最後に添えられている、「詠柏林婦人七絶句（ベルリンのふじんとえいずしちぜつく）」の其五に登場する「家婢（Mädchen für alles）／メートヒェン・フュア・アレス」がそれだ。

　縫い物から買い物、掃除、洗濯、食事の用意、子守などなど、家事全般を引き受ける。貧しい一家を支えるために少女の頃から住み込みで働きはじめることも少なくなかったことから、「少女（メートヒェン）」と呼ばれるようになったようだ。〝Hausmädchen（ハウス・メートヒェン）〟と呼ぶこともあるが「少女」が付くことには変わらない。

「詠柏林婦人七絶句」はヴィルヘルム・イスライプ出版の〝Naturgeschichte der Berlinerin（ベルリン女性博物誌）〟をヒントに生まれたと言われ、全十三章のうち、六つの章題が鷗外の句と符合し、「家婢」はその第二章に収められている。ベルリン国立図書館に所蔵されている一冊は七刷であるから当時、評判だったのだろう。

　鷗外の詠んだ其五・家婢メートヒェン・フュア・アレスは、「効顰主婦曳長裳。途遇尖鞵百事忘。誰識庖中割羊肉。先偸片臠餽阿郎」というもので、『鷗外歴史文学集』第十二巻（岩波書店、二〇〇一年、二八七頁）によると「似合うとも思えないのに、自分の奥さまと同じように長いスカートをはいて出歩き／道で軍人の青年に出あうと、胸をときめかせるあまり、いくつも言いつけられた用事をすっかり忘れてしまう。／誰も知るまい——あの女中は、台所で羊の肉を切ると／とりあえず一切れ盗んでは、貧しい自分の父親に食べさせてやっているのだ」と、ちょっとジン……とくる内容だ。

さて、使用人たちはフォーダー・ハウスの美しい階段を使うことは禁じられていた。出入りには、前述のように中庭に入り、ザイテン・フリューゲル部分の入り口から入って、厨房横などにある勝手口から出入りした。厨房付近には、使用人専用の階段を上り、ベッドがようやく納まる程度の「メートヒェン・カマー」（少女の小部屋）と呼ばれる小部屋があり、使用人はそこで寝泊りした。ヒンター・ハウスは、フォーダー・ハウスの延長として使われる場合もあったが、別個に賃貸しているところも多く、部屋の造りが小さい分、家賃も安い。ヒンター・ハウスが奥へといくつも連なる場合、奥の棟になるほど家賃も安くなった。

鷗外の時代の日本人たちの下宿先に寡婦宅が多いのは、夫を亡くしてもそこに住み続け、生計も成り立たせようと考えた未亡人たちの知恵で、朝食付きで部屋を間貸ししていたからだ。中には、いくつもの部屋を間貸しし、本格的な下宿屋を営む寡婦もいた。

鷗外の第一の下宿は一八七七年完成で、新しい都市開発が始まってから建設された

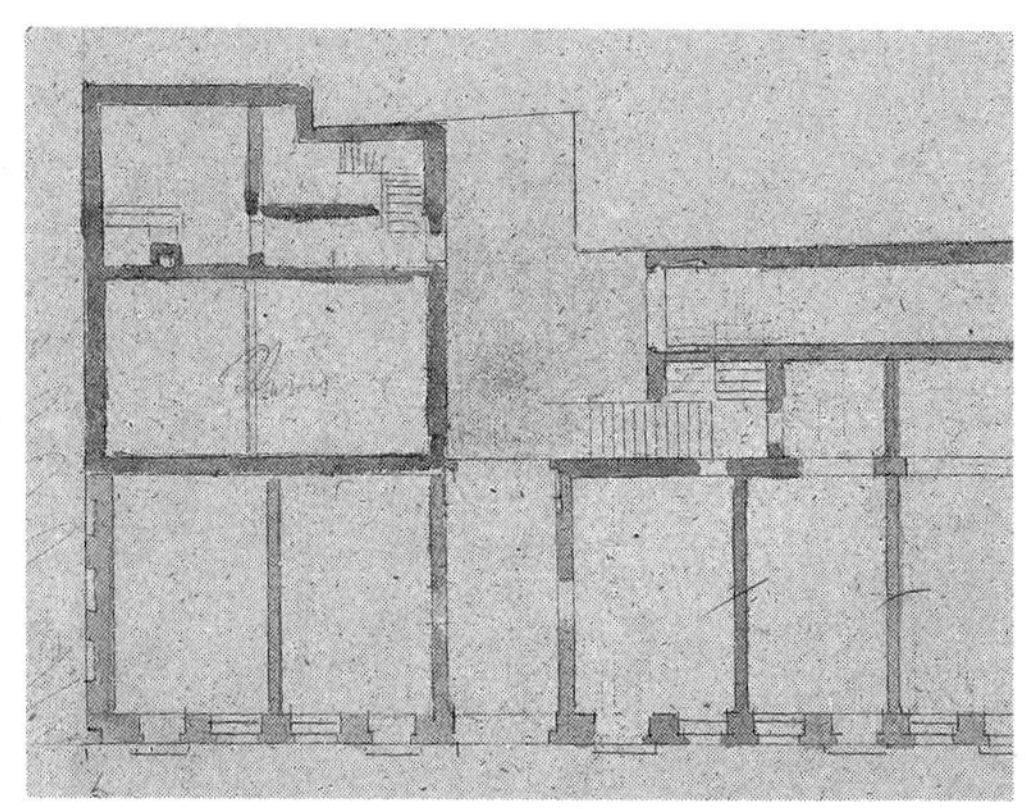

1837年建築住宅の中庭

かつてクライネ・ポスト通りに建っていた家屋などは、中庭からでも容易に表に面した部屋に回り込めた。Architekturmuseum der TU Berlin EK 218,004

にもかかわらず、どういう事情からか街路に面した部屋であってもかなり狭い。いっぽう、第二と第三の下宿はともに新築物件の新入居で、明るく広々としており、第二の下宿については、「喜ぶべきは、余が家の新築に係り、宏壮なることなり。友人来り観て驚嘆せざるなし」と、日記（一八八七年六月十五日条）に綴られている。

　これらの背景をふまえてエリスの部屋を考察すると、一八八七年時点で中庭に面した壁が煤で黒ずむほどの年季の入りようと階層の低さから、その家屋は一八六二年の間取り見本集発行以前に建てられたものであるのは明らかだ。

ではエリスの住まいは何階にあったのか。

『舞姫』には、親友相沢に会いに行くために自宅を出た豊太郎が、階下から見上げると、開け放った窓に立ったエリスが、風に髪を舞わせながらドロシュケに乗り込む豊太郎を見送っていたというくだりがある。また、別の箇所には、帰国すると大臣に同意してしまい、苦悩のまま町を徘徊しながら自宅にたどり着いたとき、見上げると、ろうそくの明かりが降りしきる雪に見え隠れしていたという描写がある。

私見では、建物が高いとそれらが見えなくなるので、「三たび」上がったところが屋根裏となる三階建てが適当である気がする。けれども鷗外がわざわざ「四階目」と書き直したのなら、四階建てであるべきなのだろう。

そしてその部屋は、「所謂『マンサルド』の街に面したる一間なれば、天井もなし」と書かれている。「マンサルド」はフランス語で屋根裏部屋を指すが、ここでは「所謂」が付けられ、「言い表せばそういうことになるが、きちんと改造したわけでもないから梁などすべてが剝き出しで天井さえもない」という状態で、街路に面している。それはすなわち、ザイテン・フォーダー・ハウスの屋根裏部分だ。草稿に書かれている通り、中庭に入り、ザイテン・フリューゲルの入り口から使用人用の階段を上っていったのだろう。小さな家屋なら、街路の部屋に簡単に回りこむことができる。

第五章

思わぬ発見に向かって

　こうして本もすべて読み終え、また片づけに入ろうとしていた。前もそうだった。本当に諦めようとしたところで何かが見つかり、また先に続くのだ。そして今回もそうなった。けれどもそれは結果から見ればの話で、運命に引きとめられたいがために片づけるフリをしたわけではない。このときは本当に片づけようとしていたのだ。

　以前は娯楽としての読み物であり、今回はエリス探しの参考書となってくれた本たちを、結果こそ出なかったけれども、こうしてある達成感で満たされ清々しい気持ちでいられることへの感謝の念を抱きながら、箱に収めていった。

前回よりさらにうず高くなった書籍の山を、できるだけ少ない回数で運び終えようと、箱を使うことを思いついたのだ。本の大きさや厚さを考えながら箱に詰めていくその作業中、ふと思いついたことがあった。

植木氏はどうしてルーシュ夫人のことを調べたのだろう。

ルーシュ夫人とは、鷗外の第三の下宿の家主のことだ。これまでエリス像に関して諸説飛び交ってきたけれども、この女性が鷗外の恋人であった可能性を検証したのは彼が唯一ではなかったか。なぜ夫人の存在に注目したのだろう……。

気になって仕方がないので、植木氏の著書をまた箱の中から取り出した。

氏は、鷗外が突然、第三の下宿へと転居したことに注目して調査した。

それによると、鷗外に部屋を間貸ししたルーシュ夫人は、以前からそこに住んでいたわけではなく、鷗外と機を同じくしてこのアパートに転居したという。これは氏の研究者仲間である神山伸弘氏が、当時の新聞“Die Vossische Zeitung（ディ フォッシッシェ ツァイトゥンク）”通称「フォス新聞」（一八八八年一月四日付）に掲載されていた賃貸広告を発見したことが決定的な裏づけとなった。

この広告には、四月一日から入居可能とあり、実際に鷗外も『独逸日記』四月一日条に転居の旨を記している。また、氏が住所帳にルーシュ夫人の名を探したところ、

Judenstr. 14., 7 Zimmer, Bades. rc., f. 2000 M. z. 1./4.

Bendlerstr. 21. zum 1. April 2. Etage, Salon mit verd. Balkon, 5 Zimm. u. Zubeh. Näh. beim Portier.

Gr. Präsidentenst. 10. (a. Hacke'schen Markt, nahe Börse).
III. Etage herrsch. Wohn., 7 Z. rc., Pr. 600 thlr.
IV. „ „ „ 5 Z. rc., „ 350 „
I. „ 3 gr. Bureauräume, m. od. oh. Wohn.
Näh. beim Portier Neue Promenade 3.

Am Spittelmarkt, Seydelstr. No. 1., ist die Hälfte der 2. Et., Entr., 6 Z., Badeeinricht., pass. als Geschäftslokal mit Wohng., zum 1. April zu verm. Näh. b. Vicewirth.

Seydelstr. No. 2., ist eine Hofwohng.,

鷗外第三の下宿の賃貸広告

1888年1月18日付「フォス新聞」。広告は、複数回にわたって掲載された。ここでは18日付を掲出。鷗外の家主となったルーシュ夫人は七部屋で借り、いくつかを仕事場に当て、鷗外にも又貸しした。

一八八七年、八八年版では夫人はまだこの住所に住んでおらず、八九年版に初めてその名が載った。住所帳の申請内容は翌年版に反映されることから、八九年版になっての掲載は、八八年に転居ということであり、二人は同時期に入居したことになる。ということはルーシュ夫人が鷗外の恋人なのだろうか……という疑問から植木氏は検証を始めている。（一五七〜一六一頁）

氏は、八八年版の住所帳において、ルーシュ夫人がノイエ・フリードリッヒ通り四五番地に住み洗濯屋を営んでいたことと、この住所が鷗外の二つ目の下宿に近かったことから、軍人であり清潔好きな鷗外がこの洗濯屋に白いワイシャツを出しに行くうち顔見知りになったと推測する。

けれどもルーシュ夫人の名を英字新聞の乗船名簿に探しても、「ルーシュ」も、ルーシュ夫人の旧姓「ゼンフトレーベン」も載っていない。また、一九〇三年版以降、夫人の名がこの住所から消えることから、死亡の場合は高齢である可能性が高く、恋人と考えるには無理があるとの見解で終わっている。

読み終えて、なるほどと納得して、また片づけに戻った。そして本を順に箱に収めていくうちに、何かが気になってきた。それが何なのか具体的には分からないけれども気に掛かって仕方がない。なんだろう……。

手を止めて考える。

やおら立ち上がり、パソコンを取り出した。起動するや、住所帳のサイトを開いた。

鷗外の下宿とその事情

このあと起きる思いがけない発見について語る前に、鷗外の三つの下宿とその転宅理由について確認しておきたい。

鷗外がベルリンに暮らしたのは、延べ三年八ヶ月にわたるドイツ滞在のうちの、一八八七年四月十六日から一八八八年七月五日まで。この一年二ヶ月というさほど長く

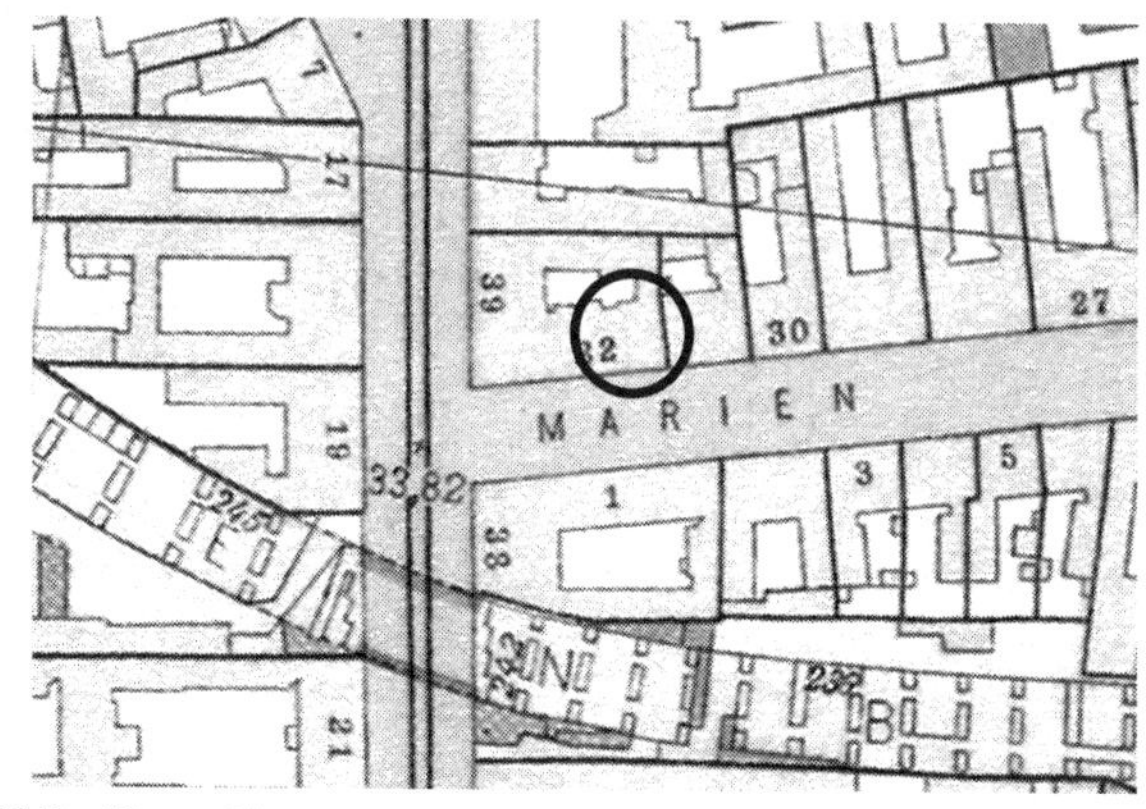

鷗外の第一の下宿

マリーエン通り32番地。都の中心部でありながら大戦時の爆撃を逃れた。近くにはベルリン森鷗外記念館も。

もない期間中に、鷗外は二度も引っ越して、三つの下宿を借りている。

【第一の下宿】

ミュンヘンから移動してきて最初に入居したのはマリーエン通り三二番地。二階のシュテルン夫人宅に下宿した。ブランデンブルク門を背にウンター・デン・リンデンをすこし進み、すぐに見えてくる角を左に曲がって北上し、ベルリン森鷗外記念館の建物の手前の道を右に入ると左手に見えてくる。鷗外の下宿と記念館は、近いが別の場所で、シュテルン夫人宅だった場所には現在、一般市民が住んでいる。

鷗外はベルリンに到着した二日後

にはもうこの下宿に落ち着くというスピード入居。同胞の誰かに紹介されるなどして見つけたのだろう。

けれども実際に住んだのはほんの僅かで、二ヶ月も経たないうちに次の下宿へと移っている。鷗外は日記に、表向きは衛生部に近いところに移ったとしているが実は他に事情があったとして、大家であるシュテルン夫人が遊び好きで不在が多く、郵便や来客の対応をする者が居ない不便さや、夫人の姪っ子のふしだらさなどの転居の原因を綴り、小説『ヰタ・セクスアリス』でもこの下宿について触れている。鷗外はここでは「金井君」として登場している。

家主の婆あさんの姪というのが、毎晩肌襦袢一つになって来て、金井君の寝ている寝台の縁に腰を掛けて、三十分ずつ話をする。「おばさんが起きて待っているから、只お話だけして来るのなら、構わないといいますの。好いでしょう。お嫌ではなくって」肌の温まりが衾を隔てて伝わって来る。金井君は貸借法の第何条かに依って、三箇月分の宿料を払って逃げると、毎晩夢に見ると書いた手紙がいつまでも来たのである。

ベルリンでの賃貸アパートの解約予告期間は、現在も三ヶ月と定められている。百

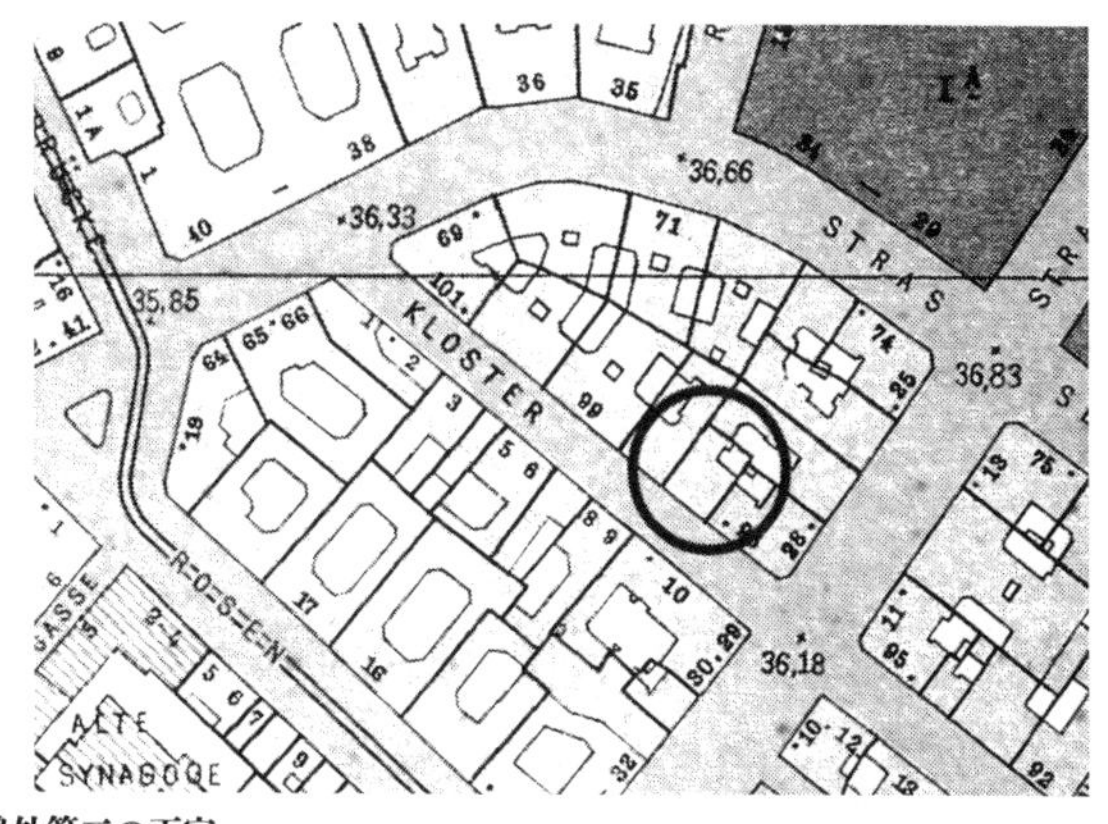

鷗外第二の下宿

クロースター通り97番地。小ユダヤ館などが雑居するエリアが都市計画で更地になり、新しく建てられた家屋への新入居だった。

二十年前から変わっていないところが面白い。

マリーエン通りはウンター・デン・リンデンから遠くないにもかかわらず、奇跡的に第二次世界大戦の空襲を免れ、二十世紀初頭の町並みがそのまま感じられる稀有な場所でもある。今日ではなかなか見られなくなった、『舞姫』に書かれた「一つの梯は直ちに楼に達し、他の梯は窖住まひの鍛冶が家に通じたる貸家」の描写を彷彿させる家屋もこの通りにはいくつか残っている。

【第二の下宿】

シュテルン夫人宅から逃げるように移ってきた第二の下宿は、古（アルト）べ

鷗外のアパートの方角から見た聖マリア教会
道路拡張工事のために更地になった一帯。手前の空き地部分に、後に鷗外の第二の下宿となるアパートが建設された。

ルリン地区、クロースター通り九七番地にあるケディング宅だ。
鷗外は日記六月十五日条に、この新居についてこう記している。

今の居は府の東隅所謂古伯林 Alt-Berlin に近く、あるいは悪漢淫婦の巣窟なりといふものあれど、交を比鄰に求むる意なければ、屑とするに足らず。喜ぶべきは、余が家の新築に係り、宏壮なることとなり。友人来り観て驚歎せざるなし。前街は土瀝青を敷き、車行声なく、夜間往来稀なれば、読書の妨となることもなし。戸主ケユヂング料理店を開き居る故、三餐ともに家にて供せしむ。衛生部との距離歩程五分時に過ぎず。余復た何をか求ん。

あらゆる面で満足している様子が浮かぶように伝わってくる。

前述のようにベルリンは、シュプレー川の両岸にあった「ケルン」と「ベルリン」の二つの小さな町が統合されたところからその歴史が始まった。このベルリン発祥の頃の「ベルリン」の部分が「古ベルリン」と呼ばれている。

鷗外が引っ越してきた第二の下宿は、まさしく「古ベルリン」の中であるのに、「古伯林 Alt-Berlin に近く」と、自分の住まいはそこに含まれていないかのようにとらえているところが興味深い。鷗外にとっての「古ベルリン」は、「古ベルリン」の中でも最も古い、ニコライ教会界隈を指すのだろうか。

クロースター通り九七番地は、聖マリア教会の北西の角あたりに位置したが、今ではこの辺りは、東独時代に建てられた巨大な住宅ブロックの裏庭になり、通りを歩いてみることさえ叶わない。

現在の聖マリア教会周辺は寒々しい景色が広がるばかりだが、当時この一帯は古い家屋が密集する雑居地区だった。「悪漢淫婦の巣窟なりといふものあれど」と鷗外もその状況を肯定した上で、「交を比鄰に求むる意なければ、屑とするに足らず」と言い切っているのは、ひとえに、それ以外の条件の良さからだろう。

この下宿は、四十九歳になった鷗外が「翁」としてその半生を振り返る『妄想』の中にも登場する。

> さて自分の住む宿に帰り着く。宿と云つても、幾竈（いくかまど）もあるおほ家（いへ）の入口の戸を、邪魔になる大鍵で開けて、三階か四階へ、蠟（らふ）マッチを擦（す）り擦（す）り登つて行つて、やうやうchambregarnie（シャンブル・ガルニィ）の前に来るのである。

ケディングが営んでいた料理屋の様子が描かれながらも、このときの鷗外の部屋は二階であり、階数については第三の下宿に一致する。そしてこのあと、実際の部屋の明るさや華やかさとは対照的な描写が続く。

> 高机一つに椅子二つ三つ。寝台に箪笥（たんす）に化粧棚。その外にはなんにもない。火を点（とも）して着物を脱いで、その火を消すと直ぐ、寝台の上に横になる。
> 心の寂しさを感ずるのはかういふ時である。

エリート留学生の華やかな毎日とは異なった心の内の描写は興味深い。

"Der Umbau Alt-Berlins zum modernen Stadtzentrum（近代的都心へのアルトベルリン地区改造）"によると、この家屋は一八八七年に完成し、第二次世界大戦中の空爆によって著しい被害を受け、戦後、国家買収されたのち解体された。
四月一日、鷗外はこの下宿から転居する。あんなに気に入っていたはずの部屋を、帰国直前になぜ出て行ったのか。前述のように鷗外研究者の中にはこれをエリスとの関係に関連づけて考察する説もある。

【第三の下宿】

第三の下宿は、グローセ・プレジデンテン通り一〇番地。
四階のルーシュ夫人宅の一室で、鷗外は日記四月一日条に、この新居についてこう記している。

> 四月一日。遷居す。ハアケ市場 Haacke'scher Markt と名（なづ）くる大逵（たいき）の角に在りて、大首座街 Grosse Praesidenten-Strasse 第十号の第三層屋なり。室内装飾頗美なるに、出窓 Balkon の下には大鉄盤を置き、中に花卉（かき）を植ゑ、蔦蘿（つたかずら）之に纏ふ。書架は廉価なる故購ひ求めたる私有物なり。新に獲たる奇書を挿列し、時に意に適する簡冊を抽いて之を読む。以て無聊（ぶりょう）を医するに至る。

室内の美しさや、気ままに読書を楽しむ様子がいきいきと記されている。

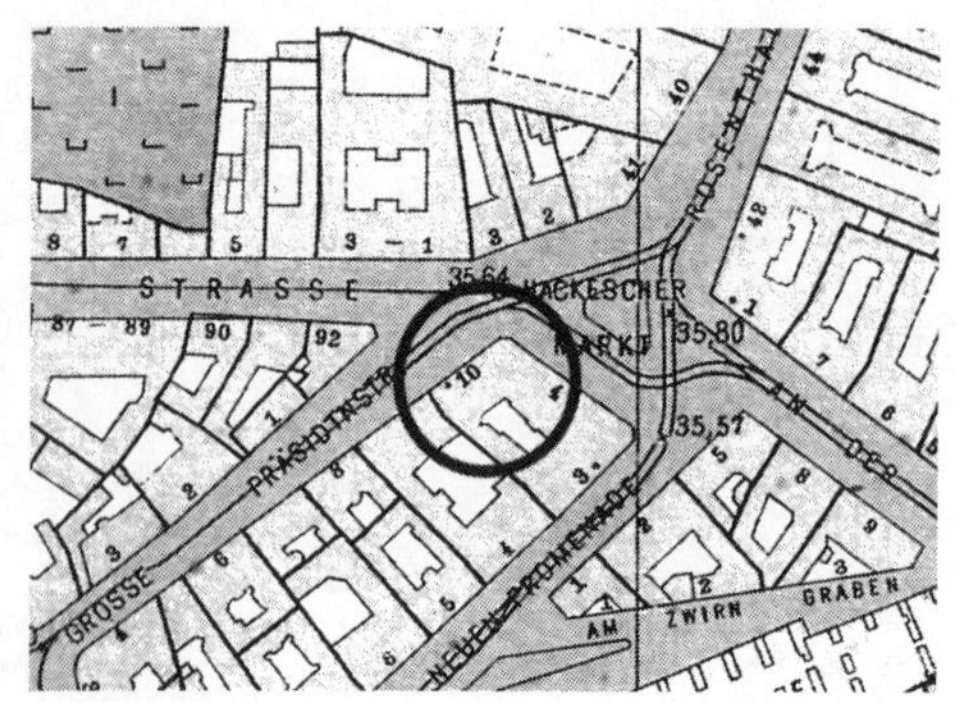

鷗外第三の下宿

グローセ・プレジデンテン通り10番地。第二の下宿からもさほど遠くない。ここも新築新入居。目前が「鉄道馬車停留所」で交通至便。

鷗外第三下宿の外観

ハッケッシャー・マルクト広場からの眺め。奥にグローセ・プレジデンテン通りが見える。

ここは鉄道駅ハッケッシャー・マルクト駅にも近く、鉄道馬車の停留所はすぐ目の前と、交通の便のよい場所で、商店が軒を連ねる賑やかな界隈であり、また、ベルリン有数の巨大ユダヤ人街「ショイネン・フィアテル」の一角でもあった。「納屋街」を意味するこの名は、一六七〇年に町の防火対策として穀物や藁の市外管理が義務づけられ、市壁の外側に納屋が建ち並ぶようになったことに由来する。

一六八〇年に始まった市壁の解体にともない、納屋も撤去され一般住宅が建設されたが呼称だけはそのまま残り、関税を目的とした市壁が建設された数年後である一七三七年、土地家屋を所有しないユダヤ人の居住区に指定された。また、関税市壁の十八か所に設けられた関所のうち、ユダヤ人の通行はショイネン・フィアテルに近いローゼンタール門に限定されていたことから、より多くのユダヤ人がこの地に住み着き過密状態となり、独特のユダヤ文化が発展した。といってもゲットーではないからドイツ人も多く、とりわけ低所得者が集中し、後代には鷗外が書くところの「悪漢淫婦の巣窟」を呈するに至り、納屋街の意味だった「ショイネン・フィアテル」の名称は、「おぞましい地区」の代名詞となる。近年は誤解を招くことから禁止用語となり、この界隈は呼び名を失い現在に至る。

鷗外が帰国直前に引っ越した理由を恋愛関係に結びつけて考える前に、鷗外に起きたいくつかの状況変化を知っておく必要がある。

第一は任務の変更だ。

鷗外自身も『独逸日記』四月一日条に「七時三十分に門前の鉄道馬車に乗れば、八時前に仏特力街 Friedrichstrasse なる普魯士国近衛歩兵第二聯隊第一及第二大隊の営に達することを得るなり」と、鉄道馬車でフリードリッヒ通りの軍隊に通い始めた旨を記し、第二の下宿に近かった衛生部へはもう通っていないことが窺い知れる。

そして食事も「是よりトヨップフエル客館に午餐す。石君とは此館にて毎日相見ることを得るなり」と、昼食は毎日「石君」とホテル・トップファーで摂ることになり、ケディング家の恩恵にも与れなくなってしまったようだ。

「石君」とは先にも触れた鷗外の上司、石黒忠悳のことで、カールスルーエでの赤十字国際会議への参加を目的に渡独してきたが、会議が終わってもなお一向に帰国しようとせず、それ以来、鷗外のベルリン滞在の予定どころか、その後の人生にまで（悪い意味で）大きな影響をもたらした人物である。

石黒のドイツ入りは、「石黒渡来の密報来る」と鷗外が日記に記したように、まったく予想外の事態であった。中井義幸氏の『鷗外留学始末』によると、鷗外の留学期間を操ったのも石黒であり、三月末に予定していた帰国も七月に延期させた。

けれどもその理由はまったく謎で、延長の理由を石黒は医務局次長コーレルによる徴兵検査や衛生隊演習の見学の勧告としたが、実際に滞在期間が延期されてもそれらの見学は行われていない。中井氏は「ここで彼がにわかに滞在延期を言いだしたのは他に理由があったと考える他はない。仕事の上ではもはや重要なことは何もなく、残りのベルリン滞在期間中、彼が熱心にやったのは馴染みの娼婦の下に通うことだった」としている（二七〇頁）。

私見では、娼婦云々というよりも、これまで期待しながらもいつも他者に留学の機会を奪われてきた石黒にとって、年齢から考えてもこれが人生における最初で最後の渡航であることから、ほんの数日の大会出場のための渡航に、尾ひれを付けて、あたかも海外駐在をしていたかのような実績を作ろうとしたのではないか……と、秘かに考えている。

いずれにしても、これらの状況から見ると、ケディング家での下宿は、次の入居者がすでに決まっていたため延長することができず、やむを得ずルーシュ夫人宅に身を寄せたという可能性も無視できない。

こんなところに……！

さて、本題に戻りたい。

住所帳のサイトを開き、植木氏がかつて調べた、一八八九年版のルーシュ姓を見た。

「A・ルーシュ、女性、旧姓ゼンフトレーベン、Wäschefbrk、C地区、グローセ・プレジデンテン通り一〇番地」

住所別で確認すると、こちらは「ルーシュ夫人」とだけ記されていた。

“Wäschefbrk”は“Wäschefabrik（ヴェッシェ・ファブリーク）”の省略形だ。氏はこれを「洗濯屋」としている。職業別のページで確認してみると、一八九〇年版の“Wäschefabrik”欄にフルネームが記載されていた。“A”は“Amalie”。アマーリエという名前だった。

順に遡って見ていくと、八八年版では「A・ルーシュ、旧姓ゼンフトレーベン、未亡人、洗濯屋、C地区、ノイエ・フリードリッヒ通り四五番地　第二階層」とあり、住所別では「ルーシュ未亡人、洗濯屋」。八七年版も八六年版も同様だった。ところが八五年版では、四五番地から五五番地に変わっている。住所別で見ても五五番地の箇所に載っていたので誤記ではない。教会公文書館の担当者も当時の人はよく引っ越ししたと言っていたけれども、それにしても引っ越しの多い人だ。

八四年版には見当たらず、けれども八三年版には出ていたので、何かの事情で抜けてしまっただけのことだろう。驚いたのは、八三年版に「洗濯屋経営」と書かれていたことだ。従業員ではなく経営者……。ここで疑問が頭をもたげた。

五五番地では「第三階層」で、四五番地のときは「第二階層」。また、グローセ・

プレジデンテン通り一〇番地では「第三階層」だった。日本でいう四階、三階、四階である。従業員ならともかく、そんな上階で大量に水を使う洗濯屋を開くことがありえるだろうか。そこで、店舗は別の場所に構えているのかもしれないと考え、職業別でも確認してみたけれども、同様の住所が記載されているだけだった。“Wäschefabrik（ヴェッシェ・ファブリーク）”は、本当に洗濯屋なのだろうか。

そこで調べると、“Wäschefabrik”は洗濯屋ではなく、縫製工場だった。綿や麻のシャツなどを縫う工場を指し、家内工業も盛んだったようだ。ルーシュ夫人も何人か雇い、いくつかの部屋をアトリエにして作業をしていたのだろう。

引き続き年号を遡ってルーシュ夫人のルーツを追った。

八〇年版まで同様の内容が続き、七九年版でローゼンターラー通り一〇番地に、七八年版ではノイエ・プロメナーデ五番地に、そして七七年版ではアレクサンダー通り四四番地になっていた。この三年間、毎年引っ越していることになる。

アレクサンダー通りは現存する有名な大通りだ。住所別に見ると、なんとアレクサンダー広場に面した当時の一等地に所在した。

「未亡人」と記載されるのは七九年版以降のことだから、それ以前はルーシュ夫人の夫もまだ健在で、夫婦で成功してこの華やかな住所へと引っ越していったのだろうか。七六年版も同住所で第二階層と記されていた。

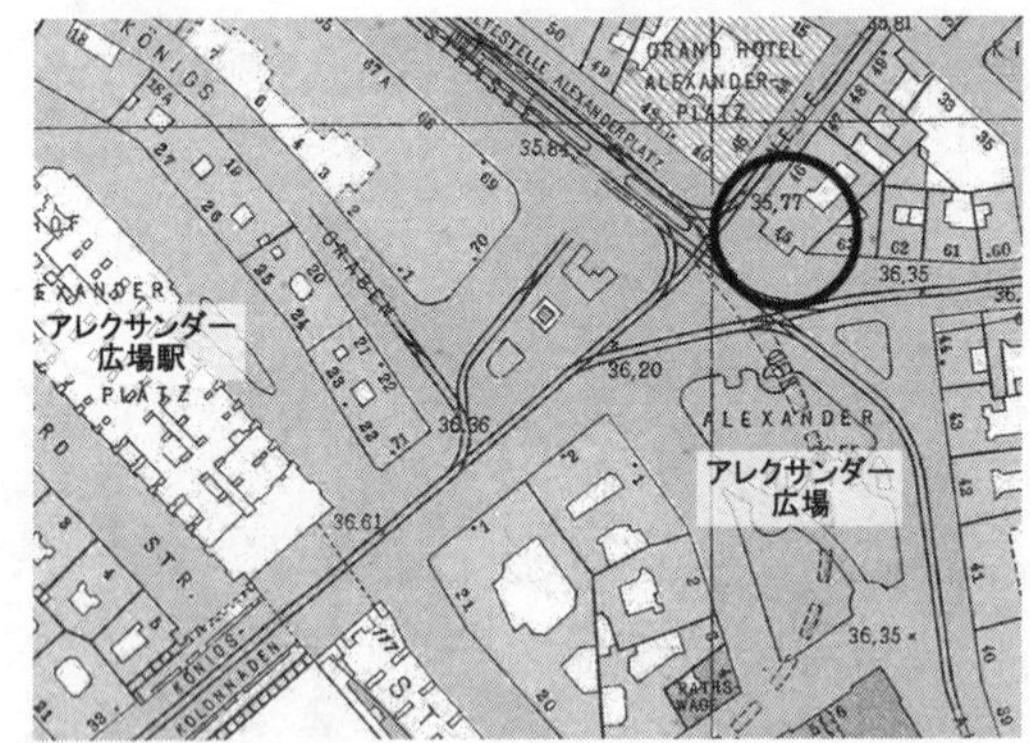

アレクサンダー通り44番地

ルーシュ夫人がかつて借りていた住居。アレクサンダー広場に面した一等地。部屋の一部を縫製工場として使用していた。

縫製工場

家内工業から工場組織まで規模は様々。写真は、自宅をアトリエにしている縫製工場での記念撮影。

そして七五年版には記載がなく、七四年版に再びノイエ・フリードリッヒ通りの名が出てきた。番地は四四番地だ。これはたしか、鷗外がベルリンに移動してきた年に夫人が住んでいた住居の隣の番地ではないか。第二階層で、職業は「ミシン販売兼シャツのミシン縫製」とされている。住所別で見ると「ミシン縫製」としか書かれていない。このときはまだ工場経営を始めていないようだ。

けれども七四年以前のルーシュ夫人を追うことはできない。女性の地位が認められない時代が長く、住所帳に女性の名が載るようになったのは七四年版からなのだ。ルーシュ夫人の夫の名でも探してみたが、こちらも見当たらなかった。

これらの情報から分かるのは、七四年頃にはミシンでシャツを縫う仕事をしながら、ミシン販売にも励み、ついには縫製工場を構えるに至り、場所を転々としながらも古巣であるノイエ・フリードリッヒ通りに戻ってきたというヒストリーだ。

古巣に戻る。原点に返る。

ルーシュ夫人にとって大切な場所。それは、どんなところなのだろう……。

妙な好奇心に駆られて、実際に地図で見てみようと、テーブルを片づけた。現代の折りたたみタイプではなく、当時の地図の上で確認したくなったのだ。

それはシュトラウベ社が一九〇八年に完成させた地図セットの復刻版で、数年前に州立公文書館の地図担当者に勧められて購入したものだ。配色も美しく番地もはっきり、棚の上で、〝ほこり〟高き住人になっていた。

りと記され大変見やすいけれども、市内全域が四十四枚に分かれてケースに収められ、一枚の大きさは画板ほどもある。その取り扱いは至って不便なうえ、索引も付いていないため土地勘がなければ使いこなせない。それで購入した当初、一度仕事に使ったきり、棚の上で、〝ほこり〟高き住人になっていた。

植木氏著の、ノイエ・フリードリッヒ通り四五番地は「鷗外の第二の下宿のごく近く」（二五九頁）の一文から、まずは聖マリア教会が含まれる一枚を取り出した。

鷗外の第二の下宿は、聖マリア教会の左上に見える。この地図は聖マリア教会の東の端で切れていて、それより東側のエリアを見るためには、別の一枚を繋ぎ合わせなければならない。そこでとりあえずは手に取った一枚だけを見ることにして、クロースター通りに指先を当て、鷗外の下宿の前を通って西へと辿っていくと、Tの字に交わる通りがノイエ・フリードリッヒ通りだった。

本当だ。鷗外の下宿のすぐそばにある。では、四五番地はどこになるだろう……。

T字のすぐ脇の両側は、左の角地はクロースター通り一番地に割り当てられ、その向こう隣の建物はノイエ・フリードリッヒ通り六五―六六番地となっている。通りの正面は大きな建物で、三八―四〇と振ってあり、右のほうは若い数字、左のほうは数字が増えていっている。ということは左の方へ……と、指で辿る。

三八―四〇番地は角地で、交差する通りは、北へはシュパンダウアー・ブリュッケ通り、南にはローゼン通りが延びていて、それを越えて次の角地が四一—四二番地だ。細長い不思議な形をした建物が二つ並んでいて、それには数字が振られず、その隣の建物に「四五」と書かれていた。「ここだ……」と、数字を見つけて安心し、その周辺の様子に焦点を合わせて、目を見張った。

四五番地のすぐ隣、そこに、ひとつ、教会があった。

その教会は、周辺の建物にきっちりと、嵌めこんだように建っている。

「凹字の形に引籠みて」の箇所は、「凹字の形に横に引籠みて」と「横に」の一言が入れられていたと、どこかで読んだことを瞬時に思い出す。

この教会は実に、凹字の形に、「横に引籠みて」建っている。

この界隈は、まだ都市開発の影響も受けていない雑居地区の奥の奥で、「この狭く薄暗き巷に入り、楼上の木欄に干したる敷布、襦袢などまだ取入れぬ人家、頬髭長き猶太教徒の翁が戸前に佇みたる居酒屋、一つの梯は直ちに楼に達し、他の梯は窖住まひの鍛冶が家に通じたる貸家などに向ひて、凹字の形に引籠みて立てられたる」と、鷗外が『舞姫』に描いた教会周辺の立地条件のすべてを満たしている。

『舞姫』の中に描かれた、豊太郎がエリスと初めて出会う場所は、この教会がモデルだったに違いない！

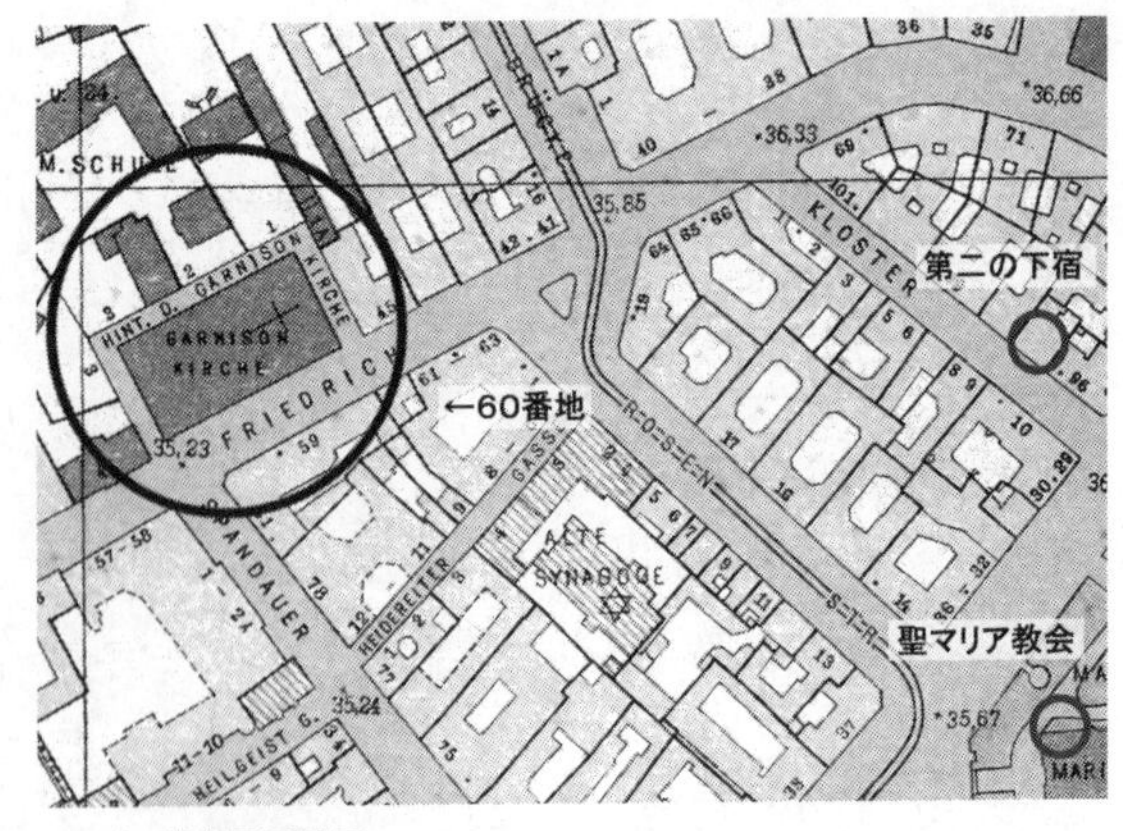

ガルニゾン教会周辺地図

クロステル巷に属し、まさしく「凹字の形に引籠みて」建っているにもかかわらず、数十年もの間、どの研究者の目にも触れることがなかった。次ページで触れるノイエ・フリードリッヒ通り60番地も見える。

鷗外がベルリンに住んでいた頃のルーシュ夫人の住まいは、教会の細い通路を挟んで右隣にあった。

縫製工場の経営を始める前に住んでいた四四番地は、その右隣の極端に細い建物だ。工場を開くには狭すぎたため、大通りへと移っていったのだろうか。

そして豊太郎が訪ねるエリスの家、草稿にあった一節はこうだ。

「寺の筋向ひなる大戸を入れば、表家の後ろに煤にて黒みたる四階目にて取り囲まれたる中庭あり片隅には芥溜の箱あれど街の準には清らかなり石の梯を登ること三たび……」

教会の斜め前、建物に囲まれた小さな中庭……「あった」

思わず声が漏れた。

小さな中庭をもつ建物が、教会の筋向いにたったひとつだけ、ノイエ・フリードリッヒ通り六〇番地にあったのだ。


ウンター・デン・リンデンからひなびた雑居地区を通り抜け、いきなり教会に出くわすという描写も、乗合馬車でウンター・デン・リンデンを渡りゆき、王城を回り込んだところのシュロス広場か、または、その先のランゲ橋の停留所で下車して、ケーニッヒ通りを少し進み、ハイリゲ・ガイスト通りを左に入り、カイザー・ヴィルヘルム通りを渡ってなお進みゆき、ハイリゲ・ガイスト小路を右に折れて、シュパンダウアー通りに出るように歩けば、その両側には、まさに「この狭く薄暗き巷に入り、楼上の木欄に干したる敷布、襦袢などまだ取入れぬ人家、頬髭長き猶太教徒の翁が戸前に佇みたる居酒屋、一つの梯は直ちに楼に達し」とつづく描写をそのままにした光景が広がっていたはずだ。

『舞姫』の中のエリスの家は、ノイエ・フリードリッヒ通り六〇番地がモデルだったのではないか。あるいはエリーゼは本当にここに住んでいたのではないだろうか。

中井氏によるとエリーゼと鷗外は同棲しており、それは於菟も家族から聞いた話として記憶している。

シュプレー川
古（アルト）ベルリンは中洲状の地形の東側に位置し、川岸の風景は地元住民に密着した、古（アルト）ベルリンの景色でもある。

第三の下宿の大家であるルーシュ夫人は、元々はエリーゼのよく知る人物だったということがありえるだろうか。もしそうであれば、石黒の気まぐれで延期されたベルリン滞在。第二の下宿の賃貸契約も満了し、寄宿先に困っている鷗外を、どのみち数ヶ月のことであるからととりあえず引き受け、いくつもの部屋がある新居のなかの、一部屋を貸し与えたと考えるのは不自然なことではない。

あれこれ思いを巡らせながら、ルーシュ夫人が鷗外と知り合うさらに数年前に住んでいた五五番地を探して地図を辿り、そのすぐ先にシュプレー川が流れていることに今さらながらに驚いた。そこは川沿いに細い通りが続き、しばらく先にはカフェやレストランがあるのだ。

『普請中』に、「チエントラアルテアアテルがはねて、ブリユウル石階の上の料理屋の卓に、丁度こんな風に向き合つて据わつてゐて、おこつたり、中直りをしたりした昔のことを、意味のない話をしてゐながらも、女は想ひ浮かべずにはゐられなかつたのである」と綴られた箇所がある。この作品の中にただひとつだけ書かれた、当時の二人の様子を窺わせる描写だ。川が見渡せる料理屋での思い出は、ドレスデンのブリユールのテラスを描きながら、シュプレー川の情景が重なっていたのだろうか。

『於母影』と題する、日本語に訳された全十七篇の詩群がある。『舞姫』発表の半年前の一八八九年、『国民之友』夏期附録に掲載された。その中にドイツの詩人シェッフェルの「笛の音」と題した詩が掲載されている。

それはライン川での少年と姫の恋を歌ったもので、たいへん長い詩であるためすべては引用できないけれども、それぞれはこう歌い始めている。

少年の巻

その一

君をはじめて見てしとき　そのうれしさやいかなりし
むすふおもひもとけそめて　笛の声とはなりにけり

おもふおもひのあればこそ　夜すがらかくはふきすさべ
あはれと君もきゝねかし　こゝろこめたる笛のこゑ

姫の巻
　その一
かれのいでたつそのさまは　をゝしくたけくみえにけり
をゝしくたけくありながら　やさしきさまもみえにけり

七の城のぬしなりとも　いかでかれにはまさらむや
さはさりながら恋人の　身は兵卒にあらざらば

士官の身にてあらむには　剣にこがねのふさあらば
くるしかりけりわが恋は　かなしかりけりわが恋は

ふたりは互いに想いを抱きながらも悲恋に終わる内容だ。
鷗外はカールスルーエで行われた赤十字国際会議に参加した際、ある夕べに開かれた音楽会で、シェッフェルの歌を聴いている。
『於母影』に含まれる詩群は、鷗外が主宰する文学結社の仲間たちが翻訳を分担し、この詩は落合直文の担当となったが、この詩の採用を強く勧めたのは鷗外であり、詩の大意も鷗外が話して聞かせたという。とても訳したものと思えないほどなめらかで、また、鷗外とエリーゼの関係を彷彿とさせる。初めてこれを読んだとき、鷗外のエリーゼへの思慕が痛いほど感じられ、切なさに胸が締めつけられる思いがした。この詩の中には、無数のカモメも飛び交っている。

しほかぜあらきあら磯に　ふかれてたてるそなれまつ
よせくる波にうちをられ　岸をばとほくはなれゆく
みどりの波のそのうちに　うきつしづみつみえにけり
かもめの鳥の数あまた　とびてあたりをめぐるなり
夜ふかき波に月さえて　おきべをとほく舟ぞゆく
をり〳〵うたのきこゆるは　ものおもふ人やこぐならむ

『文づかい』
作者名が「鷗外漁史」となっている。『新著百種』より
（第12号、吉岡書籍店、1891年）

文づかひ　　鷗外漁史

それがしの宮の催し玉ひし星が岡茶寮の獨逸會に、洋行がへりの將校次を逐うて身の上話せられし時のことなりしが、こよひはおん身が物語聞くべき番なり、殿下も待かねておはすれば、と促されて、まだ大尉にありて程もあらじと見ゆる小林といふ少年士官、口に啣へし卷烟草取りて火鉢の中へ灰振落し、仔細らしく身構して語出でぬ。

我がザツクセン軍團につけられて、秋の演習にゆきしをり、ラアゲヰツツ村の邊にて、術語に定まりたる敵といふ

あはれラインの岸にわれあらば
妹にかたらむわがこゝろ
あはれ故郷、故郷なつかしや　妹
しるらむかわがこゝろ

筆者名「鷗外」の由来は何だろう。私たちは、『舞姫』を「森鷗外」の作品として認識しているけれども、初めて掲載された『国民之友』誌では、「鷗外森林太郎」と本名までも明らかにしている。

その後は、『舞姫』の発表のたびに、「鷗外」や「鷗外漁史」などといった名が使われた。

ベルリン生活が長い私は、「鷗外」というペンネームはベルリンにちなんで付けられたものだと無意識のうちに思っていた。「鷗外漁史」となるとなおさらだ。ベルリンでもシュプレー川には夥しい数のカモメが飛び交っている。海のないこの町の、それも街のど真ん中にどうしてカモメが飛んでいるのか、ベルリンに住みはじ

めた頃は不思議でしかたがなかった。

鷗外はドイツ滞在中、実に多くの書物を読破し、帰国後は積極的に西洋文学を紹介した。田山花袋は『長編小説の研究』（新詩壇社、一九二五年）の中に、「鷗外に由つて始めてヨオロツパの本当の文学が伝へられたと言つて好かつた。またその時になつて始めてあの明治の初めから伝へられたわるく固い漢文口調の翻訳がなくなつて行つたと言つて好かった」（三〇頁）と書いている。

シュプレー川は下宿からも近く、石黒の下宿やウンター・デン・リンデンなど都心部への行き来には必ず渡る川であり、川沿いは散策もできる。何艘もの小船が岸に寄せられひしめきあい、カモメが飛び交う風景は、ベルリンの日常のひとこまとして、鷗外の中に深く残ったことだろう。

「鷗外」という名を耳にするたびに、シュプレー川を飛び交うカモメの姿を自身になぞらえ、「外（日本という外国）から来たカモメ」と名づけた、というイメージを抱いていたけれども、「鷗外漁史」は、「外国からやってきて、魚ならぬ西洋文学という史を漁るカモメ」という意味ではないのだろうか。『舞姫』にも、エリスと交際する豊太郎を留学生が揶揄し、「舞姫の群に漁するものとしたり」と書かれた箇所がある。ちょうどこの表現との対比になっている。

後日、ベルリンにおけるカモメに関して生物博物館に問い合わせたところ、同館担当者が何日もかけて文献を調べてくれ、その結果、今日のベルリンに飛ぶカモメほど多種ではないが、一八七〇年以降、カモメが渡り鳥としてベルリンに飛来しシュプレー川で越冬しているとの記録が確認できたと知らせてくださった。

「貸家などに向ひて、凹字の形に横に引籠みて立てられたる」教会の名を「ガルニゾン教会」と、ノートに書きとめた。時計を見ると夜もずいぶん更けていた。明日もう一度、教会公文書館でのマイクロフィッシュ閲覧の許可を仰ごうと思った。三回目の予約を断ってしまい、次に順番が回ってくるのはいつのことだろう……思いばかりが巡って眠れない。

それで夜中に起きだして、またパソコンに向かった。

『舞姫』の文中、天方伯に随行してロシアへ向かう豊太郎が部屋の鍵を入り口に住む靴屋の主人に預けて出かけるという描写を思い出し、ノイエ・フリードリッヒ通り六〇番地に靴屋がないか住所帳を調べてみた。すると六〇番地にはなかったが、なんと隣家に存在していた。隣家は六一から六三までの番地が合体した建物で、シュレジンガーなる人物が営むその靴屋は六三番地だけれども、住所帳に、建物全体の管理人業務も兼任していると明記されている。

Roder, G., Metall-
schreibfedernfbrk.
Zöllner, Fbrk.
61 E. Sobernheim, Gebr.,
(Burgstr. 28.)
V. Schlesinger, Schuhm.
(Neue Friedrichstr. 63.)
Bohme, Destillat.
Coper, Schuhm.

靴屋シュレジンガー

靴屋と言っても、この当時は販売店というより修理店の意味合いのほうが強い。靴職人はドイツ語で Schumacher（シューマッハー）。

また、ガルニゾン教会の画像をネット上に探してみた。

聳え立つというよりはどっしりと構えた教会で、「心の恍惚となりて暫し佇みしこと幾度なるを知らず」とは、いくぶん大げさな気もするけれども、狭い雑居地区を通り抜けていきなり整然としたこの教会の姿に出くわすと、一種独特の気分が味わえるのかもしれない。そしてエリスが寄り掛かってすすり泣いたという「鎖したる寺門の扉」もこの教会には存在した。

眠れない夜を過ごした。

ガルニゾン教会
寄り掛かってエリスがすすり泣いたという「鎖したる寺門」の「扉」も見える。外壁の劣化が著しいのは戦後（1954年）の撮影のため。

ガルニゾン教会
細い路地に取り囲まれ、きっちりと「横に引籠みて」建っている。1721〜1722年に建設され、1908年の火災で全焼した後再建された。

ふたたび教会公文書館

翌朝、早く目が覚めた。というより、眠れないまま朝を迎えた。

時計を見るとまだ五時を過ぎたばかりだ。けれども眠れない。それで起き出して、教会公文書館での予約の取り方について考えた。前回のようにメールで申し込むと、いつ許可が下りるのか分からない。十一月ももう末日だ。十二月は私自身もご多分に漏れず忙しく、後半にはアテンドの仕事も入っている。いますぐなら時間に余裕もあるけれども、あまりずれこむと難しくなる。それよりなにより、エリーゼの消息を早く知りたい……。これが一番の気持ちだ。

メール以外の方法といえば、電話か、直接出向くか。二度通った様子からすると、飛び入りの閲覧はたとえ空きが出たとしても、一番乗りでない限りそれに与れるチャンスはなさそうだ。かといって公文書館は私にとっては片道一時間の距離だ。早めに出かけたのに着いたらもう先人がいた……という無駄足も踏みたくない。いったい何時に到着すれば一番になれるのか……。

逡巡の結果、どのみち飛び入り閲覧希望者の入場が始まるのは十時を回ってからで、開館は九時だから、今日のところは下手に出発するよりはまずは自宅に留まり、電話で様子や段取りを訊いて、翌日にそれを実践しようというところで落ち着いた。

開館時間に合わせて前回予約をくれた職員にダイヤルすると、通常の申し込みはやはり二週間以上先でなければ席が空かない様子で、けれども窓口に直接電話して空きがあるなら押さえてもらえるとのことで、これは朗報とばかりに窓口の番号を教えてもらった。ところが何度かけても通話中で、そのうち十時を過ぎてしまい、ようやくつながった時にはもう午後の一時を回っていた。

こんな時間につながっても意味がないのだけれども手はリダイヤルを繰り返していて、受話器から漏れる声に、九時すぎに思ったことの事後報告のようなことを呟くと、帰った人がいるから席は空いているという。けれども四時閉館だからこんな時間から出かけても意味がないのではと呆れられる中、慌てて家を飛び出した。

到着するや速やかに手続きを済ませ、急いで教会別のファイルを開き、ガルニゾン教会の名を探した。けれどもどんなに繰っても出てこない。仕方がないので職員に相談しようと思ったけれども、先ほどまでいたはずの職員の姿が見えない。

こうしている時間も惜しいので、住所別のファイルを開いて、グローセ・プレジデンテン通りの管轄の教会を調べた。それはゾフィーエン教会で、ここにエリーゼの出生の記録を探した。

この教会は前述の「ショイネン・フィアテル」の真ん中にあり、どのような背景があってのことか、父親欄が空白の独身女性の出産が実に多い。それでも闇に葬られずこうして教会の記録に残っている……なにか「いのちの書」を覗いているような感動を覚える。ここでもエリーゼどころかヴィーゲルトの名さえ見当たることなく、気がつくと時刻は三時半を回っていた。

他の人たちはみな帰ってしまったようで、閲覧室には静寂が沈殿していた。閉館まで三十分を切っている。窓口にようやく人影が見えたので、マイクロフィッシュや広げたノートを慌てて片づけ、カウンターへ急いだ。

カウンターにいたのは前にも対応してくれたZ氏で、返却したフィルムを受け取りながら、彼らしい間延びした調子で「どうでした？」と訊いた。それに首を振って応えると、またいつかのように「お気に入りの教会が他にあるかもしれないから、近隣の教会も見ておいたほうがよいですよ」と彼は言った。

それでガルニゾン教会が見つからないことを相談すると、Z氏は「ああ！」と声を上げ、「ガルニゾン教会はここではなく、ゲハイメ云々……のほうに」と、耳慣れない名を口にしながら何やら背後の棚を探りはじめた。

「ゲハイメ」という響きに、「秘密警察」と言っているのかと思い慌てた私に、「いえいえ、ゲハイム・ディーンスト（秘密警察）ではなくゲハイメ云々……」とZ氏は訂正したが、背中を向けたままでの早口でうまく聞きとれない。というより、Z氏は探し物に夢中で条件反射で呟いたといった調子だった。

何か間違って伝わってしまったことに対してZ氏が懸命に動いてくれているのではないかと、こちらは気が気でない。けれども彼はそんなことなどお構いなしに、「あったあった」と嬉しそうに薄いファイルを手にして振り返り、「ダーレム区ですからちょっと遠いですが」と言いながら、その中の一枚をコピーしてくれた。ダーレムなら私にとってはここに来るよりずっと近い。それに秘密警察は、東独時代のものはリヒテンベルク区にあり、西ベルリンのものはリヒターフェルデ区だから、ダーレムのそれは秘密警察ではなさそうだ。とりあえず安堵してコピーを受け取った。

エリーゼの消息は必ずそこにあるに違いないという確信に満たされている私は、ガルニゾン教会に関する歴史などの情報も欲しいとお願いした。Z氏は「ガルニゾン教会はうちの管轄ではないから……」と困惑した表情を浮かべ、調べてくれたものの進展のないまま時間切れとなった。

退館する際、エレベーターで女性と一緒になった。金と白の間の髪の色をした六十歳くらいの小柄な人で、まだ他に残っている人がいたことに驚きながら、この人もご自身の家系のルーツを調べに来たのだろうか……と思っていると、「ガルニゾン教会なら」と彼女が言った。

彼女を振り向くのと同時にエレベーターのドアが開き、彼女は降りながら、「墓地の歴史ばかりをまとめて本にした人がいるから、国立図書館で調べるといいわ」と言って、立ち去った。

プロシヤ王室古文書館

帰宅してすぐパソコンに向かい、コピーに書かれた公式サイトに入った。

その公文書館は、“Geheimes Staatsarchiv”（ゲハイメス・シュターツ・アッヒーヴ）という。直訳すると「秘密の国立公文書館」という、なんとも謎めいた名称だ。日本で実際にどう訳されているのかを知らなかった私は、しばらくの間「ナイショ公文書館」と呼んでいた。そしてのちに日独修好通商条約に関するリサーチで、奇しくもこの公文書館に通うことになり、それをきっかけに複数の訳し方に接した。

それは「プロシア枢密文書館」や、「プロシヤ王室古文書館」、「プロイセン枢密国立文書館」、「プロイセン文化財団枢密文書館」といったもの。論文ごとに異なるのは、日本人研究者にとっては利用頻度も低くあまり馴染みがないためだろう。

この公文書館の所蔵は、プロイセン王国時代の王室が内外で交わした文書や王室の管理下にあった文書、王室関連の写真、資料、関連図書など。

初期の日独関係の研究については今宮新（しん）氏のものが群を抜いており、一九三〇年代に研究滞在し、一年近くもこの公文書館に日参して調べ上げた日独修好通商条約に関する記録（『初期日独通交史の研究』）は絶賛に値する。私が公文書館に通うあいだも、閲覧した文書の表紙に、黄ばみかけてもろくなってもなお貼られたままになっていた閲覧者記入欄に、今宮氏の自筆の名書きを見かけることもあった。氏の研究に敬意を表し、ここでは氏の和訳表記に倣いたい。

さて、インターネットで見ると、この「プロシヤ王室古文書館」の開館は朝八時。申請したものは九時と十三時に開票され、この建物内に保管されている史料であれば一、二時間待てば閲覧が可能となっている。

閲覧予約についての指示がなかったので、とにかく八時に訪問することにした。飛び入りの閲覧が許されて、教会簿が館内にあるのなら、遅くとも十一時までには閲覧を開始できるのだ。

十二月一日。一日目。

早起きして出かけたプロシヤ王室古文書館は、冬空を背景に圧倒されるほど堂々とした建物だった。広々とした玄関ホールの優雅な螺旋階段を上がったところが閲覧室で、扉を開けると室内は声を上げてしまいそうなほど壮観で、ドイツ語の「レーザール（読書ホール）」の言葉に相応しく、何十もの席が整然と並んでいた。

ここでも教会簿はマイクロフィッシュ化され、これに関しては九時の開票を待たずに閲覧が可能との説明を受けて、教会簿の目録を受け取った。

まずはエリーゼの出生の記録を見つけるべく、ガルニゾン教会の一八六二～一八七二年の洗礼の記録を出してもらった。

フィルムが一八六〇年から始まっていたのでそのまま飛ばさず見ていくと、六〇年には見かけなかった「エリーゼ」という名が六二年頃から徐々に増えていった。名前の流行ということだろうか。もしそうだとすれば、当時のことだからその頃に生まれたプリンセスがエリーゼと名づけられたか、どこの国からかお輿入れしたお姫さまがエリーゼという名だったのだろうか。

名前の数は、平均で三つ。少なくても二つ。多い人は五つ以上の名が連なっていた。女の子に多い名前は、アウグステ、ベルタ、エリザベス、エミリエ、アマーリエなど。男の子では、カール、ヴィルヘルム、ヨハネス、ハインリッヒ、エミール、そしてフリードリッヒ。

中に「ドロテア・ルイーゼ・エミリエ・ユーリー・ヘンリエッテ・エリーゼ」と、実に六つものファーストネームを与えられた赤ちゃんがいて、その中に「エリーゼ」も含まれ、そのうえ姓が、“Wiegert” の〃g〃が〃n〃と入れ替わっただけの「ヴィーネルト」であったからドキリとした。

教会簿には洗礼者の名だけではなく、教会と信者の間でやり取りした洗礼に関する書簡が挟まれていることがあり、稀にユダヤ人の改宗も見られた。この日は一九一三年に至るまでの洗礼記録、三十五枚のマイクロフィッシュの中にエリーゼを探したけれども、成果のないまま一日が終わった。


二日目。

翌日も同公文書館を訪ねる。午前中は仕事が入っていたため、午後一時に入館した。洗礼の記録は昨日すべて調べ終えているので、葬儀の記録に集中した。一八八七年前後の父エルンストの死、一八八九年前後のエリーゼの死産と一九〇四年以降のエリーゼの死、そしてルーシュ夫人の死の四つに絞り、一八八四年から一九一七年までの記録の中に、ヴィーゲルト姓とルーシュ姓を探していった。

ヴィーゲルトに似た姓としては、“Wegner”は頻繁に出てくるけれども、“Wiegert”はただの一度も見かけない。ルーシュも大変珍しい部類に入るようだ。四十枚ほどのシートを閲覧し続け、泥のように疲れて一日が終わった。


三日目。

残された可能性はただひとつだけだった。エリーゼの両親の結婚の記録。とはいってもエリーゼの洗礼記録がなかったのだから、結婚の記録がここにあるとは考えにくい。エリーゼの家族はエリーゼが幼い頃にベルリンに移ってきただけで、それらの記録は故郷にあると考えるほうが自然だろう。あれだけの確信に満ちてやってきたというのに、空騒ぎに終わるのか……。

くり返しになるけれども、ここで閲覧しているのは教会簿だ。ただ住んでいたというだけではその名が記録されることはない。洗礼、結婚、葬式など教会が執りおこなう儀式のいずれかを受けていなければならないのだ。鷗外とエリーゼがこの教会の前で出会ったという推測を手がかりに道が開けると期待したけれども万事休すだ。

正真正銘、これが最後の切り札だ。

この日も午後に別件があり、十二時までしか時間がない。けれども十二時までは時間があるのだ。結婚の記録だけを見るには十分なはず。それで出かけていった。

目録をじっくり吟味し、まずは一八六三年から始まるシート四枚を注文した。閲覧を始めてわずか十数分。二枚目をモニターに挿入し、レバーをしばらく動かしたところで、これ以上ないというほどの美しい筆跡で綴られた「ヴィーゲルト」の姓が目に飛び込んできた。

あまりにも突然、いとも簡単に姿を現したヴィーゲルト夫妻の婚礼記録だった。

その記述を見て改めて驚き、深いため息をついた。

その婚礼記録は、『舞姫』に書かれた要素のすべてを、これ以上望めないほど兼ね備えた、エリーゼの両親の婚姻と確信するに相応しい内容だったのだ。

新郎

Johann Friedrich Wiegert

Trainsoldat bei der Proviant-Colonne, Colonne Nr. 2 des Brandenburgischen Train-Batallions（ママ）

geb. den 15. Februar 1839 in Oberwietzko

ヨハン・フリードリッヒ・ヴィーゲルト

（この時点では新郎の職業“Trainsoldat（トレイン・ソルダート）”が馬車で移動する軍隊の兵士であること以外は分からなかった。詳細については後述）

一八三九年二月十五日オーバー・ヴィーツコ生まれ

新郎の両親

父親

Gottlieb Wiegert

Einwohner in Oberwietzko

ゴットリープ・ヴィーゲルト

オーバー・ヴィーツコ在住

母親

Anna Christine, geb. Albrecht

アンナ・クリスティーネ　旧姓アルブレヒト

新婦

Laura Anna Marie Kieckhöfel

geb. den 8. April 1845 in Stettin

ラウラ・アンナ・マリー・キークヘーフェル

一八四五年四月八日シュチェチン生まれ

新婦の両親

Anne Marie Christine Kieckhöfel

verehelichte Wapp
アンネ・マリー・クリスティーネ・キークヘーフェル
ヴァップと再婚

新郎のヨハン・フリードリッヒと新婦のラウラ・アンナ・マリーの二人は、一八六六年五月二十一日にガルニゾン教会で婚礼を挙げた。

もし二人の初めての子がエリーゼであったとして、結婚の翌年に生まれた場合は一八六七年生まれとなるから、一八八八年時点で二十一歳だ。一八六八年生まれでも二十歳であるから、鷗外の恋人として、年齢的に申し分ない。

そして目を見張るのは新婦がシュチエチン出身であることだ。

『舞姫』に、エリスが日本へ行くのであれば、母は「ステッチンわたりの農家に、遠き縁者あるに、身を寄せんとぞいふなる」と言ったという場面がある。

ベルリンからずいぶん離れた町の名が突如、飛び出したのは、ただ遠い土地という理由で採用されたのではなく、実際にエリーゼの母親の出身地だったということなのではないか！　親戚がまだ住んでいることも十分想像できる。

さらに鷗外の二人の娘が、「茉莉」と「杏奴」であることが思い出される。

於菟は、『森鷗外』（養徳社、一九四六年）に兄弟姉妹の名はすべてドイツ語に由来

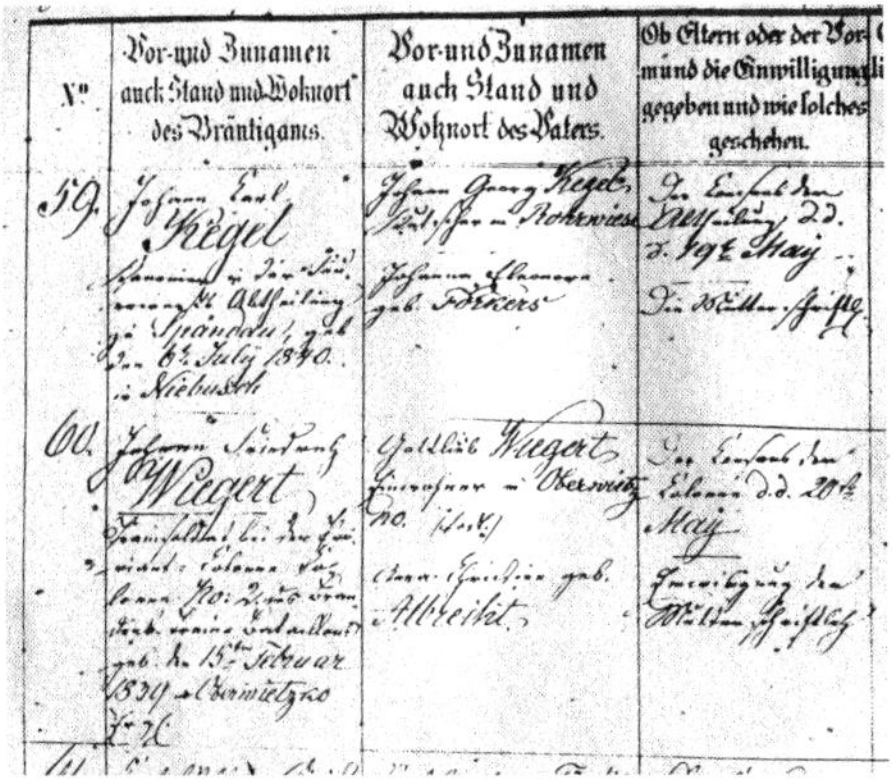

ヴィーゲルト夫妻の婚姻記録

エリーゼの両親と思われるカップルの婚姻記録。婚礼日のほか、新郎新婦の氏名、住所、職業、過去の結婚の有無などの記載がある。GStA PK,VIII. HA, MKB, Nr.459, BI. 78

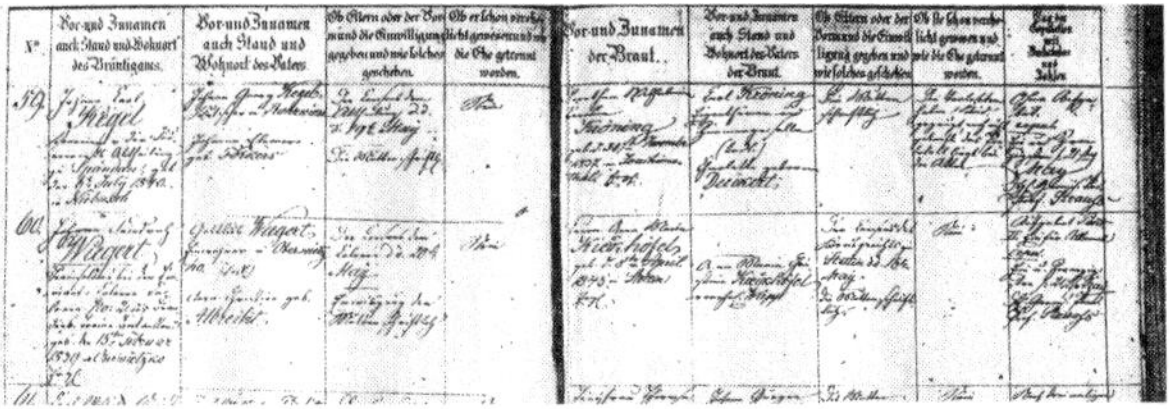

ヴィーゲルト夫妻の婚姻記録

各組記入後に横線が引かれ、この一枚にはエリーゼの両親と思われる二人の他、四組の結婚が記録されている。GStA PK,VIII. HA, MKB, Nr.459, BI. 78

するとし、「於菟（おと）Otto」、「茉莉（まり）Marie」、「杏奴（あんぬ）Anne」、「不律（フリツ）Fritz」、「類（るい）Louis」と、そのスペルを添えている。

　エリーゼの母親と思われるこの女性は、“Anna Marie（アンナ・マリー）”と、「杏奴（あんぬ）Anne」・「茉莉（まり）Marie」に酷似した名を持ち、その祖母においてはまさしく“Anne Marie（アンネ・マリー）”＝「杏奴（あんぬ）Anne」・「茉莉（まり）Marie」なのだ。

　母子のあいだでもこのように名前の一部を継承させているということは、エリーゼのフルネームが「エリーゼ・マリー・アンネ」であることもありえる。鷗外はエリーゼの面影を娘に託したのだろうか……。

　もちろんこれは、エリーゼの両親と思われる男女の婚姻の記録であり、エリーゼ本人の記録を引き続き探さなければならない。けれどもこの情報は、先の努力が無駄にならず、いつかきっと、エリーゼのもとへと導いてくれるという予感を十分すぎるほど与えてくれた。

　念のため、残りの結婚簿のすべてに目を通したが、ヴィーゲルト姓はこの他にはまったく見つからなかった。

　翌日もまた、この館へ足をはこんだ。念のため、ルーシュ夫妻の結婚の記録も探しておこうと思ったのだ。けれどもそれらしい記録にぶつかることはなかった。

時間が余ったので、エリーゼの出生記録をもう一度、確認した。

マイクロフィッシュをスライドさせながらの確認作業は疲れやすく、見落としていては大変だ。けれどもそれも無駄に終わった。そのあとルーシュ夫人の出生についても調べてみた。こちらも何も見つからなかった。

成果がないのは今に始まったことではない。けれども何か変な気がした。何がどうとはっきりしないのだけれども、どこか妙な感じがする。帰宅してからもこの「妙な感じ」について考えた。けれどもその理由は分からなかった。

週明けの月曜日、教会公文書館へ出向いた。予約はもちろんない。朝一番に入館し、飛び入り閲覧希望者第一号となった。運よく無事に席がもらえ、手続きを済ませるや、窓口カウンターに飛びついた。

けれどもこの日は、これまで見たことのない女性が担当で、臨時なのか教会名さえ把握していない様子で何を話しても埒が明かない。Z氏の所在を聞いても分からないというし、朝早くから鼻息も荒く乗り込んできたものの、なす術もなく、諦めて帰ろうとしたところに文献を積み上げた台車を押しながらZ氏が現れた。

私に気づいて「どうでしたか」と、プロシヤ王室古文書館での成果を尋ねてくれたので、興味深い記録の発見がありながらも、その後へと続くものが得られなかったときに感じた「妙な感じ」を言葉にしようと努力した。

「なにかその、たとえば洗礼簿を見ても、摑みどころがないというか……たとえば聞き覚えのない住所が目立つというか……ガルニゾン教会周辺に住んでいる人が少ない気がするというか……」

言葉にしながら、漠然と抱えていた「妙な感じ」は、「地元に根づいた感じがしない」という感覚だったのだと、改めて理解して自分でも驚いていると、Z氏はいとも簡単に、「それはあの教会が軍隊専用で、軍人や軍人家族しか通わないからでしょう。軍人家族は必ずしも教会周辺に住んでいたわけではないから……」と答えた。

「はあ？　ノイエ・フリードリッヒ通りの住民は通わないのですか?!」

「通いませんよ」と即答したZ氏は、私の驚いた顔にすっかりうろたえ、「貴方がガルニゾン教会の教会簿と言ったから、それならプロシヤ王室古文書館だと答えただけで……」と口走りながら慌てて住所別ファイルを取り出すと、「ノイエ・フリードリッヒ通り……」とページをめくり、「何番地ですか?」と訊いたので、「六〇」と答えると、「六〇なら……聖マリア教会、ですね」と読み上げた。

聞くところによると、軍人は駐屯地としてその町に滞在するだけで、任務地を転々とすることもあり、地元住民とつながりの強い教会にはなかなか溶けこめないため、軍人のための教会設立の声が高まり、初の軍隊専用教会として建てられたのがこのガルニゾン教会だった。当時軍隊はプロイセン王国の管理下に置かれていたことから、この教会のデータだけはプロシヤ王室古文書館に保管されていたのだった。

エリーゼの父親と思われる男性が軍人だったからこそ、ガルニゾン教会の教会簿にその名が載っていたのだ。けれども私は、ノイエ・フリードリッヒ通り六〇番地とその周辺に住む人々の記録を探していたのだから、この事情を前もって聞いていたらこの教会の記録を調べに行くことはなかっただろう。Z氏とのちょっとした行き違いがエリーゼに近づく重要な糸口となってくれたのだ。これは何に感謝すべきか。

そして双六の「ふりだしに戻る」のごとく、「聖マリア教会」に戻ってしまった。

聖マリア教会の記録は、これまで何度も調べてある。今一度確認したところで、結果は同じことだ。そしてガッカリする私に、Z氏はきっとこう付け加えるに違いない。

「お気に入りの教会が他にあるかもしれないから、近隣の教会も見ておいたほうがよいですよ」

けれどもそれさえももう、前回までにやってある。

かといってこのまま諦めるのもなんだか悔しい。一時間以上もかけてやってきたのだ。そこで、せめて氏名順に並んだ洗礼票を再確認しておこうと思った。

洗礼票とは、初めてこの公文書館に出したメールの返事に「エリーゼ・ヴィーゲルトの名は認められませんでした」と書かれた、その典拠となった資料のことだ。

一七五〇～一八七四年の期間の古ベルリン地区における洗礼の記録がまとめてある。二一〇頁にも書いたように、伝票のような紙きれであることから、教会名に関係なくファミリーネームのアルファベット順に並べられていて、教会名が分からなくても繙くことができる。各票には出生日、洗礼日、所属教会、生まれた子の名、両親の名、住所などが記載されている。

すでに一度、見ているけれども、わずか数枚でも「ヴィーゲルト」姓を見ることができた貴重な記録だ。もう一度だけその内容を確認しておこうと思った。

一七五〇～一八七四年の百二十四年間で、ヴィーゲルト姓を持つ子どもの出生はわずか十七人。いかにこの姓がベルリンでは珍しい姓であるかが、この数でも分かる。そしてエリーゼと同年代の出生はたった三人を数えるのみだ。

三人の記録の中で、唯一、名前が判読できたのは、アンナ・アルヴィーネ・クララ(以下、「アンナ」と表記)という名の赤ちゃんだった。改めてその票をモニターに映し出すと、両親の氏名欄に記載されていたのは、なんとガルニゾン教会で婚礼を挙げた、エリーゼの両親と思われる二人の名だったのだ!

以前にこの洗礼票を閲覧したときにはエリーゼとの関わりを何ら見出すことができ

なかったけれど、アンナはエリーゼの姉妹なのかもしれない。

そこで教会簿の中の洗礼記録にアンナの記録を確かめた。

アンナは一八六八年九月十三日に出生。住所はケルン・フィッシュマルクト五番地。両親の名は先に記した結婚記録と同じ、ヨハン・フリードリッヒとラウラ・アンナ・マリー。一八六九年一月十日に聖ペトリ教会で洗礼を受けた。

アンナの洗礼立会人として、エルンスト・ヒングスト、ゲルマン・デーリング、カール・ファウシュ、エリーゼ・ブアマイスター、ヘンリエッテ・ホーメケの五人の氏名が記載されている。「エルンスト」や「エリーゼ」の名にハッとする。

洗礼立会人は、洗礼を受けたその子が成人するまで両親とともに成長を見守る大切な役割を担う。ドイツ語では"Pate(パーテ)"といい、日本語では「代父母」とも訳されるほど、その関わりは深く、遠く離れ住む場合も、時節の挨拶はもちろんのこと、堅信礼や親戚も招くような催事、成人になる年の誕生会、結婚式など、節目といえるお祝いには必ずといってよいほど招待される。

パーテを担うのは現代では一人かせいぜい二人だが、アンナ以外の洗礼においても同様に複数の名が記載されているので、当時は一般的だったのだろう。また、両親の親類や親友が引き受けることが多いが、アンナの場合は、その姓から察して後者のようだ。二人とも地方出身でベルリン市内に親戚がいなかったためかもしれない。アンナがエリーゼの姉妹なら、エリーゼの名が両親の親友エリーゼ・ブアマイスターさんに由来することも大いにありえる。

また、名前が読み取れなかった、死亡したと思われる二人の赤ちゃんの記録に関しても、精査すると、どちらもアンナの弟妹であったことが分かった。読み取れなかったのは名前ではなく、「名無し」と書かれていたのだった。

一人はアンナの弟にあたり、一八七〇年十二月十七日に死産、二日後の十九日に埋葬されている。もう一人は妹で、一八七二年十月十五日出生。二日間だけ生きて十七日に死亡。葬儀は三日後の二十日に執り行われた。どちらも聖エリザベス教会の記録で、この時期の一家の住まいはブルンネン通り一五六番地だった。

ガルニゾン教会での両親の結婚記録には、住所が記載されていなかった。兵舎に住んでいたのだろうか。独自の住まいが持てるようになりケルン・フィッシュマルクト五番地に引っ越し、アンナが生まれ、その後古(アルト)ベルリンの北側にあたるブルンネン通りへと転居したのだろう。それにしても、「駐屯地教会」であるガルニゾン教会に所属しながら、どうして子どもには別の教会で洗礼を受けさせたのだろう。

そこでまたZ氏が通りかかるのを待って、家族が別々の教会に所属する可能性について訊いてみた。するとZ氏は、それは絶対にありえないと断言した。

ガルニゾン教会も「軍人とその家族」が所属の単位であり、家族間で切り離される必要はないし、当時の「教会」という存在は、「信仰」の証であると同時に、ある意味、選択する「宗教」ではなく、継承する「ルーツ」であり、ドイツ帝国が誕生しその機能が本格始動するまでは、教会は「役所」でもあったのだから、家族間で登録教会が違うことは絶対ありえないとのことだった。

ということは、ヴィーゲルト夫妻は何かの事情であるとき所属教会を変えたということになる。地元の教会に通ったほうが、近所付き合いがしやすかったのだろうか。それとも軍隊を辞めたのか……。

アンナとアンナの弟妹の記録を聖ペトリ教会や聖エリザベス教会の教会簿の中に確認しながら、エリーゼの名ももちろん探した。けれどもここでも見つからず、閉館までの残りの時間は、ルーシュ夫人の出生記録を探すため、洗礼票から彼女の旧姓であるゼンフトレーベン姓のデータを取り出す作業に専念して時間切れとなった。

ルーシュ夫人の生い立ち

洗礼票のゼンフトレーベン姓を調べると、ここでも面白い発見があった。

ルーシュ夫人に関してすでに分かっていることは、彼女のフルネームがアマーリエ・ルーシュであり、旧姓がゼンフトレーベンであるということだ。

この姓の洗礼票は二十八枚あり、うち五人の女性がファーストネームのいずれかに「アマーリエ」の名を含んでいる。住所帳の記載から一八七四年にはすでに結婚していたことは分かっている。一人は一八七四年時点で六歳であるから対象外で、残る四人の詳細を見ると、アマーリエが一つ目の名であるのは一人だけで、この人物は四人のうちのもう一人との姉妹で、この姉妹の両親の記録が実に興味深いのだ。

姉妹の名は、姉がマリア・アマーリエ・シャルロッテで、妹はアマーリエ・スザンネ・アグネス。妹の一つ目の名前がアマーリエであるのに、姉もアマーリエを名乗ることはありえないから、ルーシュ夫人はこの妹ではなかったかと推測する。妹アマーリエは、一八四一年生まれ。エリーゼの母親と思われる人物は一八四五年生まれであるから四歳年上、同世代ということになる。

アマーリエは四人姉妹の三番目で、父親は靴職人のマイスターで、自宅で靴屋を営んでいる。この六人家族の住所はシュパンダウアー通り七四番地。まさしくガルニゾン教会のすぐそばなのだ。この界隈を「原点」にして転居を繰り返すルーシュ夫人の状況にもピタリと符合する。

職人肌の頑固な父親の背を見て育ち、手に職をつけようと縫製の道に進み、女性が力を発揮できるこれからの職業分野としてミシンに乗りかえていったのだろうか。ルーシュ夫人がミシンを販売していた一八七四年頃はちょうどミシン技術が盛んに開発される頃だ。ドイツの高級ぬいぐるみとして有名なシュタイフも創業者マルガレーテ・シュタイフも女性で、一八七七年にミシン縫製のアトリエを開業し、一八八〇年には会社組織となり、ぬいぐるみ製作で高い評価を受け現在に至る。

"Der Leipziger Brühl"（Walter Fellmann, Fachbuchverlag, 1989）によると、ベルリン在住のヨゼフ・プリースナーは一八七〇年に毛皮や皮革の縫製可能なミシンの開発を始め、二年後には製品化に成功し、一八七三年のウィーン万国博覧会で金賞を受賞している。ミシンという機械の将来性をいち早く察知しその業界に乗り込んだルーシュ夫人は、決意や行動力を備えたしっかりした職業婦人だったに違いない。

父ヨハン・フリードリッヒの軍隊生活

数日後、またプロシヤ王室古文書館へ出かけた。なぜヴィーゲルト一家がガルニゾン教会から他の教会へ移籍したのか、その手がかりを探すためだった。

まずはヨハン・フリードリッヒが所属していた軍隊について調べた。といっても公文書館には軍隊の構造や歴史などに詳しい職員はいないため、ここに文献として置かれているものの中から情報を取り出していくしかない。

ヨハン・フリードリッヒの職務は、“Trainsoldat bei der Proviant-Colonne, Colonne Nr. 2 des Brandenburgischen Train-Bataillons” である。

“Die preußische Armee 1807－1867（プロイセン軍 一八〇七―一八六七）”（戸籍役場出版、一九三九年）によると、“Train-Bataillon（トレインバタイロン）”は輜重大隊（しちょうだいたい）のことで、プロイセン王国には、東プロイセンやブランデンブルクなど十一か所に設けられ、ベルリンは第三大隊となるブランデンブルク大隊の管轄となっていた。

ヨハン・フリードリッヒが所属していたのはブランデンブルク第三輜重大隊で、食料調達第二部隊の輜重兵を務めていた。

プロイセン軍の制服は、各隊ごとに細かく決められ、「クネーテルのユニフォーム図鑑」に基づいた番号が割り振られている。第三輜重大隊の制服は“Knöte LXIII, 30; IV, 47”、青色の上着、襟および袖は水色とされ、鷗外にベルリンの思い出として大きな印象を与えた、『舞姫』の「胸張り肩聳えたる士官」や、詩「扣鈕」にも「えぽれつと かがやきし友」と登場する肩章は、この部隊においては水色と規定されている。

そして明らかになったのは、この第三輜重大隊は一八六六年に閉鎖されたということだ。一部がハノーファー大隊へと移されたとのことだが、ヨハン・フリードリッヒは退役しベルリンに残ったことになる。ベルリン市内で就職先を見つけ、教会も地元の聖ペトリ教会へと移っていったのだろう。

また、この機会に出身地の「オーバー・ヴィーツコ」がどこにあるのかを調べた。けれどもこれは公文書館が所蔵する地理図鑑やその他の文献を調べても見つからず、連邦公文書館付属図書館においても見つけることはできなかった。のちに問い合わせた北ドイツ地方デーミン公文書館からの返事によると、北ドイツ地方に「オーバー・ヴィーツコ」は確認されないが、「オーバージッツコ」という地名であれば、かつてはプロイセンであった現ポーランドのポズナン地方に存在するとの返事を頂いた。

ヨハン・フリードリッヒの制服
第三馬車大隊の制服はクネーテル制服番号「XIII, 30; IV, 47」と指定され、それは上着は青色、襟、袖、肩章は水色であった。

第六章

エリーゼとの対面

またしばらく、教会公文書館に通う日々が続いた。今日は二時間だけ、翌日は午前中だけと、時間が空くと公文書館へ急いだ。

十二月も半ばに差しかかり、この頃には休暇をとる人も多いのか、閲覧者の数は日に日に少なくなり、いつ行っても席は問題なく確保できた。

クリスマスシーズン真っ只中で、夜はどの家庭の窓も電飾が華やかに輝き、街のあちらこちらでクリスマスマルクト（クリスマス・イヴまでの約一ヶ月間開催される青空市場。クリスマスにちなんだ飾りやプレゼント用品などを販売し夜も賑わう。鷗外の留学時代にも開催されていた）が開かれていた。

この年はいつになく大雪に見舞われ、町はどこもかもが雪に包まれた。公文書館の近くには「天使のたらい」と呼ばれる貯水池がある。ほとりにカフェがあり夏は賑わいを見せるけれども、今は人影すらない。水面はすっかり凍てついて、その上を雪が覆い、真っ白な雪原が広がっていた。

エリーゼの洗礼をはじめ、結婚、死亡、出産、死産、エリーゼの父の死、ルーシュ夫人の結婚、死亡、ルーシュ夫人の夫の死亡……思いつく可能性を、聖ペトリ教会や聖エリザベス教会などヴィーゲルト一家がこれまで所属したことのある教会をはじめ、聖マリア教会やニコライ教会など「クロステル巷」の教会から、フリードリッヒスヴェルダー教会や聖ゲオルゲン教会などの周辺教会に至るまで、手当たり次第に調べていった。けれどもこれまでに得た以上の情報が見つかることはなかった。

決して楽しい作業ではない。いや、虚しい作業の繰り返しで、苦しくて仕方がない。帰宅すると楽しいことを考えるように努め、朝がくると心機一転を心がけたけれども、本当のところは苦しかった。

ある朝は、どうにも心が重苦しくて、公文書館へ行く道すがら、「天使のたらい」に立ち寄った。池の畔に立っていると、顔を深く埋めたマフラーの間から白い吐息が弱々しく漏れては消えてゆく。

いつまで続くのだろう……いや、私は、いつまでこれを続けるのだろう……。

雪の原を見つめていると、雲で覆われた冬空から白い色がふたつ、ゆっくりとこちらに近づいてきた。カモメかと思って見つめていると、白い色は思いのほか大きくなって迫りくる。目を瞠って(みは)いると、それは二羽の白鳥で、大きな翼を優雅に広げて見せながら、私の頭上を通りすぎ、そのまま遠くへと飛び去っていった。

この光景が心の憂いを洗い流してくれて、思い直して公文書館を目指した。

それでもやはり、なんの成果も得られなかった。

当初は、エリーゼはベルリン生まれではなく、子どもの頃に両親とともに引っ越してきたと考えていた。ところが両親の結婚記録がベルリンに見つかった。ということはエリーゼもベルリンで生まれているはずだ。それがなぜ見つからないのだ……。

そこで、これまで調べた内容を整理してみて気がついた。

鷗外の恋人としてありえる「一八六二〜一八七二年生まれのエリーゼ」の洗礼の記録を探そうにも、アンナが洗礼を受けた聖ペトリ教会では一八六四〜一八六六年のあいだと、一八七一年以降の記録のすべてが、また、聖マリア教会では一八五五〜一八六三年のあいだと一八七一〜一八七五年の記録が、また、聖ゲオルゲン教会では一八六八〜一八七一年分が、そして、フリードリッヒスヴェルダー教会では一八七三年以前の記録のすべてが、第二次世界大戦時の空爆によって焼失しているのだ。

洗礼はただ一度きり行われ、どこかの教会の帳簿に一度だけ記入される。その記録が燃えてしまったら、もうどんなに探しても出てこない。ここまで探して出てこないということは、エリーゼの名は焼失した記録の中に含まれているのではないか。

もう限界だ……。

がっくりと肩を落として公文書館を後にした夕方、いつだったかエレベーターで一緒になった、あの女性にばったり会った。ガルニゾン教会について本のことを教えてくれたあの女性だ。

「うまくいってる？」と聞かれ、「さっぱり」と首を振ると、「そんな日もあるわよ。私なんてそれのくり返しよ」と彼女が笑った。

そんな日もこんな日も、この女性を見かけるのはあの日以来だ。

「何のご研究を？」と尋ねると、彼女は首を振ってそれに応えた。「くり返し」と言ったのだから、自分のルーツ探しもおかしい。それで、「では、どちらから？」と尋ねると、「墓地」と彼女は答えた。

驚いて立ち止まったところが門の前で、「……職員？」と聞いた私に、「そんなところ」と彼女は頷いた。

前回のように、彼女は門を出て左のほうへと行こうとした。私も前回と同じく、右手の通りに車を停めている。このタイミングで別れるのもなんだか妙な感じがするけれども、立ち話をするには寒すぎる。そこで近くの駅まで送りましょうと提案し、運転しながら「墓地職員」の彼女の話を聞いた。

詳しくは理解できなかったけれども、誰かが遺産を遺して亡くなって、遺族の存在が分からないといったときに、教会簿を手がかりに相続人を探し出すのが彼女の任務で、不定期ながらも年間を通せば、かなりの日数を公文書館に通い、教会簿の調査をしているらしかった。

「それで貴方は誰を探しているの？」と、今度は彼女が私に質問した。

「一八〇〇年代の終わりごろにベルリンに住んでいたある家族。娘が一人見つかったのに、もう一人が欠けたまま。どうやったって見つからない」

そう答えると、「どんな苗字？」と彼女が聞き返し、「ヴィーゲルト」と言うと、「どうなるかしら」と相槌を打った。

意味不明な反応に、返す言葉が見つからない私に、「家族の一人でも教会簿に見つかれば、その家族はその宗派よ。当時は生まれても死んでも必ず教会で儀式を挙げたから、教会簿のどこかに必ず記録が残っているのよ」

そう早口で言うと、「ここで！」と、いきなり車を停めさせ、「丁寧に……」云々と言いながら車を降り、小走りに去っていった。

「丁寧に探せば、いつか見つかる」とでも言ったのだろうか。その去り方はとても丁寧とは思えなかった。車に乗せてあげたのに、ありがとうの一言も、もう会うこともないのに、さよならの一言もなかった。


そのあと仕事が立て続き、あっというまにクリスマスに入った。

ドイツでは二十四日の夕方から二十六日の夜まで街はひっそりと静まり返る。二十四日はクリスマス・イヴで、二十五、二十六日は祝日になっている。イヴは夕方に教会のクリスマス礼拝に行って、夜は家族だけで質素な食事（ベルリンでは茹でソーセージとジャガイモサラダが定番）でお祝いする。祝日の二日間はご馳走が出るけれども、招かれるのは家族や親戚だけだ。部屋の中に生のもみの木を立てて、枝に付けた本物のロウソクに火を灯して祝う習慣も、鷗外の時代から変わらない。

クリスマスに日曜が重なって今年は少し長めの休日となり、ちょうど友人夫婦が遊びに来ていたこともあり、家に呼んだり外食したり、いつになく賑やかな数日を過ごした。そしていよいよ年の瀬も押し迫ってきたある夕べ、これからのことを思案した。

いま追っているあの家族がエリーゼの家族に違いないと私は見ているけれども、当のエリーゼの記録が出てこない。私には妙に強い確信と、これ以上ないほどの条件を備えた、エリーゼに相応しい家族の存在があるだけだ。

ここまで探して見つからなかったのだから、エリーゼの出生の記録は、おそらくあの聖マリア教会か聖ペトリ教会の燃えた教会簿の中にあるのだ。

あの夏の夕暮れの一丁の拳銃から始まって、エリーゼの面影を追い求めてきた。エリーゼが垂らした糸は今にも切れてしまいそうで、けれども時おり美しく銀色に光って見えるものだから、なかなか諦めることができなくて、手繰り寄せては落胆し、半年もの月日を過ごしてしまった。けれどもあと三日で「今年」が終わる。

来年に持ち越すことだけはしたくない。ずいぶん追いかけまわしたのだ。エリーゼがそれを望まないなら、これ以上つきまとっても先はない。

友人らと入った日本料理屋で年越しそばがサービスに出た。それをすすりながら、「関西という土地柄なのかも知れないけれど、うちでは年越しそばと言いながら実はうどんを食べていた」と言った私に、「年越しにうどんは良くないですよ」と板前さんが、「年越しそば」の意味について教えてくれた。

そばというのはスッと嚙み切れるのが特徴で、これを年末に頂くことによって、一年の憂いを断ち切って、来年の新しい門出に立つという意味があるから「年越しそば」なのであって、そこでうどんを食べてしまっては、今年の憂いもネチネチと来年に持ち越しそうだからいけないのだそうだ。

「『年越しそば』に『持ち越しうどん』！」と大いに笑いながら、実は板前さんのこの一言が心にずしりと響いていた。

そこでひとつ、心に決めた。

エリーゼ探しは今年限りで終わりにしよう。今のところ、その予定もしていなかったけれども、もう一度公文書館を訪ねるにしても、大晦日はきっと閉館だろうから、私にとっては明日を最後のチャンスとしよう。関西生まれの私はそばよりうどんのほうが好きだけれども、ここは「年越しそば」でいこう、と決心した。


そこで調べ忘れて後で後悔することがないように、これまで書きとめてきたノートを読み返し、コピーして持ち帰った記録に再度目を通した。

コピーを一枚一枚めくるうち、葬儀の記録が二部出てきた。ヴィーゲルト夫妻の死産だった息子と、二日だけ生きて死んでいった娘の記録だ。子を失う親の気持ちがいたたまれず、一度目を通したきり綴じ込んでいた。

こうして改めて眺めると、短命の多さに驚かされる。一枚の表には八件の葬儀が記録されているけれども、一八七〇年の息子の死産が記された一枚を見ても、一歳二ヶ月、死産、二ヶ月、一歳半、死産、十日、三十一歳、四歳であり、成人は一人だけだ。一八七二年の二日で亡くなった娘の一枚も、一歳半、六十歳、五ヶ月、四ヵ月半、二日、五歳半、一ヶ月半、死産とあり、成人はここでもたった一人だ。州立公文書館でカイザー・ヴィルヘルム橋の架橋工事の資料を見ていたとき、一歳未満の乳児の死亡率について述べた医学系冊子がファイルの中から出てきたことを思い出す。一八六〇年の都市計画や一八六二年発行の間取り見本集について解説してくれた歴史研究家も、それらの背景には疫病や感染での死亡率の高さがあると言っていた。今見ている埋葬の記録は、その実態を物語っている……。

そしていま一度、一八七〇年の息子の死産の記録を手に取り、じっくりと観察すると、ヨハン・フリードリッヒの名の前に〝Diener（ディーナー）〟と書かれているのに気がついた。前回見たときは軍隊での役割だと思い、気にも留めなかったけれども、除隊ののち新しく就いた職業だろうか。「ディーナー」は「使用人」や「召使」などを指す。どこかのお屋敷で雑務係でもしていたのだろうか。

そして字が小さくて何が書かれているのか見当もつかないけれども、表の右半分の冒頭に、各人、バラつきの見られる記入欄があった。

表題には、「故人は配偶者および〝majorene（マヨレーネ）〟または〝minorene（ミノレーネ）〟な子どもを遺したか」と書かれている。役所の書式であるのに、「氏名」や「住所」といった名詞ではなく文章になっているのが妙な感じだ。そして「マヨレーネ」と「ミノレーネ」という単語。聞き慣れない言葉だけれども、これはドイツ語なのだろうか。

表を上から順に見ていくと、判読はできないけれども、どこも一行目は同じ単語で、二行目の書き込みは、あったりなかったり。ある場合もその内容はそれぞれ違う。それらを何度も見比べていると、一行目のそれは〝Eltern（両親）〟という言葉であることが想像できた。そしてヴィーゲルト夫妻の子どもの欄には、「両親」の下に、もう一行書かれているけれども、〝2…… ……〟と、数字の「2」しか読み取れない。どんなに目を凝らしても、字があまりにも小さくて判別できない。

そこで、スキャナで読み取って解像度を上げれば、あるいは読めるようになるかもしれないと思い立ち、パソコンを起動した。

モニター画面に拡大表示させると、「2」の横に続く二つの単語の右側が、〝Sch〟で始まっていることが読み取れた。他の人の項を見ると〝Bru〟と始まる文字がある。ずいぶん時間が経ってから、もしかしてこれは〝Schwester（シュヴェスター）〟と〝Bruder（ブルーダー）〟ではないかと思いあたった。つまり「姉妹」、「兄弟」という単語ではないかと。

もしそうであるなら、ヴィーゲルト夫妻においては、一八七〇年十二月十七日に死産した男児には二人の姉妹がいたということになる……！

そこで今度は、一八七二年の女児の死亡記録もパソコンに取り込み、同じように拡大すると、やはり「シュヴェスター」の綴りに見える。

「2」と「シュヴェスター」の間にある単語は、拡大してみてもなお、はっきりと読み取ることができないけれど、どちらも〝mi〟で始まっていることだけは見て取れる。ということは表題の「ミノレーネ」だ。ミノレーネな姉妹が二人……。

そこで辞書を引くとやはりドイツ語ではないらしく、フルスペルでは載っていない。〝minorene〟（ミノレーネ）の〝minore〟までいくと音楽用語が見当たるだけで、ひとつスペルを減らして〝minor〟で調べると、ラテン語として「小さいほうの」、「少ないほうの」、「ささいな」、といった訳がつけられていた。

いっぽう、〝majorene〟（マヨレーネ）は、〝major〟で「大きいほうの」、「多いほうの」、「過半数の」などと訳されていた。

「小さいほうの姉妹が二人」、「少ないほうの姉妹が二人」、「ささいな姉妹が二人」……どれもしっくりこないけれど、「姉妹」が「姉」と「妹」のどちらを指すのかを考えると、多胎児でないなら生まれたばかりの子どもに「妹」はありえないから、この場合の「姉妹」が「姉」であるのは確かだ。いずれにしても、死んだ子たちには二人の姉がいたということだ。ヴィーゲルト夫妻には、アンナだけでなく、もう一人娘がいる……！

私の前に突如現れ、また忽然と去っていった「墓地職員」の彼女の言った、「丁寧」を実行したら今まで見えなかったものが見えてきた。

やはり明日は公文書館を訪ねよう。これでエリーゼが出てくるわけはないけれども、「ミノレーネな姉」というのがいったいどんな姉なのか、これだけは確かめて、エリーゼ探しを終えることにしよう。

二〇〇九年十二月二十九日、年越しそばを食べて決意した夜のことだった。

この日は友人夫婦の帰国の日でもあった。それで午前中は二人を空港まで見送り、それから公文書館に向かった。

閲覧室へ上がっていくと、窓口にはまたZ氏が座っていた。何人もの職員がいて、当番制で窓口業務にあたっている様子なのに、私が質問を抱えているときは不思議なほどZ氏の担当の日に重なる。

「フローエ・ヴァイーナハテン（クリスマスおめでとう）」と挨拶をする。二十四日の夜から年末にかけての、ドイツでの一般的な挨拶だ。ここは教会公文書館で職員はみなクリスチャンだから、救い主の生誕を祝うこの挨拶がいかにも相応しい。

静かでありながらいつも人で賑わっている閲覧室は、遠くにわずか一組の人影があるだけだ。けれどもよく見ると、それはこの間の女性だった。もう会うこともないと思っていたのに、またこうして見かけるとは。彼女は、モニターの前に座る人物の横に立ち、腰を屈めるようにして一緒にモニターを覗いている。そしてこちらに気がつくと、姿勢は変えないままペンを持った手を挙げて見せた。

私もそれに手を振って応え、それからカウンターに向き直ってZ氏に葬儀簿のコピーを差し出し、読んでもらいたい項目があるとお願いした。

しかめ面で紙面を見つめていたZ氏は、「字が小さすぎる」と呟いて姿を消して、大きな虫眼鏡を手に戻ってきた。そして紙と虫眼鏡の間隔を微妙に調整しながら、

「故人が遺した家族は……両親と、……ミノレーネな姉妹が、二人……ですね」

と、ゆっくりと読み上げた。

「ミノレーネとは、どういう意味ですか？」

間髪を容れずに尋ねた私に、Z氏も「未成年」と、即答した。

「ミノレーネ」は、未成年……。

心の整理がつくまで、少し時間がかかったように思う。

「では、この亡くなった赤ちゃんには、未成年の姉が、二人いた、ということ……ですね？」

一言一言を区切ってはっきりと発音し、念をおすように訊きかえすと、Z氏は不安になったのか、念のためにと言いながらまたいなくなり、教会簿の規定について書かれているという本を手に戻ってきた。そして何ページか繰ったあと、指をあてながら、ゆっくりと刻みつけるかのように読み上げた。

「『マヨレーネは成年』。『ミノレーネは未成年』のことです」

ヴィーゲルト夫妻にはやはり娘が二人いた。アンナには姉がいる!!

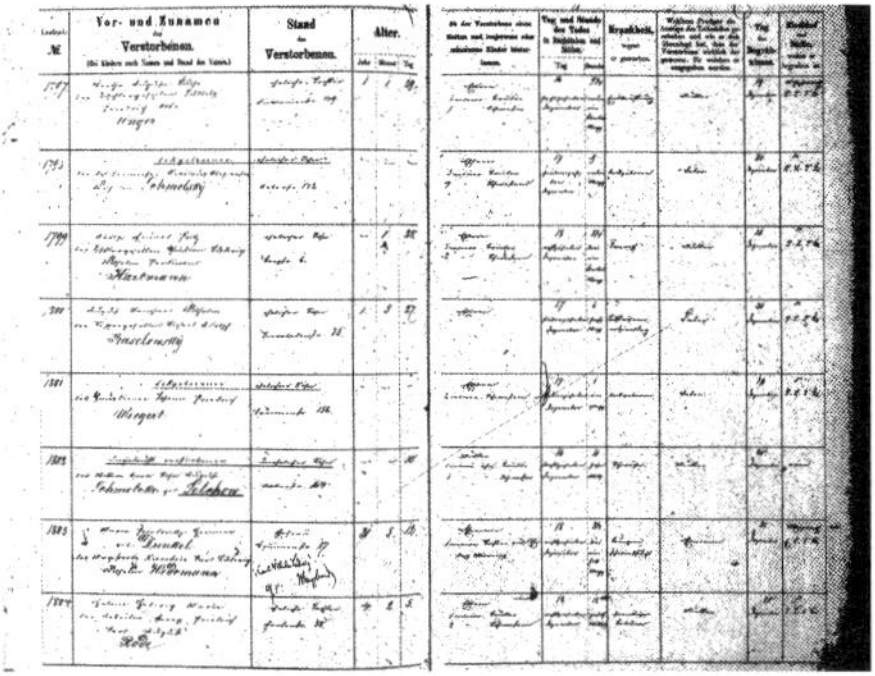

教会簿　葬儀記録

聖エリザベス教会1870年12月の記録。ヴィーゲルト夫妻の死産の記録が見える。八件の記録のうち七人が四歳未満で死亡している。ELAB KB-Mikro 6560

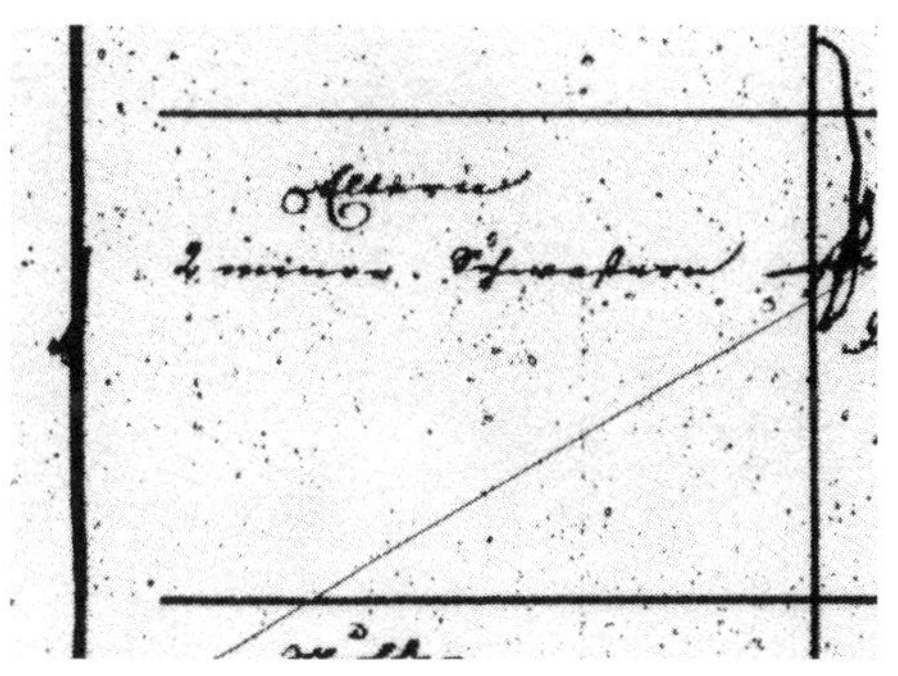

教会簿　葬儀記録

「故人は配偶者および“majorene（マヨレーネ）”または“minorene（ミノレーネ）”な子どもを遺したか」欄のヴィーゲルト夫妻の項のアップ。ELAB KB-Mikro 6560

終わった。

調べられることはすべて尽くした。Z氏に礼を述べ、出口に向かった。けれどもエレベーターが来るのを待っているうちに、ふと思いあたることがあり、それでまた窓口まで引き返した。

「念のためにお聞きしたいのですが」と話しかけ、顔を上げたZ氏にこう質問した。

「養子縁組って大変ですか?」

かなり無謀な考えだけれども、こんなに探してエリーゼの洗礼記録が見つからないのは、エリーゼがヴィーゲルト夫妻に養女として引き取られてきたからではないかと考えたのだ。

その根拠は、不思議な符合で結ばれたデータを見かけたことによる。

それはヴィーゲルト夫人の旧姓である「キークヘーフェル」の姓を、洗礼票の中に見ていたときのことで、「キークヘーフェル」という姓の靴職人マイスターの子ども四人の出生記録が綴じられていて、その長女の名がエリーゼだった。

ヴィーゲルト夫妻とキークヘーフェル夫妻のそれぞれの子どもたちの出生を表にすると次のようになる(図⑥)。

ヴィーゲルト夫人の三度の出産と、キークヘーフェル夫人のエリーゼを除く三人の

ヴィーゲルト夫妻		キークヘーフェル夫妻
	1862年	10月　エリーゼ誕生
9月　アンナ誕生	1868年	6月　死産
12月　死産	1870年	12月　フリーダ誕生
10月　出産（早期新生児死亡）	1872年	12月　エリザベス誕生

図⑥

出産が、申し合わせたかのようにまったく同じ年のそれもほぼ同じ頃に集中している。そして通常は生後一、二ヶ月で受けさせる洗礼を、アンナは生後四ヶ月も経ってから受けている。子どもを喪ったキークヘーフェル夫人に気を遣って延期したかのように。

ヴィーゲルト夫人はシュチェチン出身であるから、彼女の兄弟がベルリンに住んでいたかは疑問だ。ただ、この二つの家族の洗礼票に記載された出産日があまりに近いことと、アンナ誕生当時のヴィーゲルト一家の住所がキークヘーフェル一家のすぐそばだったこと、またキークヘーフェル氏の職業が、ルーシュ夫人の父親と同じ靴職人マイスターであったことなどが、特別なつながりを感じさせた。

エリーゼ＝養子説を思いついたのは、キークヘーフェル氏が再婚している事情による。長女エリーゼと次の子の出産が六年も空いているのはそのせいで、エリーゼは先妻ヨハンナとのあいだの子で、あとの三人は後妻マチルダとの子だ。

あくまで私の想像にすぎないのだけれども、妻に先立たれた兄を不憫に思った妹ヴィーゲルト夫人は、幼いエリーゼの面倒をよくみていて、兄の再婚に当たり、ヴィーゲルト夫妻がエリーゼを養女として引き取った……という可能性を考えたことがあった。真剣に思っていたわけではないけれども、ふと思い出したので、後で気にならないよう、聞いておこうと思ったのだ。

Z氏は少し考えこんで、「養子の場合は、必ずその旨が教会簿に……」と、説明をはじめたところに、あの女性が現れた。「墓地職員」の彼女だ。

それでZ氏の説明は中断され、先ほどは手を挙げるだけの会釈であったから、私は彼女にあらためて挨拶しようとし、Z氏は彼女の用件を聞こうとした。けれども彼女はそのどちらにも無関心に貸出票を差し出して、「あれから何か見つかった？」と、そっぽを向いたまま問いかけてきた。「もう諦めました」と答えると、「堅信礼の記録は見たの？」と訊かれて返事に困った。

見たといえば見たし、見ていないといえば見ていない。

二八三頁で述べた洗礼の立会人（代父母／パーテ）が重要な役割を果たすのがこの堅信礼までの期間だ。赤ちゃんの頃に受ける「洗礼」は親の意思でおこなうものであり、十二、三歳になると子どもたちは教会の聖書学校に通いはじめ、翌年にはクリスチャンであることを自分の意思で表明する儀式を受ける。これが「堅信礼」だ。キリスト教ではこの儀式をもって一人前の信者とみなされる。

教会簿の中に堅信礼の記録が収められているのも知っていたし、聖マリア教会のそれを閲覧したこともある。けれども洗礼の記録に比べてずいぶん数が少ない気がして、欠落の多い情報はあまり意味がないように思えたことと、なにより、すべての教会の情報を草の根式に調べることは不可能で、どの教会に的を絞ってよいかも分からず、聖マリア教会の記録を一度見たきりであきらめていた。

すると彼女は、「ほらあれ、どこだっけ」と言い、「ほらあれ」の意図が汲みとれず、さらに困惑する私に、「一八八〇年の住所録のMという女性、あれはヴィーゲルト夫人のことじゃないの？　彼女の夫、亡くなってるんじゃない？」とまくし立てた。

一八八〇年？　M？　亡くなった？　何のことだかさっぱりわけが分からない。

すると彼女は、私にあごで合図を送るや踵(きびす)をかえし、さっさと奥へと引っ込んでしまった。後に続くべきだろうけれど、質問をするためだけに立ち寄っただけで、入館の手続きを踏んでいない。それどころかコートもカバンも腕に掛けたままの恰好だ。Z氏を振り返ると、彼が小さく二度頷いたので、それらをカウンターに置かせてもらい、慌てて彼女の後を追った。

彼女は教会簿のファイルを手にするや、驚くほどの速さでページをめくり、貸出票に注文番号を書きつけたかと思うと、もう引き出しを開けていて、たちまちのうちにフィルムを取り出しモニターに向かった。

「たしか洗礼票の、マリーと書いた名前の下に線が引いてあったでしょう。ということは、あれが呼び名よ」

そう言いながら、素早い操作で画面上に洗礼票を走らせ、ぴたりと手を止め、「ほらここ」と指先で示した。

映し出されているのは一八七〇年の死産の記録で、本当にヴィーゲルト夫人の「ラウラ・アンナ・マリー」の名の三つ目にあたる「マリー」に下線が引いてある。夫の「ヨハン・フリードリッヒ」も二つ目の名の「フリードリッヒ」のほうに下線が引かれていた。ファーストネームのひとつ目を呼び名に使っていない場合、呼び名に下線を引くのだそうだ。

「へえええ……」

大いに感心する私の横で、彼女はもう次の動作に入っていて、「だから彼女はマリー・ヴィーゲルト。一八八〇年を見ただけだけど……」と言いながら、もう一台のモニターに座る弟子なのだかなんなのか、若い男の子にもなにやら指示を与えながら、手はパソコンを操作していて「ほらここ」と指し示した。

パソコンの画面には住所帳一八八〇年版の「ヴィーゲルト」欄が映し出されていた。〝M〟で始まる行を指し、「〝Frau(フラウ)〟が付いているから既婚女性よ。母親マリーのことかもしれないわ。娘がいるって言ったわよね。堅信礼の記録にその子の名を探すのよ。この住所の管轄の教会で」。

言う先から彼女はアレクサンドリーネン通り一一五番地と、メモ用紙に乱暴に書きなぐって私に突きつけた。

有無を言わせぬ強引さにつられ、捜査本部に配属になった新米刑事のような心境で、メモを手にファイル置き場まで駆け出して、住所別ファイルから管轄が聖ヤコブ教会であることを確認し、堅信礼を受ける平均年齢は十四歳くらい、生年が一八六二～一八七二年として……と計算して貸し出し票に一八七七～一八八五年までの堅信礼簿の番号を書き込んだ。

本来ならそれを事前に受付窓口に提出しなければならないところを、心の中でZ氏にごめんなさいと言って、「墓地職員」の彼女がそうしたように、近くのテーブルに置いて、マイクロフィッシュが納められている棚へ移動し、堅信礼簿のシートを引き出しから取り出した。

モニターの前に腰かけ、映し出された記録を順に追っていくと……あった！

アンナだけでなく、エリーゼの名も、そこに、あった……！

ぎっしりと書き込まれた帳面は、経年劣化のためかマイクロフィッシュ化の際に生じたものか、下部になるほど全体がくすんで字がにじみ、ところどころしか読み取れない状態だった。にもかかわらず、二人の名前の部分は難を逃れ、「エリーゼ」と「ヴィーゲルト」の文字だけは不思議なほど鮮やかに残っていた。

エリーゼ・ヴィーゲルト。

『舞姫』に込められた名前の仕掛けとピタリと符合するエリーゼがそこにいた。洗礼を授けた教会は「シュロス教会」と書かれている。聞き覚えのない教会だけれど、とにかくエリーゼの出生記録がこの教会の教会簿の中にあるのだ。

ついに見つけたという昂奮とともにファイル置き場へ戻った。ところが、教会別ファイルを開いても「シュロス教会」が見当たらない。仕方がないので窓口に行ってZ氏に相談すると、「シュロス教会ならケーペニックですね」と別のファイルを出してくれた。

ケーペニックといえば、同姓同名だったもう一人のエリーゼの親が湖畔レストランを出していたところだ。店の名が「ミュッゲル小城」だったことが思い出される。「シュロス教会」の「シュロス」も「城」の意味だ。この教会も湖畔レストランの近くにあるのだろうか。この二つのヴィーゲルトは、親戚関係にあるのだろうか……。

そんなことに思いを巡らしながら、ファイルのページをめくりはじめたけれども、

教会簿　堅信礼記録

エリーゼの堅信礼は1882年3月17日、聖ヤコブ教会で行われた。このページは特に劣化がひどく、エリーゼの記録は名前だけが読み取れる状態だった。ELAB KB-Mikro 1112

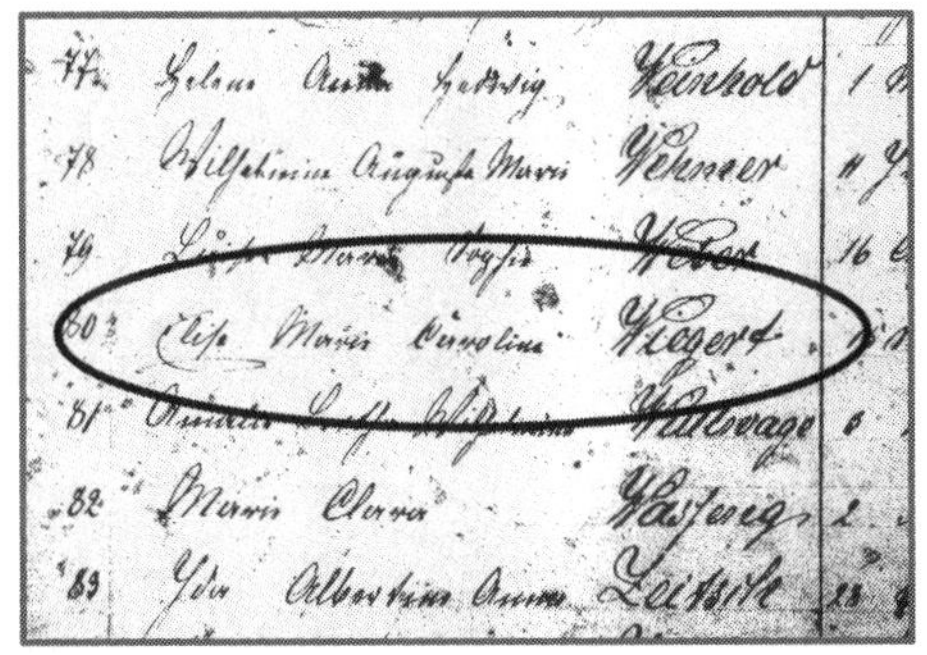

教会簿　堅信礼記録

エリーゼ部分の拡大。ELAB KB-Mikro 1112

どうも調子が悪い。もう少しでエリーゼに手が届くというのに、期待感どころか不安が広がるのだ。そのうち窮地に追い込まれたような感覚に陥って、苛立った神経が「違う」、「違う」と叫び声まで上げはじめる。どんどん広がる胸騒ぎを封じ込めようとでもするかのように、無意識のうちに拳を胸に押しつけていた。

時計を見ると閉館まで二時間を切っている。

今日が最後と決めたのだから、許された時間は残りわずかだ。このままこの教会のマイクロフィッシュを見はじめて、そこにエリーゼを見つけることができなければ、それで時間切れになってしまう……。

ファイルのページをめくる手を止めて、Z氏のところに戻り、ベルリン市内にシュロス教会はないのかと質問した。

Z氏は首をかしげ、どこに書いてあるのかと訊くので、コピーした堅信礼簿の紙面を見せると、しばらく内容を吟味してから、「この隅の字は何と書いてあるのだろう」と、また虫眼鏡を出してきた。そして「シュチェチンですね」と言った。

なるほどそうだ。何かの記号と思っていたけれども、そう言われて改めて見ると、確かに「シュチェチン」と読み取れる。

「これはベルリンではなく、シュチェチンのシュロス教会ということでしょう」とZ氏が言った。

「……ポーランド、の？」
「ええ。ポーランドの」
「ポーランド……」

「ステッチン」は「遠き縁者」が住むだけでなく、エリーゼの生まれ故郷でもあったのか……。『舞姫』に込められた深い意味を知って感動するいっぽうで、落胆の気持ちが広がった。

シュチェチンは、かつてはドイツの一都市であったけれども、今ではポーランドに属する。そこはもうドイツにとっては外国なのだ。使用言語ももはやドイツ語ではなくポーランド語だ。私はポーランド語がまったくできないから、インターネットで調べることも問い合わせることも不可能だ。言葉が障害となって教会簿の存在さえ確認できないとは……。これなら「聖ペトリ教会で受洗しましたが記録は焼失してしまいました」と言われるほうが諦めもつく。ここまできたのに……。

悔しさと歯がゆさで、なんともいえない気分だった。

いつものように「ま、こんなもんでしょ」と楽観的に思い切れない。かといって何の手立ても浮かばない。

みっともないと分かっていながらも、行く手をいきなり断絶されてしまい、苦し紛れのような気持ちで、「シュチェチンの教会簿を調べる手立て……ないものでしょうかねぇ」と呟くと、未練たらしい声になって、自分でも恥ずかしいと思った。

ところがZ氏は「ありますよ」と、いとも簡単に反応し、「見たいですか？」と言いながら、手はもうファイルを広げていた。見たいですかって……。

「ここに……あるのですか？」

Z氏は振り向きもせず、ニヤニヤと頷きながらページを繰っている。そして注文番号も見つけてくれて、貸出票にも記入し、フィルムもZ氏が探し出してくれた。どうやらこの教会公文書館には、現在のベルリン市内にある教会だけでなく、当時のプロイセン全体の教会簿が所蔵されているらしかった。

受け取ったフィルムを手に、再びモニターへと戻った。

いよいよエリーゼと対面するのだ。

けれども、見つからなかった。

こんなことがあるだろうか。油断して見過ごしたか？ もう一度最初から見直した。けれどもやはりなかった。大きくため息をひとつついて、スイッチを切った。

「どうでした？」

いかにも嬉しそうな笑顔を見せるZ氏を前に、思わず涙がこみ上げてきそうになった。それで俯いたままマイクロフィルムの包みをカウンターの上に置いて、そっと前方へと押し出した。何かが見えては裏切られる、運命に弄ばれているような状態に神経が磨り減っていた。

意外そうな表情を浮かべるZ氏は、もう一度ファイルを手に取った。けれども今見たフィルムは本当にシュチェチンの、シュロス教会の記録であったことを、フィルムの中に二度も確認しているのだ。フィルム番号が間違っていることなどありえない。

「もういいですよ」

止める私に、Z氏はちょっと待って、ちょっと待って……と呟きながら、ページの上に指と目を走らせている。

そして「ほら、ここ、ここ」と、ある箇所を示した。

そこには、「一八〇四年以降、聖マリア教会はシュロス教会と統合」という注意書きがあった。だから見ておくべきだと、Z氏がまたフィルム貸し出しの手続きを済ませ、シュチェチンにある聖マリア教会のフィルムの束を出してきた。

かなり気が重かった。こんなに気を遣ってもらっても、きっと出てなどこないのだ。堅信礼の記録に「シュロス教会」と書かれていたのだから、聖マリア教会に期待しても仕方ない。さっきはケーペニックのシュロス教会は違うと突き放したけれども、それは胸騒ぎがそうさせたのであって、理論的根拠などなかったのだ。生まれたのはシュチェチンでも、その後すぐにベルリンに戻ったのかもしれない。エリーゼの家族は代々飲食店を営むもうひとつのヴィーゲルト一家と親戚関係にあって、出産直後にそこに身を寄せ、ケーペニックのシュロス教会で洗礼を受けさせたのかもしれない……。けれどももう手遅れだ。今からフィルム番号を探しはじめても、閲覧を開始する前に時間切れとなるだろう。

いま手にしている、Z氏が出してくれたフィルムさえも、時間内にすべて見終えることができるか分からないのだ。ここまでしてもらって見つからなくてフィルムを返すとき、どんな顔で礼を言えばいいのだ。今度こそ泣き出してしまう……。

レバーを動かし、洗礼者の名前を上へと上へと送りながら、いつしかエリーゼのことを考えていた。

この半年の間に読んだり見たりして考えたことは、エリーゼにとって余計な詮索だったのだろうか。

それがいつからかは分からないけれども、「路頭の花」や「娼婦」といったエリーゼ像が伝えられるのを読むにつけ、私は痛みを感じるようになっていた。

鷗外が望みもしないのに無理やり押しかけてきたのだと喜美子は書いたけれども、本当にそうだったのだろうか。本当のエリーゼは、鷗外に招かれてやって来たのではないのか。ハンカチイフを振って別れていった彼女の顔には少しの憂いも見えなかったと、人の言葉の真偽を知るだけの常識にも欠けた哀れな女と、喜美子はエリーゼのことを蔑むけれど、本当にそうだったのだろうか。

仮にこのときが鷗外との決定的な別れの瞬間だったとしても、真のエリーゼは、金さえ握らせれば片がつくと思っている小金井のような男の前でなど、決して涙を見せないだけのプライドと精神を持ち合わせた、聡明な女性だったのではないだろうか。本当の涙はもっと別のところで流れていたのではないだろうか。それを証明するためには、エリーゼの正体を知るしか方法がないと思っていた。切れかけてもまた先へと糸がつながっていくのは、エリーゼも探されることを望んでいるのではないかと、そんな気がしたこともあった。けれどもそれは私の勝手な思い込みだったのだろうか。

ねえ、こうして探されるの……いや？

エリーゼに話しかけた瞬間、エリーゼが目の前に現れた。

「エリーゼ、マリー、カロリーネ、さん」

モニターに映し出されているその名前を、ゆっくりと読み上げて、「はじめまして」と、言おうと思ったけれども、初めての感じがしなかった。この半年間、この人の垂らした糸を手繰ってきたのだ。それで、「フローエ・ヴァイーナハテン」と言った。

フィルムを返すときの私の表情を見て、Z氏は本当に嬉しそうに頷いた。決定的なアドバイスをくれたあの女性も一緒に喜んでくれた。礼を述べると、「送ってくれたお礼よ」と笑った。

そうだ、彼女はあのとき、「ヴィーゲルト」の姓を聞いて、「どうなるかしら」と言ったのだ。あのときすでに調べるつもりでいてくれたのだ。そして今度いつ会うかも分からない私のために、というより、会わない可能性のほうがはるかに高かった私のために、本当に調べておいてくれたのだ。

この日は彼女も収穫があったそうで、来た甲斐があったと喜んで、助手だろうか若い男の子を引き連れて帰っていった。

会ったときはクリスマスの挨拶をして、数時間後には新しい年への多幸を祈る挨拶を交わして教会公文書館をあとにした。

エリーゼの実像

エリーゼのフルネームは、Elise Marie Caroline Wiegert（エリーゼ・マリー・カロリーネ・ヴィーゲルト）。一八六六年九月十五日、シュチェチン生まれ。早朝四時半に産声を上げた。

父親フリードリッヒは、ベルリンの銀行家クップファーの下で“Kassendiener”（カッセン・ディーナー）に従事。住所はクライネ・リッター通り一番地となっている。

この住所は当時のベルリンにはなく、シュチェチン市内に存在したので、母親マリーが出産のために戻っていた実家かどこかの住所だろう。

「カッセン・ディーナー」は現代にはない職業で、プロシヤ王室古文書館および州立公文書館に問い合わせたところ、銀行の出納係ではないかとのことだった。

エリーゼの両親の結婚式は一八六六年五月二十一日であるから、母親マリーは結婚したときエリーゼを身ごもっていたことになる。父親は結婚直後に除隊して転職し、母親はシュチェチンの実家に戻りエリーゼを出産。

エリーゼの洗礼式が行われたのは生後一ヶ月の十月十四日。このときには父親も帰省し、洗礼式に参加したことだろう。洗礼の立会人パーテは、カロリーネ・ネートリング、カロリーネ・キークヘーフェル、シュルツの三人。

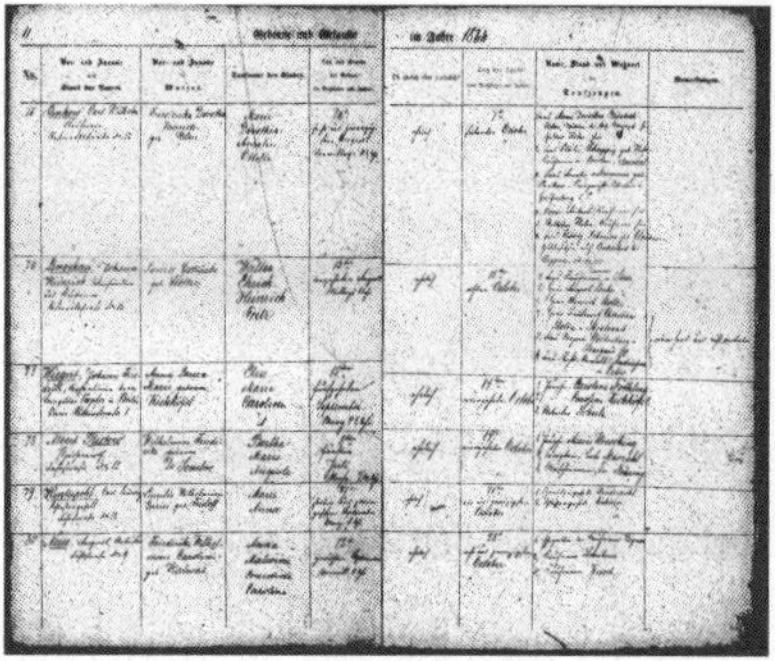

教会簿　洗礼記録
エリーゼはシュチェチン（現ポーランド）の聖マリア教会で１８６６年10月14日に受洗した。出生日は１８６６年９月15日。EZA O 4154

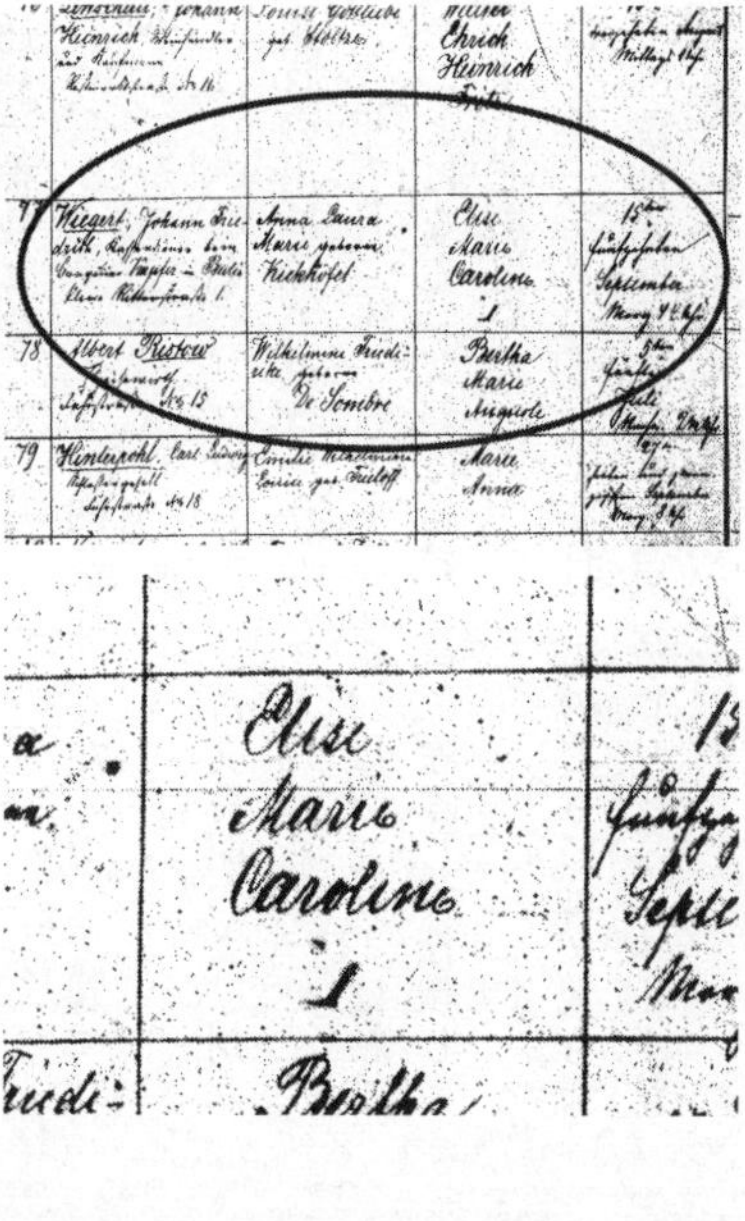

洗礼記録のエリーゼの名前
エリーゼの名は Elise Marie Caroline（エリーゼ・マリー・カロリーネ）。ちなみにこのページの六人のうち三人は、四つのファーストネームが付けられている。EZA O 4154

ネートリングには当時未婚女性の敬称に使われていた“Fräulein（フロイライン）”が付いていることから母マリーの友人で、キークヘーフェルにも未婚女性の敬称が付きマリーの旧姓と同名であることから、マリーの姉妹か従姉妹と思われる。エリーゼの三つ目のファーストネームが「カロリーネ」と名づけられたのは、パーテ二人の名に由来するのかもしれない。

こうしてエリーゼは、現在はポーランドに属するシュチェチンに生まれ、洗礼を受けたあと、両親とともにベルリンへ移った。

エリーゼ誕生の二年後に妹アンナが生まれ、その頃一家はケルン・フィッシュマルクト五番地に住んでいた。そして記録として明らかなのは、一八七〇～一八七二年頃はブルンネン通り一五六番地のアパートに住んでいたことだ。

その後の消息として発見できたのは、十年後の一八八〇年版住所帳においてで、そこで父フリードリッヒの死亡の可能性が浮上した。翌年にもヴィーゲルト一家の記載があり、そこには母マリーの旧姓が書かれていたことから、この記録がエリーゼ一家のものであると確定できた。また、一八八一年版においては、未亡人を意味する“Witwe（ヴィトヴェ）”の省略形である“Ww”が記されていた。

堅信礼の記録から次のような内容が明らかになった。

エリーゼとアンナの堅信礼の記録を見比べると、アンナの記録には父親の職業の隣

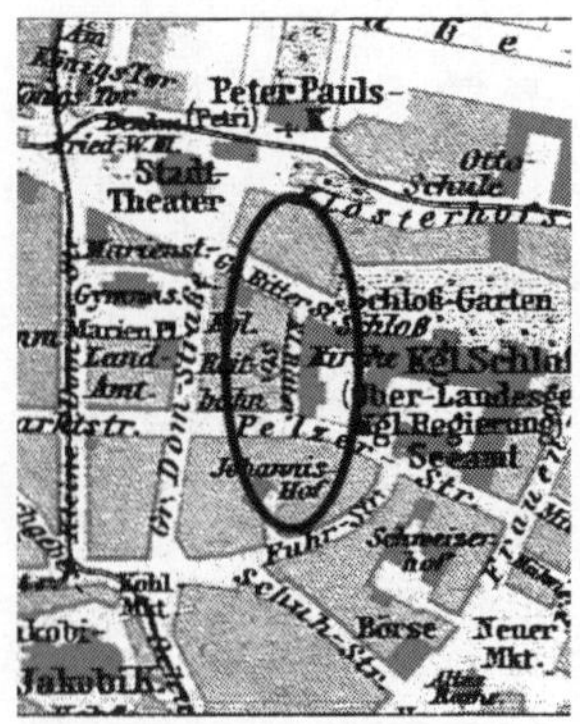

クライネ・リッター通り1番地
クライネ・リッター通りは王立馬場と王宮の間にある細い通り。

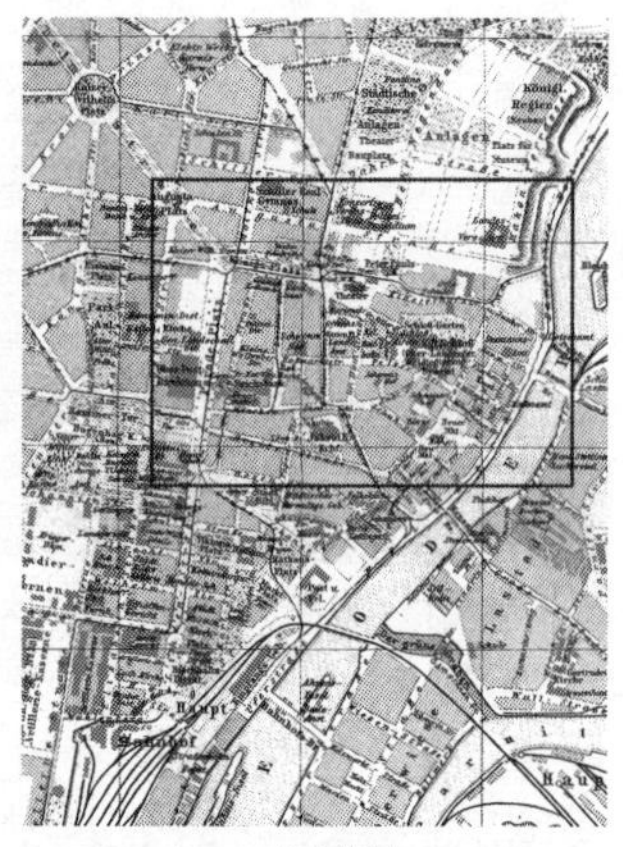

シュチェチンの市内地図
クライネ・リッター通りはシュチェチン市中心部にある。東側に流れているのはオーダー川。

聖ペトリ教会
エリーゼの妹アンナが洗礼を受けた教会。古(アルト)ケルン地区にかつて建っていたベルリン最古の教会のひとつ。

古（アルト）ケルン地区
エリーゼの妹が生まれた頃（エリーゼ二歳）の住居周辺。都市開発の影響を受けない古い佇まいが多く残る。

に「十」の文字が記されていたが、エリーゼの記録にはそれが付いていなかった。この印は父親が故人であることを示す。このことから父フリードリッヒは、エリーゼが堅信礼を受けた一八八二年三月十七日からアンナが堅信礼を受けた一八八三年二月十三日までの一年のあいだに亡くなったと考えられる。

ところが住所帳では、一八八〇年版には母マリーには既婚女性を意味する"Frau"が付けられているだけで、未亡人を意味する"Ww"と記されたのは翌年一八八一年版になってのことだ。これは遅くとも住所帳一八八一年版の掲載締め切り以前に夫が死亡していたということになるから、教会簿の記録との間に誤差が生じている。

これを堅信礼の記録にある数字から考察すると、エリーゼは堅信礼を受けるために教会学校に二年間通ったとされているところから、エリーゼが教会学校に入学を申し込んだ一八八〇年頃は父親はまだ存命で、途中で亡くなったけれども堅信礼の申し込み時の記録が訂正されないまま堅信礼簿に反映されたと考えれば、住所帳の記載とも辻褄が合う。

他の子どもたちの堅信礼の記録を見ると、教会学校受講期間は一般的に一年のようだが、エリーゼだけが二年通っている。堅信礼は子どもが成人するまでの間の最も大きな行事であり、教会での堅信礼の式のあとは、親戚やパーテを家庭に招いて賑やかに祝う。家族に不幸があった場合に旅行や結婚式の延期を考えるように、喪中を避け

69. Pt.
Wiegers, C., Dr. phil., Dirig. e. höheren Privat-Unterr. Anst., Lehrer d. Mathem., *W* Bülowstr. 94. II. 12–2.
Wiegert, A., Bäcker, *NO* Weinstr. 28. Pt.
— F., Privat., *O* Schillingstr. 37.
— M., Frau, Näherin, *SW* Alexandrinenstr. 115 II.
Wiegleb, C., Werkführer, *N* Müllerstr. 171a. II.
Wiegmann, s. a Wichmann.
— C., Fuhrh., *SW* Markgrafenstr. 91. H.
— A., Maler, *O* Gubenerstr. 54. I. E.
— C., Schneider, *C* Neue Grünstr. 33. H.

住所帳1880年版　ヴィーゲルト　Wiegert

Mのイニシャルで始まる女性の世帯はアレクサンドリーネン通り115番地二階層目。

Privat-Unterr. Anst, Lehrer d. Mathem., *W* Bülowstr. 94. II. 12–2.
— E., Gelbgießer, *N* Gerichtstr. 85.
Wiegert, C., Kfm, Vertret. f. Herrmann & Theilnehmer i. Stettin u. Hamburg, *C* Spandauerstr. 36 37. III. —9, 4—6.
— A, Bäcker, *NO* Weinstr 28. Pt.
— F., Schneider, *O* Schillingstr. 87. Pt.
— M, geb. Kiekhöfel, Ww., Näherin, *S* Brandenburgstr. 74.
Wiegleb, C., Fbrkmstr., *N* Fennstr. 14.
Wiegmann, s. a Wichmann u. Wiechmann.
— C., Fuhrh., *SW* Markgrafenstr. 91.
— A., Maler, *O* Frankfurter Allee 92. I.

住所帳1881年版　ヴィーゲルト　Wiegert

1881年版になると、南区ブランデンブルク通り74番地に引っ越し、旧姓キークヘーフェルであり未亡人であることも紙面に記載された。

るために堅信礼の日取りを遅らせたのかもしれない。

青春期のエリーゼたちの住まいは、住所帳によって、一八八〇年はアレクサンドリーネン通り一一五番地に、翌年はブランデンブルク通り七四番地に、そしてエリーゼとアンナの堅信礼の記録から、一八八二年と翌年はルッカウ通り二番地に住んでいたことが分かった。

Z氏が当時の下町の人々はよく引っ越したと言っていたけれども、先のルーシュ夫人も、ヴィーゲルト家においてもまた、その通りだ。

鷗外と出会った頃の住所を第一次資料に発見することは現時点ではまだ叶っていない。直近の記録としては、日本から帰国した十年後の一八九八年から一九〇四年の六年間は、帽子製作者としてブルーメン通り一八番地に暮らしていたことが住所帳から確認できた。この職業は、喜美子が鷗外から聞いたとして「森於菟に」（『文学』一九三六年六月号）に書いた内容と一致している。

エリーゼの両親

住所帳にエリーゼの母親の名が載っていたのは、奇しくも「墓地職員」の彼女が覗いた一八八〇年版と翌年の二度だけだったけれども、「墓地職員」の彼女はエリーゼの母のことを「偉い」と言った。〝家系譜の達人〟である彼女が言うには、当時は家屋所有者と正規の賃貸契約を結んで入居するには、かなりしっかりした経済基盤が必要で、多くの人が又借りで住んでいた。貧しい人の中には、又貸しどころか、間借りの部屋賃さえ払うことができず、眠るために数時間だけベッドを貸すという賃貸情報さえ出回っていた時代であったから、住所帳に載っていない市民は実に多かった。また、当時は年金などの制度もなく、夫に死なれた妻たちの苦労は実に相当なものだった。しっかりした職を身につけていなければ、生活が成り立たない。そのため夫を亡くすと急いで再婚する女性もとても多かったそうだ。そんな中でエリーゼの母親はきちんと賃貸契約を結んで部屋を借り、住所帳に載ったのだから、たとえそれが短期間であっても、エリーゼの母は「偉い」のだそうだ。

新聞広告を調べたところ、鷗外の第三の下宿の広告が出ていた「フォス新聞」は、賃貸情報に取り上げられる物件も高価なものが中心で、五部屋の物件などは小さいほうで、七部屋や八部屋の賃貸アパート広告が目立った（鷗外の第三の下宿も七部屋の物件で、ルーシュ夫人は七部屋で借り上げ、鷗外に間貸しした）。いっぽう、下町の人たちが好んで読んだといわれる「ベルリン・ローカル＝アンツァイガー」紙には、「墓地職員」の彼女が言っていたとおり、「寝床貸します」広告が多く見られた。

hlafstelle.
Lindenstr. 36, Hof, IV. Treppen.

Zimmer,
klein, möblirt, Kochstr. 15, II.

Schlafstelle
für Damen, Neue Königstr. 75, Kupper, Quergebäude II.

Schlafstelle
für Herrn zum 1. März. Tempelhofer Ufer 4, Waldapfel.

wei leere
elegante Zimmer sind im hochherrschaft-

寝床貸します
人口増加による極度の住宅難にあったベルリン、地元紙には数時間だけベッドを貸す広告も氾濫した。写真は1888年2月26日付。

ところでこの〝「墓地職員」の彼女〟について。

エリーゼ探しが暗礁に乗り上げて諦めかけるとふと現れては助け舟を出してくれ、「墓地」から来たとも言っていたから、もしかして彼女はエリーゼの亡霊なのではないか……と、秘かに思ったことがあった。けれども彼女はどうやら「墓地の近くに所在する家系譜調査事務所の職員」で、彼女は「墓地から来た」ではなく「墓地のほうから来た」と言っていたらしいことが後で分かった。

公文書館では慌しく過ごし、きちんと精査できないままだった住所帳の記録を後で確認すると、とても興味深い記述が見つかった。母マリーの職業が〝Näherin（ネーリン）（お針子）〟と記されていたのだ。言い換えれば「仕立物師」だ。

『舞姫』エリスの父エルンストの職業が「仕立物師」であったのは、エリーゼの母親の職業から採ったものだろう。剛気をもってエリスを守護した父も、エリーゼの母親のことだったのかもしれない。

母マリーが仕事を通してルーシュ夫人と知り合ったということがありえるだろうか。あるいは夫を亡くしたマリーに裁縫の仕事を勧めたのはルーシュ夫人だったのだろうか。もしかすると、マリーは娘たちと、ルーシュ夫人の縫製工場からの仕事を下請けしながら、ルーシュ夫人の住まいの向かいであり「寺の筋向ひ」の小さな中庭から上がる屋根裏部屋に寄り添うように住まい、その戸に「ヴィーゲルト、仕立物師」と、漆で書いてあるのを鷗外は本当に見たのかもしれない。

鷗外が名づけた子どもたちの名前

エリーゼの実像に近づいた今、別れても立ち消えていくことがなかった鷗外の思いを、たとえば子どもたちの名において窺い知ることができる。

前述のように、於菟は『森鷗外』（養徳社、一九四六年）に兄弟姉妹の名はすべてドイツ語に由来するとし、「於菟（おと）Otto」、「茉莉（まり）Marie」、「杏奴（あんぬ）Anne」、「不律（フリッ）Fritz」、「類（るい）Louis」とそれぞれのスペルを添えている。

また同書によると、「杏奴」の名は、呼びにくいと鷗外の妻志げが反対したにもかかわらず、かねてから付けたい名だったと鷗外が譲らず、妻に隠れて区役所に届けを出してしまったというから、この名前への思い入れのほどが窺える。

「茉莉」は、エリーゼのフルネーム「エリーゼ・マリー・カロリーネ」、の二つ目の名前に由来するのではないか。「杏奴」は、エリーゼの妹「アンナAnna」に似ており、エリーゼの祖母「アンネAnne」とスペルが完全に一致する。また、鷗外が長年手がけ、「原作以上の名訳」とも評される『即興詩人』のヒロイン、歌姫「アヌンチャタ」の名は、イタリアで聖母マリアの別称で、それはドイツでは「マリー」である。そしてスペル〝Annunziata〟の頭の四文字だけを読むと、まさしく「アンヌ」になる。

念のために書き添えておきたいのは、このふたつの名前にエリーゼの面影を感じるものの、それはエリーゼへの恋心や、未練がましさといった感情によるのではないだろう。鷗外の再婚はエリーゼの帰国から十三年以上も経っている。むしろ恋愛などの感情を乗り越えたゆえの思いであり、エリーゼの「人となり」を評価し、女性としての手本のようにとらえていたのではないかと想像する。

いっぽう、息子たちの名は、ドイツ（プロイセン）を代表する人物にちなんだものと思われる。

「於菟」オットーといえば、ドイツでまず思い起こされるのは、ドイツ帝国の初代宰相「オットー・フォン・ビスマルク」であり、「不律」フリッツは、ウンター・デン・リンデンに聳えるフリードリヒ大王騎馬像でも知られる、国民から敬愛されたフリードリヒ大王の愛称だ。そして「類」ルイは、ドイツ最後の皇太子ヴィルヘルムの子息、「ルイ・フェルディナント・フォン・プロイセン」のことだろう。母親ツェツィーリエ妃が絶世の美女であったからルイもたいへん美しい王子で、類が生まれた頃、王子はちょうど三歳だった。鷗外は帰国後もベルリンの地元紙、"Berliner Tageblatt（ベルリーナー・ターゲブラット）"（ベルリン日報）を定期購読し、親友青山胤通（たねみち）が取り寄せるフォス新聞と交換して読んでおり、一九〇九年三月からは、『スバル』誌に「椋鳥通信」として欧州ニュースに絡めたエッセイを連載した。ルイ王子誕生のニュースもリアルタイムに知っていたことだろう。

エリーゼの来日資格

エリーゼは一八六六年九月十五日生まれ。二人の出会いが鷗外のベルリン滞在の期間中（一八八七年四月十六日〜一八八八年七月五日）であるなら、そのときのエリーゼの年齢は、二十歳か、もしくは二十一歳だった。

エリスの年齢について『舞姫』の草稿には当初、「まだ二十にはならざるべし」とされ、のちに「十六七なるべし」に訂正されている。「二十歳前」が「十六、七歳」に訂正された理由について私の周辺では、ドイツ女性は十六をすぎると生意気になるからとか、二十歳になると途端に老け込むからといった声があったけれども、『鷗外歴史文学集』第十二巻（岩波書店、二〇〇一年、二八八頁）によると、十六歳が、かつて女子の最も美しい年齢とされていたそうだ。「小説」の形にまとめるにあたり、鷗外が謳いたい人間像を年齢に表したということだろうか。

そして来日時のエリーゼは二十一歳だった。

今回の調査を進める中で、「一八八八年に来日したドイツ女性」と耳にするだけで、訝しげな反応を示すドイツ人は少なくなかった。ドイツも昔は男尊女卑の傾向が強かったと聞くから、女性一人の海外旅行は許されなかったのではないかというのがその見解で、未成年にいたってはもってのほかといった様子だった。

これについてプロシヤ王室古文書館にて相談してみたものの、適当な文献が見つからなかったので、ドイツ外務省公文書館を訪ねることにした。古文書の担当者は、旅

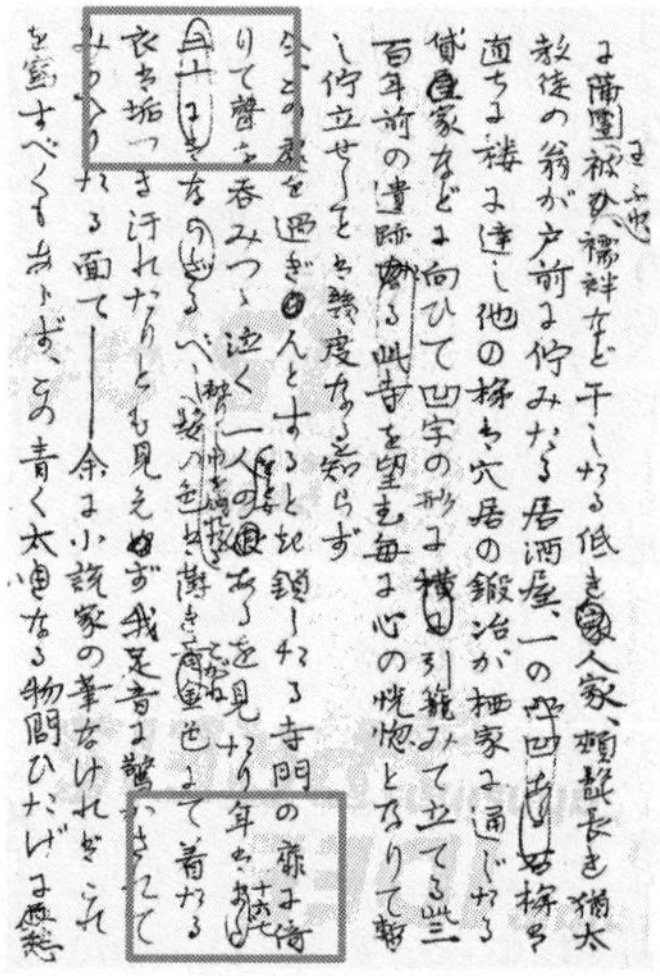

『舞姫』草稿
「まだ二十にはならざるべし」を「一六七なるべし」と訂正している。

券発行は外務省の管轄ではないとしながらも、一九一四年に枢密顧問官B.W.v. Königがまとめた一八六七年十月十二日制定の旅券法（Gesetz über das Paßwesen）に関する要覧が見つかったとして、女性の単独旅行について制限した箇所はそのどこにも見られないと報告くださった。未成年の海外旅行に関しても、とくに記載されたものはなく、常識的に考えておそらく親権者の承諾を要するだろうとのことだった。

そこで当時の「成年」に関する法的基準を探したところ、一八七五年二月十七日制定、一八七六年一月一日施行の帝国法（Deutsches Reichsgesetzblatt Band 1875, Nr. 8, Seite 71）に、成年は二十一歳と定められていた。エリーゼは成人だったので、来日にあたり親権者の承諾は、いずれにしても不要だったことになる。ちなみに今日のドイツは十八歳で成人だが、一八七六年以前は二十五歳とされていた。

中庭

州立公文書館でたいへん興味深い写真を見つけた。これは、ノイエ・フリードリッヒ通り五六番地にあったアパートの中庭の光景だ。一九一〇年に撮影されたもので、六〇番地のすぐそば、ルーシュ夫人が一八八五年まで住んでいたアパートの隣に位置する。『舞姫』草稿には、「寺の筋向ひなる大戸を入れば、表家の後ろに煤にて黒みたる四階目にて取り囲まれたる中庭あり片隅には芥溜の箱あれど街の準には清らかなり」と書かれ、写真にはごみ箱も写り、この描写を思い起こさせる。エリスの住まいに限らず、当時の民家によくみられる光景だったのだろう。

この画像を出してくれた職員によると、中庭には冬に暖炉の灰を入れた箱も置かれ、それもちょうどこのような箱だったとのことだった。ドイツでは雪が降ると歩行者が足を滑らさないよう砂を撒く習慣がある。少々年配のこの職員は、若い頃はまだどこも薪や炭の暖炉が一般的で、暖炉から出る灰を砂の代わりに撒いていたという。

そんなことをすると辺りが真っ黒になってしまわないかと驚いたけれども、暖房に

煤にて黒みたる四階目にて取り囲まれたる中庭
『舞姫』草稿に書かれていた「片隅には芥溜の箱」という中庭を彷彿させる一枚。奇しくも「寺の筋向ひ」にある。1910年撮影。Landesarchiv

使う褐炭はきれいに燃えると薄茶色の灰になり、撒くと色はほとんど分からず、滑り止めとして大変効果があったそうだ。煙突の匂いや雪に撒かれた灰は、子どもの頃の忘れられない冬の思い出だと懐かしそうに語ってくれた。

エリーゼのおもかげ

教会簿と住所帳の中にちりばめられたエリーゼや周辺の人々の片鱗をつなげることによって、エリーゼの生い立ちを窺い知ることができるようになった。

エリーゼの家族は、ベルリンの下町を転々としながら暮らしてきた。父親はエリーゼが十四歳の頃にはすでに他界し、エリーゼと妹アンナは、母マリーの女手ひとつで

クロステル巷の景色　シュパンダウ通り
鷗外の第二の下宿のそばの角。「路上の雪は稜角ある氷片となりて」いる冬景色。奥に霞んで見えるのがガルニゾン教会。bpk F.Albert Schwartz

育てられた。『舞姫』のエリスが「貧きがために、充分なる教育を受けず」とあるように、エリーゼにおいても実際にそうだったのかもしれない。

『舞姫』に描かれたエリスは、「少し訛りたる言葉にて」話し、幼い頃から本を読むのは好きだったものの、低俗な「コルポルタアジユ」の類の小説を貸本屋から借りて読むだけだった。それが豊太郎と出会ったことによって、「余が借しつる書を読みならひて、漸く趣味をも知り、言葉の訛をも正し、いくほどもなく余に寄するふみにも誤字少なくなりぬ」とすこしずつ変わっていく。実際のエリーゼもまた、そうだったのではないだろうか。

鷗外の影響を受けて多くの文学を楽しむようになった様子は、エリーゼのために鷗外が残したとされる本の扉に綴られたメッセージにも窺える。

Diesen Roman lies ganz am Ende der Fahrt, wenn Du nichts mehr zu lesen hast. Am liebsten lies ihn nicht. Er ist nicht des Lesens werth. Colombo 1888. 8. 16 M

（この小説は航海の終わりに、他にもう何も読むものがなくなってしまったというときに読むといい。一番よいのは読まずに済ますことだ。読む価値がないから。コロンボ 1888. 8. 16 M）

一冊の本を読んでは感想を述べあう微笑ましい姿が浮かぶようだ。

林尚孝氏によると、この本は東京大学総合図書館に所蔵されている鷗外旧蔵書の一冊で、独訳英語小説（独訳タイトル："Ein einfach Herz"、原題："Singleheart and Doubleface"、Charles Reade著）で、鷗外の船がコロンボに寄港した際に、十日後に入港するエリーゼのために残したという。これが鷗外の遺品として残っているということは、日本での再会の折に鷗外に返却したということか。「ほんとう、つまらなかったわ」と苦笑でもしたのか、それとも読まずに返したのか。

それにしても、別の船で日本に向かっていたエリーゼが、どのようにしてコロンボでこの本を受け取ったのだろう。鷗外は、上司石黒とともにマルセイユからフランス船で帰国し、エリーゼは、ブレーメンからドイツ船に乗って来日した。

考えられるのは、鷗外はエリーゼのコロンボでの投宿先を事前に知っていて、そこに届けに行くという方法だ。あるいは鷗外が往路で利用したホテルの住所をエリーゼに事前に伝えておき、先に到着した鷗外が部屋を予約し本を託すという方法もあるだろう。いずれにしてもこの一冊は、エリーゼが日本に向かっていることを鷗外は知っており、好意的に思っていたことを裏づける重要な証拠といえるだろう。

エリーゼはどんな容姿の女性だったのだろう。

鷗外とエリーゼのあいだに交わされた書簡やエリーゼの写真などはすべて、鷗外の死の直前に焼却され、今ではそれらを見ることは叶わない。けれどもいくつかの記述の中に、その姿を思い描くことができる。

杏奴は『晩年の父』の「あとがきにかえて」に、母親から聞いた話として、十歳の頃に顔見知りになった荒物屋の少年店員のことを書いている。この少年が鷗外のドイツ時代の恋人に生き写しだと、鷗外が妻志げ（杏奴の母）に語ったことがあったという。

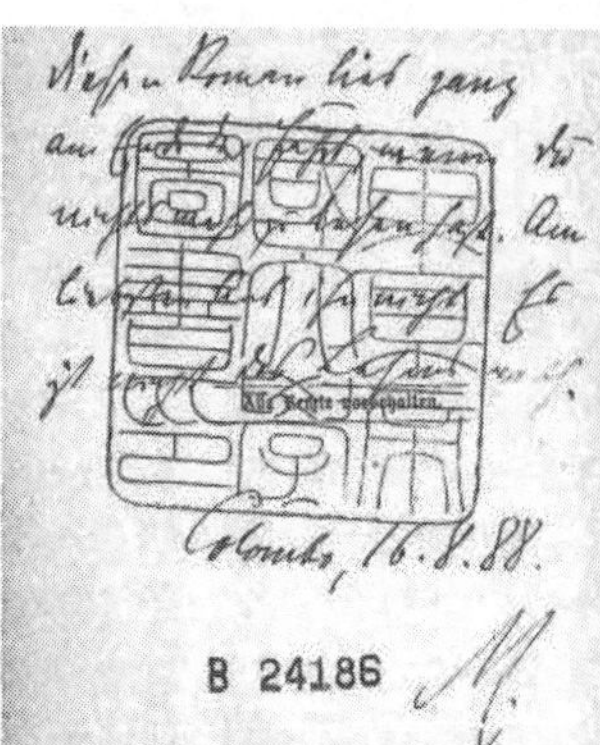

鷗外がエリーゼのためにコロンボに残した本
エリーゼ宛の自筆のメッセージ、コロンボという地名、1888年8月16日という日付、Mのイニシャルが書き込まれている。角判は東京帝国大学図書館所蔵を示すもの。東京大学総合図書館蔵

小照（写真）
鷗外の留学時代、写真館で作らせた小照を交換しあうのが流行っていた。鷗外とエリーゼも互いの小照を持ち合っていたことだろう。

母の言葉で、今更に私は、遠く、幼い日々を振返り、感無量であった。少年と語り合っている私や、弟を、軍服姿の父が、微笑を湛え、じっとみつめていた一瞬の表情が、突如、まざまざと、眼前に浮かんだからである。何時もの、陽光の降りそそぐように、晴ればれとした、あの、輝くような微笑ではなく、その笑顔には、今思うと、一抹の、寂しい影が感じられたのである。（一九六頁）

そして杏奴は、「自分ながら不思議なほど、父の、昔の恋人に似ているという、この少年店員の顔を、はっきりと記憶している」とし、こう続けている。

少年はいわゆる美少年というのでもない。ただかしこそうな、実に気持ちのいい顔としかいいようがない。少しでも似ている人を！　と思い、（中略）記憶の中を走せめぐっているうち、その顔が、私のあまり好きでない、亡くなった祖母の、真正面向きの写真の顔に、ぴったり重なった。そして父が、意識せずして、異国の街において、その母の俤を胸に描いていたことを知った。（一九七～一九八頁）

『舞姫』では、豊太郎とエリスの出会いは、「声をのみつつ泣くエリスの姿」を見かけるところから始まり、こう描かれている。

我足音に驚かされてかへりみたる面、余に詩人の筆なければこれを写すべくもあらず。この青く清らにて物問ひたげに愁を含める目の、半ば露を宿せる長き睫毛に掩はれたるは、何故に一顧したるのみにて、用心深き我心の底までは徹したるか。

また、エリスを家まで送り届け、部屋の中で前にしたエリスの表情をこのように書いている。

彼は優れて美なり。乳の如き色の顔は灯火に映じて微紅を潮したり。手足の繊く裊(たをやか)なるは、貧家の女に似ず。

そして愛情が深まり、二人が離れられない関係になる寸前のエリスの様子を、鷗外はこう表現した。

悲みて伏し沈みたる面に、鬢の毛の解けてかゝりたる、その美しき、いぢらしき

ブレーメン港

北ドイツ・ロイド社は1886年アジア航路就航。6月30日のオーダー号出航以来、ほぼ毎月1便（年間13便）がブレーメン港を旅立った。

Wir Wilhelm,
von Gottes Gnaden
Deutscher Kaiser, König von Preußen
usw.

Auf Seiner Kaiserlichen und Königlichen Majestät Allerhöchsten Spezialbefehl.

Der Reichskanzler.

旅券

昔のパスポートは表彰状のような紙だった。プロイセンでは王の名の下に発給された。写真は１９１６年発行。裏面に出入国が記録された。GStA PK III. HA, MdA, III, Nr. 86, Bl. 164.

姿は、余が悲痛感慨の刺激によりて常ならずなりたる脳髄を射て、恍惚の間にこゝに及びしを奈何にせむ。

どれも悲しみを湛えた温もりのようなものを感じさせる。

エリーゼの形見

鷗外の遺品のひとつにモノグラム型がある。モノグラムとは二つのイニシャルをデザイン化したもので、鷗外のそれにはRとMの二文字が模(かたど)られている。鷗外の本名、森林太郎、"Rintaro Mori" のRとMだ。

今日では、モノグラムは系譜を調べる者たちの調査手段としてしか注目されなくなってしまった感があるけれども、昔は家庭内で使用する布製品にイニシャルを施すのはごく一般的で、一九三〇年代までは、とくに結婚を控えた女性たちが新生活に使う品々に刺繍し、嫁入り道具として持参するという習慣があった。

レベッカ・ハーベルマスは、一七五〇〜一八五〇年にかけての市民生活をまとめた著書 "Frauen und Männer des Bürgertums（市民としての女たち、男たち）"（ヴァンデンヘック&ループレヒト出版、二〇〇二年）において、「ハンカチやふきん、寝具カバーやテーブルクロスなども花嫁の手作りで、一旦洗って、布製品すべてに花嫁自身によるイニシャルが刺繡され、アイロンが掛けられた」と、嫁入り支度だけで三、四ヶ月かかった様子を、また、バーデン゠ヴュルテンベルク州にある郷土同盟協会では、花嫁は嫁入り道具として、リンネル布、シーツ、枕カバー、タオル、ハンカチをそれぞれ十二組、自分で織ってイニシャル刺繡を施さなければならなかったと、この地方の一九二〇年頃までの伝統を紹介している。

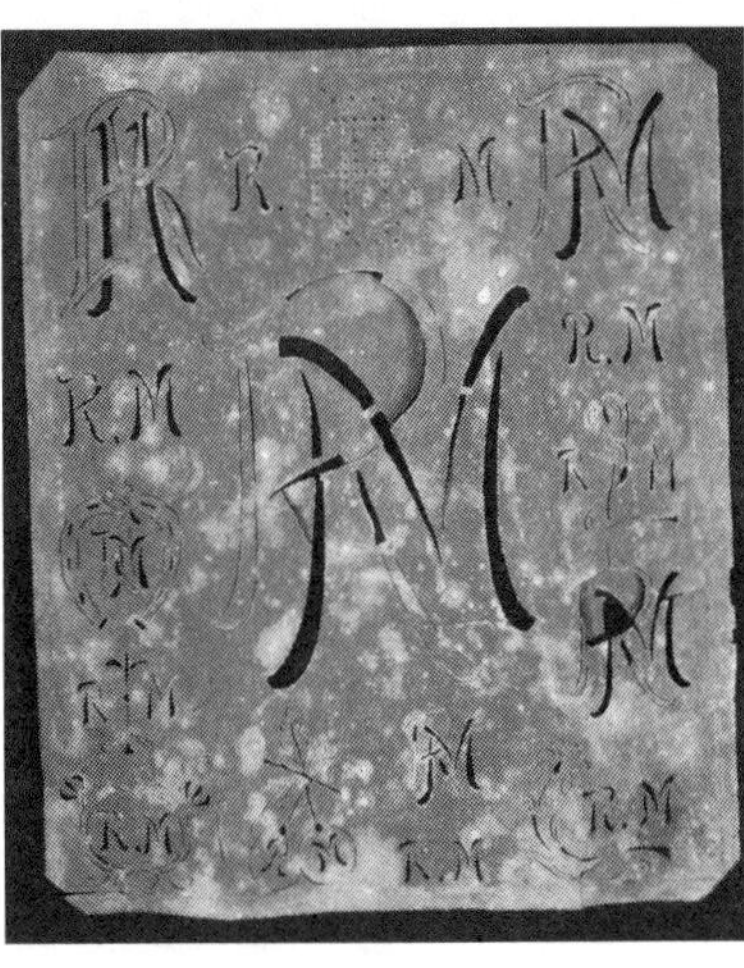

モノグラム型
刺繡を施す際に使う金型。ＲＭのさまざまな組み合わせ字が彫ってある。鷗外の遺品のひとつ。エリーゼからのものと見られている。文京区立森鷗外記念館所蔵

　鷗外が持っていたモノグラム型は、それらのイニシャルを刺繡するための道具で、まさに“Aussteuer-Schablone（アウスシュトイヤー・シャブローネ）”、「嫁入り支度用テンプレート」と呼ばれていた。

　このモノグラム型には、ひとつの

モノグラム型
刺繍用のステンシル板。時代によってデザインも異なり、筆や顔料、使用説明書がセットになったものも。

モノグラム型
イニシャル刺繍は当時大変流行し、多様な型が売り出された。左は鷗外の遺品として残る型。右は同型のＤＲ版。

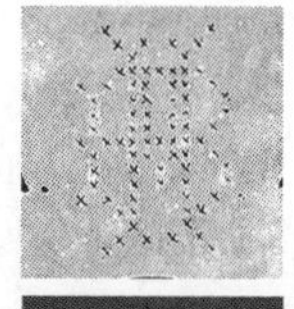
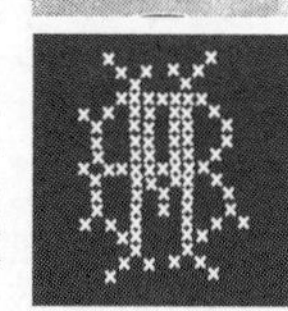
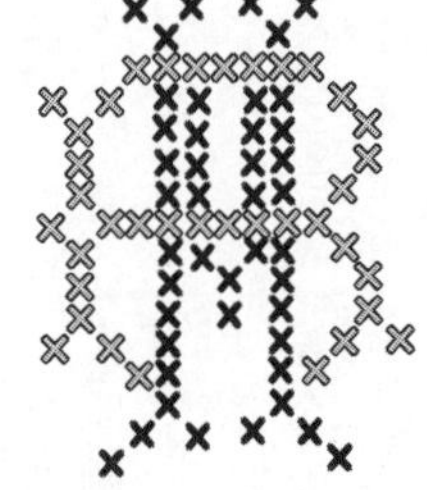

鷗外の型のクロス・ステッチ部分
鷗外の型の上部中央にはクロス形に彫った穴が並ぶ。これはクロスステッチ用。グレーの×印はR、黒い×印はM。

組み合わせのイニシャルがいろいろなデザインで彫られ、これをもとに、さまざまな技巧の刺繡を施すことができる。この型は一八八〇年代頃には大変普及し、複数のメーカーのものがあり、裁縫道具などを扱う小間物屋で販売されていた。型だけでなく、初心者用に、ステンシル用の筆や青色染料、使い方説明書などがセットになったものが出回っていた。

なぜ鷗外が、女性の持ち物である刺繡道具を持っていたのだろう。

喜美子の回想にこのような一文がある。

　エリスといふ人とは心安くしたでせう。大変手芸が上手で、洋行帰りの手荷物の仲に、空色の繻子とリボンを巧につかって、金糸でエムとアアルのモノグラムを刺繡した半ケチ入れがありました。（「於菟に」『文学』一九三六年六月号）

エリーゼとの約束

鷗外がエリーゼを最後に見たのは、横浜の港。遠く消え行く船の上にある姿だ。

不思議に思われるくらい少しの憂いも見せることなく、舷でハンカチイフを振って別れていったという。

先に私は、エリーゼが悲しんでいる様子でなかったことについて、「金さえ握らせれば片がつくと思っている小金井のような男の前でなど、決して涙を見せないだけのプライドと精神を持ち合わせた、聡明な女性だったのではないだろうか」と書いた。

プライドと精神を持ち合わせた、聡明な女性というイメージは今も変わらない。ただ、もしかするとエリーゼには本当に憂う理由がなかったのかもしれないと、本書を書きながら、また、そのためにさまざまな文献を読み返すうちに考えるようになった。

鷗外は、とりあえず騒ぎを収めるためにエリーゼを帰国させたけれども、それは二人の関係が終わったのではなく、すぐにエリーゼの後を追うつもりでいたのではないか。二人はそう約束を交わしていたのではないだろうか。

エリーゼの来日から二週間が経過した二十四日朝、母峰子は喜美子のもとを、母親の指示だろうか同じ頃に弟篤次郎は喜美子の夫小金井を大学に訪ねて、鷗外の恋人の来日を報告した。それを受けて小金井は、その日の夕方に森家に立ち寄り、エリーゼを穏便に国へと追い返す役目を引き受けた。

翌日からさっそく実行に移したものの、五回目の接触を図った十月四日、「林太郎氏の手紙を持参す。こと敗る。ただちに帰宅」の事態に陥り、これを機に小金井はこの件と距離をおいた。

代わってにわかに慌ただしくなったのは石黒の周辺だった。石黒の日記には次のように記されている。

六日……森来ル
七日……朝森林太郎母并弟妹来ル
八日……石坂より森ノ事ヲ内談アル
十日……森林太郎来ル
十二日……加古（ママ）氏森ノ事ヲ相談ス

十月四日の小金井による「こと敗る」の二日後、鷗外が石黒を訪ね、翌日七日には鷗外の母、弟、妹の三人が鷗外抜きで訪れた。そしてその翌日八日には石坂との内談が行われている。石坂は石坂惟寛（いかん）のことで、帰国後の鷗外が教官となる陸軍軍医学校の校長であり（石坂在任中は「陸軍軍医学舎」と呼称）、石黒のドイツ出張中は陸軍医務局次長代理を兼任していたことから留学中の鷗外の上司にあたる（陸軍省・明治二十一年一月一日至同年三月三十一日、医務局季報）。鷗外の日記の一八八五年九月九日条、および翌年三月十八日条、また翌々年五月六日条にも石坂からの手紙が到着した旨が記されている。

石黒と石坂は鷗外の恋人来日の件についてどのような密談をしたのだろう。内談を持ちかけたのは、エリーゼの来日を最初から知っていた石黒ではなく、石坂のほうからであるというのが興味深い。石坂は五月に陸軍に提出された石塚一等薬剤官の結婚願の処理を行った人物でもある（陸軍省二第一五七一号「石塚一等薬剤官結婚之件」明治二十一年五月二日付文書）。

この三日間の異変について、林尚孝氏は『仮面の人・森鷗外』において、鷗外は辞表を出したのではないかと推察している。

実際に辞表が出されたかどうかは、林氏も第一次資料をもって証明することはできていないので慎重に考えなければならないけれども、鷗外と鷗外の家族が個別に石黒を訪ね、石黒と石坂との間に内談まで行われたとなると、たとえそれが実際の辞表提出にまで及ばなかったとしても、それに近い状態であったことは想像に難くない。

そして一日空けた十日、鷗外は再び石黒と面談し、翌々日には賀古とのあいだでも鷗外のことが話し合われている。また同じ日の夕方には、賀古が小金井を訪ねてきたことが小金井の日記にも記されている。

十二日……夕刻、賀古氏きたる。森林太郎氏についての話なり。ともに晩食すその後エリーゼの運命は帰国に向けて加速する。十二日の賀古の訪問以降、石黒日記においては森に関する記述が途絶え、代わりに小金井の日記に現れる。

> 十四日……築地に至る。林太郎氏あり。帰宅、晩食、千住へ行き、一一時に帰る
> 十五日……午後二時すぎ教室を出て、築地に至り。今日の横浜行を延引す

出発の前日。ひと月以上滞在していた築地精養軒を引き上げる。小金井がホテルに迎えに行くと鷗外は先に到着しており、三人で列車に乗り込み横浜へ向かう。

> 十六日……午後二時、築地西洋軒（ママ）に至る。林太郎氏きたりおる。二時四五分、汽車を以て三人同行す。横浜、糸屋に投宿す。篤次郎、待ち受けたり。
> 晩食後、馬車道、太田町、弁天通を遊歩す

横浜の旅館に落ち着き、篤次郎も合流する。夕食後の散策は小金井がひとりで出かけたのだろうか、それとも四人だったのか。鷗外とエリーゼは二人きりで過ごしたような気がするけども。どのような精神状態でなにを語ったのだろう。

そして翌、十七日の朝。

十七日……午前五時、起く。七時半、艀舟（はしけ）を以て発し、本船 General Werder まで見送る。九時、出帆す。九時四五分の汽車を以て帰京。一一時半、帰宅。午後三時ごろ、きみ子とともに小石川辺を遊歩す

「舷でハンカチイフを振って別れていったエリスの顔に、少しの憂いも見えなかったのは、不思議に思われるくらいだった」と喜美子が夫から聞いたのは、この散歩の道すがらということか。そして喜美子は、おだやかに帰って行ったというエリーゼの姿を、会ったこともないのに頭に描き、「人の言葉の真偽を知るだけの常識にも欠けている、哀れな女の行末をつくづく考え」てみたのだろう。

横浜まで同行した小金井の、いや、小金井に同行を託した森家の心配は、エリーゼが本当に帰国するかより、見送りに行った鷗外が船に乗り込んでそのままドイツへ行ってしまうのではないかということのほうにあったようだ。

それを裏付ける一節を、於菟は次のように書き記している。

父を埠頭に迎えた故国の祖父母達は、自分等の今までの生涯の力の全部をかけ全精神を注ぎかつ一家の運命を託したはずの息子が手を離したら再び異郷に飛去っ

て行くように感じた。それで離れ行く我子をその手にひきとめるのに懸命になった。(『父親としての森鷗外』二六七頁)

十月四日の小金井による「こと敗る」のあとに動いたのは賀古だった。賀古は、鷗外が亡くなる直前に作らせた遺言書の冒頭に「少年ノ時ヨリ老死ニ至ルマデ一切秘密無ク交際シタル友」と書かせるほどの無二の親友である。けれどもエリーゼとの交際に関しては、賀古は反対の立場を貫いた。その様子は、『舞姫』の文中にもはっきりと記されている。けれどもこれは、エリーゼのことが気に入らなかったとか、国際結婚を好ましく思っていなかったといった理由ではなく、『舞姫』がそうであるように、鷗外自身もまた、恋愛かアイデンティティを持って生きていける環境かのどちらかを選ばざるを得ない状況に置かれていたということだろう。

鷗外は、エリーゼが帰国する三日前に、賀古に一通の書状を書き送っている。これが現存する、鷗外がエリーゼについて直接的に触れた唯一の資料だ。その文面は次のようなものだ。

御配慮恐入候　明旦ハ麻布兵営え参候　明後日御話ハ承候而も宜敷候　又彼件ハ左顧右眄ニ遑ナク断行仕候　御書面ノ様子等ニテ貴兄ニモ無論賛成被下候儀ト相

考候　勿論其源ノ清カラサルヿ故ドチラニモ満足致候様ニハ収マリ難ク其間軽重スル所ハ明白ニテ人ニ議スル迠モ無御坐候
　十月十四日　林太郎
　賀古賢兄侍史

ご配慮恐れ入ります。明朝は麻布兵営へ参ります。明後日のお話は承知いたしました。宜しくお願いいたします。またあの件は、周囲を気にせずためらうことなく断行いたします。お手紙の様子などから貴兄も無論賛成くださっていることと相考えております。もちろんその根源の清からざること故、どちらにも満足できるようには収まり難く、その間の軽重するところは明白であって、人に相談するまでもないことでございます。
　十月十四日　林太郎
　賀古賢兄侍史

「彼件ハ左顧右眄ニ遑ナク断行仕候」の「あの件」は、どの件を指すのだろう。「其源ノ清カラサルヿ」の「清からざること」については、エリーゼが賤女である、ユダヤ人である、親の承諾を得ない結婚であるなど、これまでも研究者の間で、その解釈が分かれてきたという（『仮面の人　森鴎外』六〇頁）。

もしも「あの件」が、鷗外の退職や再渡航といったことを指していたり、「清からざること」に、「留学までさせてくれた国家を裏切り辞職しようとしていること」や、「親の反対を押し切っての決断」などが当てはまるなら、不思議に思われるくらい少しの憂いも見せることなく、舷からハンカチイフを振って別れていったエリーゼの姿は、鷗外との再会の約束を信じた女性の姿だったということになる。

けれども実際の鷗外は、エリーゼを帰国させた五ヶ月後、別の女性と結婚した。そしてその女性とのあいだに長男於菟が生まれる。

鷗外が帰国した時、鷗外の知らないところで鷗外の縁談話がすでに進んでいた。縁談の相手は海軍中将兼議定官従四位勲一等男爵赤松則良（のりよし）長女、登志。森家の家運をかけた縁談だった。鷗外の肩には森家の将来がのしかかっていたのだ。

エリーゼと約束はしたものの、誰よりも大切に思っていた母親に逆らい、家を裏切るようなことはできなかった……。

鷗外の心の弱さについては、主人公豊太郎の性格として『舞姫』にも描かれているけれども、著者本人もまたそうであったらしく、娘杏奴も、母志げが一生で一番楽しかったと繰り返す小倉時代のことについてこう振り返っている。

小倉で父は東京へ帰ったら親きょうだいと別居して、二人きりの生活をしようといっていた。しかし父はその約束を守らなかった。父は嘘を吐いた訳ではないのであろう。その時は本当にそんな気持でいたのだと思う。東京へ帰って来ると総べての事情が違ってしまった。（『晩年の父』一五五頁）

事情が違ってしまう寸前に気づかされる「現実」について、鷗外自身は『舞姫』の中にこう描写している。

嗚呼、独逸に来し初に、自ら我本領を悟りきと思ひて、また器械的人物とはならじと誓ひしが、こは足を縛して放たれし鳥の暫し羽を動かして自由を得たりと誇りしにはあらずや。足の糸は解くに由なし。曩（さき）にこれを繰つりしは、我某省の官長にて、今はこの糸、あなあはれ、天方伯の手中に在り。

（現代訳）ああ、ドイツにやって来た当初は、自身の本領を自身で悟って自分でも分かっていると思っていたし、また機械的な人間にはなるまいと誓ったが、これは足を縛られ放たれた鳥がしばしば羽を動かしては自由になったと誇らしげに思っているのと同じではないか。足の糸は解けるわけがないのだ。先にこれを操っていたのは我が某省の官長であり、今この糸は、なんと哀れなことに、天方伯の手の中にある。

杏奴はまた父をこうも分析している。

父は極端な親孝行で、母親の命令には絶対服従であった。これは確に父の美しい性格を証拠づけるものであったが、絶対となると其処に無理が生じるのも止むを得ない。(『晩年の父』一五五頁)

鷗外の恋　舞姫エリスの真実

母親にのみ従順になり登志と結婚した鷗外だったが、そのまま幸せに暮らしたわけではない。於菟が生まれてすぐ、於菟を引き取り離婚したのだ。
この頃の鷗外の様子は、次の様に伝えられている。

父もこの間に苦しんで非常に痩せ、大事な父を病人にしてまでこの結婚生活をつづけさせる考えも祖父母にはなかったというのを私は祖母からきいた事がある

（後略）。（森於菟『父親としての森鷗外』二六九頁）

私はまたある時祖母が私にいぅのを聞いた。「あの時私達は気強く女を帰らせお前の母を娶らせたが父の気に入らず離縁になった。お前を母のない子にした責任は私達にある」と。（森於菟『父親としての森鷗外』一〇九頁）

亡母の話によると、ともかく父は、次第に痩せ、衰えて来たので、このまま放置し、万一のことがあったら！　と気づかうあまり、祖母は、自ら勧めた結婚ではあったけれど、今度は率先して、離婚を望むようになった。（森杏奴『晩年の父』一九九頁）

やっと落付いてから後にお母あ様のおっしゃるには、

「今度の事は、お父ぅ様も私も決してこちらばかり尤（もっとも）と思ったのではなく、誰にも済まぬ事はよく知っているが、家のために大切な長男が、近頃ひどく血色も悪し、気も鬱（ふさ）ぐらしく、あのまま置けば煩ぅに極まっている。そうなると取返しがつかないから、涙を飲んでいうままにしたので、そのかわり孫は私の命にかけて育上げるから、不甲斐ない親とお思いになるのでしょうが、どうぞ許して下さい。

皆さんのお笑いにまかせますといったのだよ。」

涙を零しながらおっしゃるので私も貰い泣きをしたのでした。（小金井喜美子「次ぎの兄」『森鷗外の系族』一四五～一四六頁）

こういった状態の中で、小説『舞姫』は書かれたのだった。

私は『舞姫』を初めて読んだとき、豊太郎のふがいなさに憤慨し、男の身勝手さが正当化されているようなこの作品を嫌悪した。けれども、鷗外が「何を書いたか」ではなく、「なぜ書いたか」に目を向けたとき、鷗外への誤解が解けた。

鷗外の母峰子の言葉どおり、於菟は祖母の家に引き取られ、鷗外が再婚したのは登志との離婚から十二年経ってからのことだ。杏奴は、鷗外の再婚相手である志げとの間に生まれた次女である。

エリーゼがおだやかに帰っていった理由が鷗外との約束にあったとしたら、ベルリンで鷗外を待っていたエリーゼは、鷗外の結婚をどのようにして知ったのだろう。『舞姫』では、学問が荒み、生活苦に飲み込まれそうになっている豊太郎を救うかのごとく、親友相沢が天方伯に随行してベルリンにやって来る。

実際にも、エリーゼがドイツへと帰っていった二ヶ月後、鷗外の親友賀古が、陸軍中将山縣有朋に随行して欧州へと旅立っている。山縣一行は一八八八年十二月に出発し、翌年十月に帰国した。

小説『舞姫』は、賀古が帰国したしばらくあとに、わずか一週間ほどの短期間で書き上げたものだと、のちの鷗外自身が回想している。

書き上がった原稿をまずは賀古が目を通し、翌日には弟篤次郎が実家に持ち帰り家族の前で朗読した。そして数週間後に『国民之友』誌に発表された。

山縣一行がベルリンに滞在している期間中に、賀古はエリーゼを訪ねているのではないだろうか。

もし賀古がエリーゼを訪ねた際に、鷗外の結婚を伝えたのだとしたら、まさしく『舞姫』の情景が浮かび上がる。

我豊太郎ぬし、かくまでに我をば欺き玉ひしか

エリスのこの叫びは、賀古が本当に耳にしたエリーゼの叫びだったのかもしれない。天方伯に随行して相沢がベルリンを訪れたとき、エリスとともに豊太郎が暮らしていたのは、エリーゼとの約束を果たせなかった鷗外が、小説の中にだけ描くことができた儚い夢だったのかもしれない。

おわりに

こうして、エリーゼの姿を追い求めた半年が終わった。「偶然」から始まったエリーゼ探しが、第一次資料を探し当てるにいたるとは、私自身も思ってもみないことだった。

これまでの研究者諸氏の取り組みの中で、十分な調査が行われていなかったものとしては、教会簿調査が挙げられる。第二次世界大戦で多くの資料を焼失してしまったベルリンで、まだ残っている記録があったのだ。けれども私もそれを最初から知っていたわけではなかった。また、そのほかにも実にさまざまな機関に基本情報や手がかりを求める必要があった。

今回のエリーゼ探しのために私が行ったのは、州立、連邦、王立、教会、市立の各公文書館および虐殺されたヨーロッパのユダヤ人のための記念碑資料館といった場所に出向いての調査、また、ドイツ船舶博物館、ドイツ移民博物館、ハーパック・ロイド社、生物博物館、聖マリア教会、墓地管理局などへの問い合わせなどがある。また、国立、州立、フンボルト大学、ベルリン研究所、ベルリン工科大学の各図書館には数えきれないほど足を運んだ。

ときに無駄足に終わり、ときに予期せぬ新発見が待っていた。

それにしても不思議な数ヶ月だった。

あの夏の日の夕方、もし射撃の誘いを断っていたら（その後も誘われたが二度と行っていない）……、もしあのビール酒場に立ち寄らなかったら（歩くに遠く、わざわざ車を分乗しての移動だった）……、もし向かいの男性が「鷗外」という名を口にしなかったら（創業一九〇九年で、鷗外来店の可能性がないことを後で知った）……、もしM氏が私の隣に座らなかったら（最初は別のテーブルに違う配置で座ろうとしたところ、店主の配慮で移動したのだった）……、もし市立博物館の史料部に行かなかったら（キャンセルし忘れたための訪問だった）……、もし州立公文書館の窓口の女性が教会簿のことを口にしなかったら……、もし植木氏がルーシュ夫人に注目しなかったら……、もし教会公文書館を訪問した日がZ氏の担当ではなかったら……、もし墓地の彼女を車で送っていくことがなかったら……、そしてもし、最後の日に墓地の彼女が教会公文書館に居合わせなかったら……。

これらのどのひとつが欠けても、どの順序が違っても、エリーゼにたどり着くことはなかっただろう。今思い返しても不思議でならない。

『舞姫』は、一八九〇年一月、『国民之友』誌上に発表された。昨年がちょうど百二十周年だった。今年は日独の交流の始まりとなった日独修好通商条約から百五十周年を数え、来年は鷗外生誕百五十年、没九十年と記念年が続く。

本書によって、『舞姫』を新たに、または、再び手に取る人が増え、本書が、「何が」だけでなく、「なぜ」書かれたのかについてまで思いを巡らせるきっかけになれたら、どんなに嬉しいだろう。

単行本　謝辞

本書刊行にあたり、鷗外研究に従事し論文を発表された研究者の方々に敬意を表し、感謝申し上げます。文中に引用させていただいた以外にも拝読させていただいた文献は数多く、それらの研究結果の積み重ねがあったからこそ、その先の調査に臨むことができました。また、すぐに成果が上がらずとも諦めず調べ続けることの大切さを改めて学びました。

M氏をはじめ、文中に触れさせていただいた各位に心よりお礼申し上げます。そのほとんどが偶然の出会いでしたが、最も必要な時に最も必要な指針を与えてくださいました。

本書執筆にあたり、岐阜女子大学図書館司書の中嶋康博氏には、入手困難な論文や図書の所蔵について、貴重なアドバイスを頂きました。

友人でもある慶應義塾大学法学部高田晴仁教授は、氏の研究課題に絡め、機会あるごとにベルリンの歴史への興味を喚起し続けてくれ、それは鷗外の時代のベルリンについてまとめようと決心する大きな原動力となりました。また、執筆中も多大なる助言を頂きました。

ベルリン在住のIT技術者、JB Network社志智泰次氏は、本書執筆のために収集した膨大な量の文献、文書、画像のデジタル管理をお手伝いくださいました。

この場を借りまして三氏に心より感謝申し上げます。

また、講談社編集者山口和人氏は、常に他の角度からの視点をもって拙稿をチェックし、赤い文字で原稿を出していたかと錯覚しそうになるほど厳しく（＝丁寧に）、観点や文章表現、語彙の甘さをご指摘くださいました。また、『舞姫』草稿に「横に」が含まれていたと読んだ気がする私の記憶は本当に正しかったのか、このたった二文字を『舞姫』草稿の中に確認すべく、東京中の図書館を探し回ってくださいました。ここに心からの謝意を表します。

そして最後に、書き始めるとパソコンの中に入り込み何を話しかけても反応しなくなってしまう私を、呆れながらも赦してくれた子どもたちと、巨大な置物と化した私に代わり家事を手伝ってくれた夫に謝罪と感謝を。心から。

ミュンヘン三羽烏

1886年8月27日ミュンヘンの写真館で撮影。岩佐新（左）、原田直次郎（中）、鷗外（右）の気取ったポーズが微笑ましい。文京区立森鷗外記念館所蔵

鷗外の母・峰子の肖像

鷗外の娘杏奴は後年に、子どもの頃に顔見知りだった少年がエリーゼに生き写しだったと母親から聞かされる。その表情は、真正面を向いて写る祖母(鷗外の母峰子)の写真にそっくりだったという。文京区立森鷗外記念館所蔵

訂正とおわび

本書は、文庫化にあたり大幅に改訂いたしました。

取り上げたテーマとその主旨は変わりませんが、つぎの三か所に関しては誤りが認められたため、正しい内容に訂正しております。ここに報告しお詫び申し上げます。

◉一一六頁…「一二九五年交付の許可によって定住」を「一二九五年以前にベルリンに定住」に訂正。一二九五年に交付された文書によってすでに定住していたことが分かったというもので、一二九五年に交付された文書によって定住がはじまったわけではないため。

◉二三七頁…「シュテルン夫人宅は現在森鷗外記念館になっており」を「鷗外の下宿と記念館は、近いが別の場所」に訂正。記念館の説明と事実が異なっていたことが分かったため。

◉二六二頁…「シュレフィンガー」を「シュレジンガー」に訂正。活字を精査したところ、アルファベット〝f〟ではなく〝s〟であったことが分かったため。

文庫版　あとがき

ゲラの直しをしながら再確認したこと。

エリーゼは男の勝手な都合で捨てられたのではなかった。エリーゼだけでなく、鷗外もまた十分以上に苦しんで、傷ついていた。

『舞姫』は、青年鷗外が初めて手がけた小説であり、衝動的に短期間のうちに血の滲むような思いで綴った作品であるから言葉が足りず、読者に誤解を与えやすい。

今も高校の教科書に取り上げられているけれども、『舞姫』を正しく理解するためには、単に通読するだけでなく情報を補う必要があり、先生がたは大変だと思う。けれどもこの物語は、自我に目覚めた若者の現実との狭間での苦悩が主題であり、現代の私たちの抱える問題にも共通する。高校生という多感な年齢の子どもたちが、憤ったり嘆いたりしながら豊太郎のあり方と向き合うことは、国語の授業以上の価値があると思う。そして本書が、成人のみなさまの『舞姫』再読のきっかけとなれたら、とても嬉しい。……最後に、エリーゼはこのベルリンの町で、しっかりと地に足をつけて生きていた。もう、娼婦だったとは言わせない。

親本からの文庫化だから……と高を括っていたら、真っ赤に染まった校正ゲラが届いて愕然としてしまいました。大幅に書き直したので思えば当たり前ですね。編集者の尾形龍太郎さんには大変お世話になりました。どれくらいの書き直しが許されるのか尋ねたとき、遠慮なく、むしろ納得がいくまで触ってくださいとおっしゃってくださったのでした。その言葉があったからこそ心置きなくそれを行うことができたのですが、新刊と変わらない苦労を掛けることになってしまいました。

表紙は、加藤木麻莉さんが手がけてくださいました。静止画なのにこの躍動感！二人の姿も魅力的で、文中のモチーフが散りばめられて宝箱の中を覗き込むようなワクワクする仕上がりに。空色のリボンが物語をつなげてくれている工夫も嬉しいです。解説は、森鷗外研究の権威、山崎一穎先生がお寄せくださいました。これほど光栄なことはありません。山崎先生は、初版の発表当時、報道各社からその内容の信憑性を問われたときにお墨付きをくださった方でもあります。

またこのたびは、ドイツ文学・ドイツ児童文学研究者の本田雅也先生にはドイツ語の発音表記やカタカナ表記について相談に乗って頂き、しっかりと整理し直すことができました。日本近代文学館の加藤桂子さんと森鷗外記念館（津和野）の齋藤道夫副館長には入手困難な図書のことで大変お世話になりました。作家の雪乃紗衣さんと那須田淳さんにご助言や励ましを頂きました。お二人の存在なくして文庫化はあり得ません。那須田さんにはこれまでも数えきれないくらいお世話になっております……。

おひとりおひとりの笑顔を思い出しつつ、ここにお礼を申し上げます。

書き始めるとパソコンの中に入り込み何を話しかけても反応しなくなる私の性質は変わりませんが、呆れながらも赦してくれた子どもたちもみな成人し、今では顔を合わすことすら稀になってしまいました。夫は元気に私を放置してくれてありがとう。

そして最後に、初版から大きく間が置かれたにもかかわらず、文庫化を決めてくださった河出書房新社さんのご勇断に、感謝申し上げます。

本書がひとりでも多くの方の目に留まり、手にも取って頂けますように。そして、『舞姫』解釈のお手伝いができれば……。また、誰かからの不当な言葉に傷ついている方の慰めや励ましになることができたら……どんなに嬉しいことでしょう。心から。

二〇二〇年二月　ベルリンの冬の空の下で

六草いちか

文庫版　解説

山崎一穎（やまざきかずひで）

㈠本書の意義

この度六草さんの講談社より刊行された単行本が、河出文庫の一冊として刊行されることになった。本書は研究書ではないが、鷗外研究史上に大きな足跡を残すことになった一冊である。今後の鷗外研究、特に『舞姫』研究には欠かせない一冊である。本書はエリス（実名エリーゼ）探索の書であると同時に、謎解き『舞姫』と称しても過言ではない。

エリーゼの実像に迫ることで、『舞姫』の世界の虚実が浮かび上がってくる。鷗外が小説中に封じ込めたエリーゼの痕跡が分ると、『舞姫』が魅力的な作品として浮上してくる。その魅力を引き出してくれたのが六草さんの功績である。

本書をより一層理解するためにベルリンの都市構造を頭に入れておきたい。平田達治『ベルリン・歴史の旅　都市空間に刻まれた変容の歴史』（二〇一〇年一〇月、大阪大学出版会）の一節を要約して記す。

ベルリンは中世の時代（一二三〇年代）にシュプレー川を挟んで北東側の古(アルト)ベルリン地区と、南西側のケルン地区の、対立する二極構造の双子都市として成立した。その後都心が西へと延伸すると、旧ベルリン（古ベルリンとケルンの合併・一四三二年）と、新ベルリンから成る双子都市となり、第二次世界大戦終結後、一九四八年に東西ベルリンから成る対立する双子都市となった。一九八九年一一月ベルリンの壁が崩壊し、翌九〇年に再統一され、今日ようやく二極構造の双子都市が解消されつつある（三七〜三八頁）。

エリスの居住空間は旧ベルリンである。『舞姫』は対立する新旧二極構造のベルリンの都市空間の小説である。この点を逸早く捉えたのが、前田愛(よしみ)『都市空間のなかの文学』（一九八二年一二月、筑摩書房）収録の「BERLIN 1888」である。

対立する新旧ベルリンの二極構造の都市空間を前田は静止空間として論じている。神山伸弘は「歪まぬベルリン空間」（『国文学』二〇〇五年二月）で、都市改造（旧ベルリン地区の再開発）中のベルリンを動的空間として捉えている。六草さんも動的空間（普請中の旧ベルリン）として捉えている点にリアリティがある。

文庫にするにあたって単行本との相違は、第二章の「エリーゼがユダヤ人である可能性」（九九〜一一九頁）を考察した箇所である。エリーゼがユダヤ人でないことは、すでに論じている。それを補強するためにベルリンに於けるユダヤ人の歴史を展望する。鷗外留学時の「巨大なユダヤ人街」は、「『舞姫』の舞台である「古ベルリン」ではなく、鷗外第三の下宿の北東に広がるエリア」であると記している。六草さんには『いのちの証言　ナチスの時代を生き延びたユダヤ人と日本人』（二〇一七年一月、晶文社）という著書があり、その成果が生かされている。

本書の魅力は平易な文章とともに、文中に多くの写真、地図が挿入されていることである。ヴィジュアルな資料が、読者をその場に立たせ、臨場感を高める。

さらに本書の魅力について記すと、物語性があるということである。調査の過程を報告しながら進行する。調査が行き詰る。放棄しようとし、一呼吸置いて別途の道を探る。行きつ戻りつする。そして別の世界が拓けてくる。この徒労感、苛立ち、断念を思いつつ諦めの悪さ、やがて発見の喜び、すでに物語である。

それはさて措き、六草さんが「墓地職員」と呼ぶ女性の存在に注目する。六草さんと同じく調査する側の人である。後で「家系譜調査事務所の職員」ということが分る。六草さんと時々出会い、短い言葉を交わす。無愛想で、ぶっきらぼうで、取り付く島もない。その女性が最終局面で、六草さんにアドバイスをする。調査で苦労する人への無言の応援がいい。そしてここに物語がある。

(二)エリス探索の道程(みちのり)

森鷗外は明治二一年（一八八八）九月八日、足掛け五年のドイツ留学を終えて帰国した。鷗外を追ってドイツ女性が来日したことを公表したのは、森於菟「時時の父鷗外」（『中央公論』一九三三年一月、二月）である。

森於菟の記述を訂正する意図を以て、小金井喜美子が「森於菟に」(一)〜(七)（『冬柏』（一九三三年三月〜六月、八月、一〇月、一二月）、のち『森鷗外の系族』（一九四三年一二月、大岡山書店）に収録）を発表する。

さらに喜美子は「森於菟に」と題して『文学』〈特輯　鷗外研究〉（一九三六年六月、岩波書店）に掲載した。喜美子は、エリスは美人でお人よしで少し足りない哀れな女で、「路頭の花」であったと見ている。この説が半ば定説化する。喜美子の二つの回想文が異なっていることに研究者は無自覚であった。

昭和四〇年代（一九六五〜七四年）半ば以降、鷗外研究が本格化すると、エリス探しが始まった。藤井公明は「独逸日記と鷗外意中の人」（『現代のエスプリ』〈森鷗外〉、一九六八年一月）で、ルチウスこそエリスだと主張した。

ルチウス（ピアノ教師）とはライプチッヒで出会い、「いつも黒き衣を着て、面に憂を帯びたる」女性として日記に記されている。食事を共にする気が置けない間柄で、一緒にクリスマスを祝うために鷗外はドレスデンからライプチッヒへ戻ってくる。

星新一が『祖父・小金井良精の記』（一九七四年二月、河出書房新社）を出版した。書中に「資料・エリス」の項があり、「事件のドイツ婦人に面会、種々談判の末」云々とあり、ごく一部の公開で実名は無いが、小金井喜美子の発言の虚構を露わにすることになった。

のちに『小金井良精日記　明治篇　1883―1899』（二〇一六年一二月、クレス出版）に全文が翻刻出版された。

竹盛天雄編「石黒忠悳（ただのり）日記抄」一〜三（『鷗外全集』月報三六―三八巻、一九七五年三月、四月、六月）、田中実「森鷗外資料としての「西周日記」抄」（『近代文学論集1 研究と資料』一九七八年六月、教育出版）の周辺資料から、ドイツ女性と鷗外の関係がほのかに見えてくる。

石川悌二が『朝日新聞』夕刊（一九七八年二月二八日）に、一八八八年一〇月八日来京したオーストリアのウラージア曲馬団一行の一員として来日した一八歳の「エーマ女」を、エリスとしたが、確証が得られなかった。

同年八月二五日の『朝日新聞』夕刊で、今野勉がドイツ女性が鷗外に贈ったR・MのモノグラムのW文字の配列を読み、W・Bの女性であると発表した。反響は大きかったが、確定できなかった。のちに『鷗外の恋人　百二十年後の真実』（二〇一〇年一一月、日本放送出版協会）として出版した。

一九八一年五月二六日の『朝日新聞』夕刊は、ドイツ女性の名が特定されたことを報じた。祖父中川元（はじめ）（夏目漱石の留学決定時の旧制第五高等学校校長）のフランス留学の調査を始めた茨城大学の中川浩一（地理学）と、千葉敬愛経済大学の沢護（日仏交流史）とが共同研究の過程で『ジャパン・ウィークリー・メイル』に掲載された乗船名簿から「Miss Elise Wiegert」（エリーゼ・ヴィーゲルト嬢）という姓名を特定した。エリーゼは明治二一年（一八八八）九月一二日横浜港に入港、一〇月一七日出港が確認された。この間、築地精養軒ホテルに滞在した。結果としてW・Bは、W・Eであった。

それ以後エリーゼの探索が進む。年上のユダヤ人、エリーゼ・ワイゲルト説が出現する。また、植木哲は『新説　鷗外の恋人エリス』（二〇〇〇年四月、新潮選書）で、来日時一五歳のアンナ・ベルタ・ルイーゼ・ヴィーゲルトであると記す。

林尚孝『仮面の人・森鷗外―「エリーゼ来日」三日間の謎』（二〇〇五年四月、同時代社）などが発表されたが、エリーゼ・ヴィーゲルトを見付けることはできなかった。

二〇余年ドイツに滞在し、ドイツの生活・文化・芸術等を日本に紹介しているルポルタージュ作家六草いちかさんが、遂にエリーゼの実像を捉えた。その調査過程を詳述しながら『鷗外の恋　舞姫エリスの真実』（二〇一一年三月、講談社）を刊行した。エリーゼ来日以来一二〇余年が経つ。快挙である。

㈢調査の方法と発見の意義

六草さんは『文学』（一九三六年六月）掲載の小金井喜美子の「森於菟に」を精読する。エリスは「帰つて帽子会社の意匠部に勤める約束をして来たといつて居た」と兄鷗外が自分に語ったと記している。すでに「大変手芸が上手で」あるとも記している。

六草さんはここに注目し、帰国後一〇年を基点としてベルリンの「住所帳」を調査する。一八九八年版に「ベルリン東区のブルーメン通り一八番地。第四階層」に「Wiegert, E., Schneiderin（仕立物師・女性）」の記述を見付ける。一八九九年版には「E」が「Elise」とあり、「エリーゼ・ヴィーゲルト」の存在を確信する。しかも「帽子製作者」であることが判明する。しかし調査はそれから先に進まない。

事態が大きく動き出すのは、鷗外の第三の下宿の家主、ルーシュ夫人の身辺を当るうち、その居所ノイエ・フリードリッヒ通り四五番地を地図で確認して、四五番地のすぐ隣に一つの教会を発見してからだった。教会が「凹字の形に引籠」んでいることを確認する。鷗外は「舞姫草稿」で「凹字の形に横に引籠みて立てる」と書き、「横に」を削除している。まさに「横に引き籠み」、「凹字の形」である「ガルニゾン教会」を確認する。

この「ガルニゾン教会」からエリーゼの父母の婚礼記録を見付け出す。調査は教会の記録や、洗礼簿、堅信礼簿の閲覧となり、葬儀記録に早世した二人の子が記載されており、その子たちに成年に達しない姉二人がいることが記録されていた。そして、その内の一人アンナがエリーゼの妹であることが判明する。しかし中々エリーゼに行き着かない。読者は第六章の「エリーゼとの対面」と「エリーゼの実像」（二九〇〜三二五頁）を堪能してほしい。

エリーゼを始めとするヴィーゲルト一家との出会いに至る調査で、判明した事実の意義について記す。

(1)乗船名簿から、鷗外を追ってドイツから来日した女性の名はエリーゼ・ヴィーゲルトであると中川浩一・沢護が発表（一九八一年）以来、紆余曲折を経て三〇年、今回間違いなくその人を特定できたことは大きな発見である。

父母の結婚の記録、本人（エリーゼ）の洗礼記録、堅信礼記録を押え、エリーゼ・マリー・カロリーネ・ヴィーゲルトの生年月日、出生地を突き止め、父・母・妹等のヴィーゲルト一家の生活状況を明らかにしたこと。

(2)小説『舞姫』に於いて、豊太郎とエリスとの出会いの教会について、従来一番有力であった聖マリア教会、次いでクロースター教会の説を否定し、新たに「ガルニゾン教会」を特定したこと。

(3)エリーゼ・ヴィーゲルトはユダヤ人ではないことが明確となった。系図を眺めると恐らくポーランド系のドイツ移民であろう。

(4)教会の斜め前に小さな中庭を持つ建物（ノイエ・フリードリッヒ通り六〇番地）を発見する。エリーゼの居宅か、小説のモデル空間であろう。その隣家に靴屋を見出す。豊太郎がロシアへ出向く折、部屋の鍵を預けて行く靴屋の主人である。この周辺が小説『舞姫』の舞台であろう。

(5)エリーゼの生年月日（一八六六年九月一五日）が判明したことで、来日が二一歳で滞在中二二歳となる。ドイツの法律が二一歳を成人と認めているので、エリーゼは親権者の承諾を得ずに渡航できることが分った。

(6)小金井喜美子の「帽子会社の意匠部に勤める」という記述の裏付を得たこと。

(7)調査過程で判明した人名、地名が、小説『舞姫』の中に散見されることが改めて知らされた。一例を挙げればエリスの父の名と職業はエルンスト・ワイゲルト／

ヴィーゲルト家略系図

作成：山崎一穎

ヴァップ
再婚
祖母 アンネ・マリー・クリスティーネ・キークヘーフェル
祖父 キークヘーフェル
祖母 アンナ・クリスティーネ・ヴィーゲルト（旧姓アルブレヒト）
祖父 ゴットリープ・ヴィーゲルト

母 ラウラ・アンナ・マリー・キークヘーフェル
1845年4月8日
シュチェチン（現ポーランド）にて出生

1866年5月21日結婚
ガルニゾン教会にて
（軍隊専用教会）

父 ヨハン・フリードリッヒ・ヴィーゲルト
1839年2月15日
オーバー・ヴィーツコ（オーバージッコか、現ポーランド ポズナン地方）にて出生

長女 エリーゼ・マリー・カロリーネ・ヴィーゲルト
Elise Marie Caroline Wiegert
1866年9月15日 AM4：30
シュチェチン市（現ポーランド）クライネ・リッター通り1番地にて出生
［洗礼］
1866年10月14日
シュロス教会（於シュチェチン）
のちにシュロス教会は
聖マリア教会（現ポーランド）と統合
［堅信礼］
1882年3月17日
聖ヤコブ教会

次女 アンナ・アルヴィーネ・クララ・ヴィーゲルト
1868年9月13日
ベルリン市ケルン・フィッシュマルクト5番地にて出生
［洗礼］
1869年1月10日
聖ペトリ教会
［堅信礼］
1883年2月13日
聖ヤコブ教会

長男
1870年12月17日死産

三女
1872年10月15日出生、17日死亡

ベルリン市
ブルンネン通り
156番地

仕立物師となっているが、仕立物師は母の職業であること。また小説中でエリスの母が「ステッチンわたりの農家に、遠き縁者あるに」と言うが、ステッチン＝シュチェチンは、エリーゼの母の故郷であり、エリーゼの出生の地でもある。

(8) エリーゼの父＝ヨハン・フリードリッヒ・ヴィーゲルトについて記す。

馬車で移動する軍隊の兵士。ブランデンブルク第三輜重大隊に所属し、食料調達第二部隊の輜重兵。結婚直後に除隊。銀行家クップファーの下で銀行の出納係を務めた。一八三九年二月一五日、オーバー・ヴィーツコ（正しくはオーバージツコ＝現ポーランドポズナン地方）に生まれる。長女エリーゼと次女アンナの堅信礼の間（一八八二年三月一七日〜八三年二月一三日）に死去する。享年四三。

(9) 母＝ラウラ・アンナ・マリーについて記す。

仕立物師。ルーシュ夫人（鷗外の第三の下宿＝グローセ・プレジデンテン通り一〇番地の四階の部屋のオーナー）の経営する縫製工場から仕事の下請をしていたと見られる。

六草さんの調査によって、「エリーゼの家族は、ベルリンの下町を転々としながら暮らしてきた」ことが明らかになった。父が一八八三年に死去（仮定）とすれば、その時エリーゼは一六歳であり、アンナは一四歳であった。母はエリーゼとアンナを女手ひとつで育てたことなどが見えてくる。

⑽ルーシュ夫人（未亡人）について記す。

一八四一年生まれ。四人姉妹の三女。父は靴の職人マイスター。ガルニゾン教会の隣（ノイエ・フリードリッヒ通り四五番地、二階）に居住している。ルーシュ夫人はミシン販売から、ミシンでワイシャツを縫う仕立物師を経て、縫製工場を経営する。エリーゼの母マリーより四歳年長である。鷗外の第三の下宿の部屋は、ルーシュ夫人が借りた七部屋の一つを鷗外に又貸ししたものである。

これらの事実は『舞姫』の虚実を考える材料である。それを見い出した六草さんの功績は大きい。

㈣再びエリスへ

本書が喚び起した問題点は、鷗外はなぜ『舞姫』を書いたのか、どう書いたのか、何を読者に伝えたかったかということである。

エリーゼ・ヴィーゲルトが帰国した明治二一年（一八八八）一〇月の中旬、鷗外の母峰子は西家を訪れ、赤松則良（のりよし）の長女登志子との縁談を承諾し、翌一一月婚約、結納を交わした。二二年二月西周（にしあまね）の代理宮内広の媒酌で結婚、三月六日天皇の許可が下り、一三日招待客を招き、式と披露宴を催す。二三年九月長男於菟誕生、一〇月初旬、鷗外上野花園町の家を出る。一一月二七日鷗外登志子を離籍する。

鷗外がエリーゼについて、親友賀古鶴所に次の様に記している。

彼件ハ左顧右眄ニ遑ナク断行仕候（中略）其源ノ清カラサルヿ故ドチラニモ満足致候様ニハ収マリ難ク其間軽重スル所ハ明白ニテ人ニ議ル迠モ無御坐候」（一八八八年一〇月一四日、賀古鶴所宛鷗外書簡）

鷗外は晩年長女茉莉と山田珠樹の結婚に際して、「僕ナドハ結婚スル前ニ官吏ニナツテ居テ極テ厭フベキ葛藤ニマツハラレ迎妻ノ事ナド一ノ通過点ノ如ク看做シ殆ド何等ノ用意モシナカツタ。コレハヌカリデアツタ。ソレテ其余弊ハ継続シテ居ル」（一九一九年一一月五日、山田珠樹宛鷗外書簡、傍点山崎）と記している。『舞姫』は一八八九年一二月頃執筆され、一八九〇年一月、徳富蘇峰創刊の『国民之友』に発表された。本書にも喜美子の回想が引用されているが於菟もまた祖母から聞いた話として、『舞姫』は発表前に家族の前で鷗外によって朗読されたことを記している。

『舞姫』が「自家用」小説として書かれたと言われる所以である。平野謙は「母峰子に対する一種の反抗」と見ている。田中実は「赤松門閥からの離脱の意図」を秘めていると考察している。磯貝英夫はこれらの見解を踏まえて、「悔恨のモチーフと同時に挑戦のモチーフ」があると見ている。妥当な見解である。

次に『舞姫』をどう書いたかについて記す。『舞姫』には鷗外自筆の草稿が残されている。「舞姫草稿」は『舞姫』の草稿、それを推敲した跡が見て取れる訂正済の本文から成り立っている。その訂正本文である『舞姫』が『国民之友』（一八九〇年一月）に掲載され、『国民小説』（一八九〇年一〇月、民友社）に収録される。

その後『美奈和集』（一八九二年七月、春陽堂）収録に際し、本文を変更し、以後若干の修正を加え、『改訂水沫集』（一九〇六年五月、春陽堂）、『塵泥』（一九一五年一二月、千章館）、『縮刷水沫集』（一九一六年八月、春陽堂）に収録された。今日、私たちが読んでいるのは、『塵泥』収録の『舞姫』である。

鷗外はドイツでの体験を基に小説化しようとした時、自己の青春の痕跡を残したい、いや消したいという複雑な思いに囚われたに違いない。残すにしても変更する必要があったと思われる。

これらの創作時の心境は、六草さんの調査結果と、「舞姫草稿」を比較して初めてその様態が明らかになる。若干の実例を挙げる。

残す

地名ステッチンを残している。これは母の故郷で、エリーゼの出生の地である。

消す

エリスの居住空間のリアルな描写を簡略化し、具体的に特定できない様に配慮している。「舞姫草稿」は次の様に記す。

> 寺の筋向ひなる大戸を入れば~~表家の後ろに煤にて黒みたる層楼にて取り圍まれたる中庭あり片隅には芥溜の箱あれど街の準には清らかなり石の梯を登りて見れば潜らば頭や支えんと思ふ計りの戸あり~~

消去した文章の代わりに

> 欠け損じたる石の梯あり、これを上ぼりて四階目に腰を折りて潜るべき程の

第六章の「中庭」（三三三〜三三四頁）を読めば、消去した文章が実景であることが分る。

変える

(1)エリーゼ・ヴィーゲルトの実年齢が思わず出てしまって、訂正する。

原稿　　年はまだ二十にはならざるべし
訂正後　年は十六七なるべし
＊明治二〇年（一八八七）当時、エリーゼは二〇歳である。
(2)父の職業・仕立物師。実際は母の職業が仕立物師である。
(3)豊太郎とエリスの出会いの教会の描写。

「舞姫草稿」では「凹字の形に横に引籠みて立てる」と書き、「横に」を消している。六草さんは「横に」を注視し、ガルニゾン教会を特定するキーワードとした。

「舞姫草稿」に始まって『舞姫』の本文異同については、嘉部嘉隆（かべよしたか）の書誌学的研究がある。六草さんの調査を踏まえれば、今後は表現論の視点から考察する必要がある。特に「舞姫草稿」で切り捨てられた記述の掘起しが大切である。それこそ、『舞姫』の原型である。

鷗外は小説化する時、鷗外その人の自己告白にならない様に工夫をする。一人称回想形式で、語り手の「余」は太田豊太郎であって鷗外ではない。太田豊太郎の語る事の概要（仮に「我が告白」「我が懺悔の記」とする）が『舞姫』の中に塡め込まれている。

時間軸、年齢は鷗外のそれとはずらしている。「明治廿一年の冬」から豊太郎の人生は動き出す。鷗外はすでに秋には帰国している。あくまでも『舞姫』は、鷗外の体験を一部付与された太田豊太郎の手記である。その手記は「心ある人」に読んでもらいたいと思っている。

豊太郎は法学部出のエリート官吏として、国費留学をする。帰国後は近代社会の制度設計にあたり、国家に貢献する使命を帯びている。豊太郎はドイツの自由な大学の学問を通して、己が「所動的、器械的」な人物であったことに思い至り、母や官長の束縛を脱し、従来の旧い価値観に疑問を持ち、立身出世の意義を疑い、恋愛に新しい意義を見い出そうと苦悩するも、天方伯の手に捕われる。そこに悔恨と寂寥と同時に諦めと安堵感が生じる。『舞姫』はこの様な小説である。

小説中の母は「家」、官長と天方伯は「国家」の象徴であろう。母の死後、登場する相沢は母の代行者である。家制度が廃止された今日でも、冠婚葬祭で縛られ、「国家」は「組織」に置き換えれば、それに縛られている。今に至るも明治の青年たちの苦悩が続いている。『舞姫』が普遍性を以て読まれる所以である。

(跡見学園女子大学名誉教授)

——二〇二〇・二・九——

主要参考文献

本書を書くにあたり、多くの文献を参照いたしましたが、ここでは引用文献および事実確認に用いたもののみを挙げます。

◉和書

森鷗外　「於母影」『国民之友』第五十八号、一八八九年
吉田香雨　『当世作者評判記』大華堂、一八九一年
森鷗外　『うた日記』春陽堂、一九〇七年
片山孤村　『伯林』博文館、一九一三年
森林太郎　「我百首」『沙羅の木』阿蘭陀書房、一九一五年
田山花袋　『東京の三十年』博文館、一九一七年
田山花袋　『長編小説の研究』新詩壇社、一九二五年
中村武羅夫　『文壇随筆』新潮社、一九二五年
永井荷風　『荷風文稾』春陽堂、一九二六年
森於菟　『森鷗外』養徳社、一九四六年
森鷗外　『キタ・セクスアリス』新潮文庫、一九四九年
山室静　『評伝 森鷗外』実業之日本社、一九六〇年

森鷗外　『森鷗外自筆草稿　舞姫』上野精一、一九六〇年
前田愛　『都市空間のなかの文学』ちくま学芸文庫、一九九二年
森鷗外　「普請中」『日本の文学2』中央公論社、一九六六年
森鷗外　「杯」『山椒大夫・高瀬舟』新潮文庫、一九六八年
小堀桂一郎　『若き日の森鷗外』東京大学出版会、一九六九年
森鷗外　「妄想」『日本文学全集4』筑摩書房、一九七〇年
今宮新　『初期日独通交史の研究』鹿島研究所出版会、一九七一年
星新一　『祖父・小金井良精の記』河出書房新社、一九七四年
森鷗外　「椋鳥通信」『鷗外全集　第27巻』岩波書店、一九七四年
森鷗外　「還東日乗」『鷗外全集　第35巻』岩波書店、一九七五年
森鷗外　「隊務日記」『鷗外全集　第35巻』岩波書店、一九七五年
山崎国紀　『森鷗外〈恨〉に生きる』講談社現代新書、一九七六年
森杏奴　『晩年の父』岩波文庫、一九八一年
篠原正瑛　『ドイツにヒトラーがいたとき』誠文堂新光社、一九八四年
森於菟　『父親としての森鷗外』ちくま文庫、一九九三年
金山重秀　「エリーゼの身許しらべ」長谷川泉編『森鷗外の断層撮影像』至文堂、一九八四年
森鷗外　「木精」『森鷗外全集2』筑摩書房、一九九五年
森鷗外　「独逸日記」『森鷗外全集13』筑摩書房、一九九六年
山崎国紀　『森鷗外の手紙』大修館書店、一九九九年
中井義幸　『鷗外留学始末』岩波書店、一九九九年

小金井喜美子『鷗外の思い出』岩波文庫、一九九九年
小金井喜美子「森於菟に」長谷川泉編『森鷗外「舞姫」作品論集』クレス出版、二〇〇〇年
長谷川泉「『舞姫』草稿について」長谷川泉編『森鷗外「舞姫」作品論集』クレス出版、二〇〇〇年
植木哲『新説　鷗外の恋人エリス』新潮選書、二〇〇〇年
小金井喜美子『森鷗外の系族』岩波文庫、二〇〇一年
森鷗外『鷗外歴史文学集』岩波書店、二〇〇一年
荻原雄一編『『舞姫』――エリス、ユダヤ人論』至文堂、二〇〇一年
清田文武編『森鷗外『舞姫』を読む』勉誠出版、二〇一三年
林尚孝『仮面の人・森鴎外―「エリーゼ来日」三日間の謎』同時代社、二〇〇五年
大久保喬樹『洋行の時代』中公新書、二〇〇八年
鈴木健夫、ギュンター・ツォーベル、ポール・スノードン『ヨーロッパ人の見た幕末使節団』講談社学術文庫、二〇〇八年
山崎一穎『森鷗外　国家と作家の狭間で』新日本出版社、二〇一二年
六草いちか『それからのエリス　いま明らかになる鷗外「舞姫」の面影』講談社、二〇一三年

◉新聞・雑誌ほか

篠原正瑛「鷗外とベルリン」『鷗外』第五号、第六号、鷗外記念会、一九六九、一九七〇年
今宮新「初期日独通交史の研究（一）」『史学』第三十四巻二号、慶應義塾大学三田史学会、一九六一年

「日本関係海外史料目録」『東京大学史料編纂所報』第三号、東京大学史料編纂所、一九六八年
藤井公明「独逸日記と鷗外意中の人」『香川大学学芸学部研究報告』第一部第三号、一九五三年
竹盛天雄「石黒忠悳日記抄」『鷗外全集』月報第三五～三八巻、岩波書店、一九七五年
朝日新聞夕刊「本名は『ミス・エリーゼ』」一九八一年五月二十六日
冨崎逸夫「ゲネラル・ヴェルダー号の一等船客」『鷗外』第四十二号、鷗外記念会、一九八八年
増井三夫「教会・学校査察文書の史料的価値」『上越教育大学研究紀要』第十四巻第一号、一九九四年
川崎勝「西周日記」『南山経済研究』第十六巻三号、南山大学経済学会、二〇〇一年
所蔵資料図録第一集「写真」(全)『写真でたどる森鷗外の生涯―生誕140周年記念―』文京区立本郷図書館鷗外記念室、二〇〇二年
所蔵資料図録第二集「手回品・生前記念品・家蔵品ほか」『鷗外愛用の品々』文京区立本郷図書館鷗外記念室、二〇〇四年
朝日新聞夕刊「『舞姫』モデルの消息記す」二〇〇五年二月二十三日
藤井基貴「近代ドイツの大学における『学修の手引き』」『名古屋高等教育研究』第八号、名古屋大学高等教育研究センター、二〇〇八年

◉文書

「森谷口両軍医へ学資増額之件」　陸軍省二第四一二四号　明治二十年十二月十二日
「医務局季報」　陸軍省　明治二十一年一月一日至同年三月三十一日
「石塚一等薬剤官結婚之件」　陸軍省二第一五七一号　明治二十一年五月二日

「森一等軍医普国士官着服之件」 陸軍省総医第一六号ニ第六五五号 明治二十一年二月二十五日
「森一等軍医結婚の件」 陸軍省医務局総医第一五号 陸軍省受領ニ第五一六号 明治二十二年三月四日

◉洋書

Friedrich Nicolai "Beschreibung der königlichen Residenzstädte Berlin und Potsdam" 1786
Eduard Bloch "Der Zuschauer im Victoria-Theater" L. Lassar's Buchhandlung（刊行年未記載）
"Naturgeschichte der Berlinerin" Ißleib, 1885
"Berlin und Umgebungen" Baedeker, 1887
"Bühnen Almanach" Gettke, 1888
"Handbuch für Passagiere und Verlader" Norddeutscher Lloyd Bremen, 1889
"Goldschmidts Reiseführer Berlin" Goldschmitd, 1889
"Geschäfts-Berichte der grossen Berliner Pferde-Eisenbahn-Actien-Gesellschaft für 1888" ABPAG, 1889
Richard Knötel "Uniformenkunde" Babenzien, 1890
Gertrud Bäumer "Geschichte der Gymnasialkurse für Frauen zu Berlin" W. Moeser Buchdr., 1906
"Die preußische Armee 1807–1867" Verlag für Standesamtswesen, 1939
Gerhard Wahnrau "Berlin, Stadt der Theater" Henschelverlag, 1957
Hans Jürgen Witthöft "Norddeutscher Lloyd" Koehler, 1973

Günther Kühne, Elisabeth Stephani “Evangelische Kirchen in Berlin” C.Z.V.-Verlag, 1978
“Berlin und seine Bauten Teil X Band A:Anlagen und Bauten für Versorgung” Architekten-Verein zu Berlin, Wilhelm Ernst & Sohn, 1981
“Die” Elektrische “hat Weltpremiere in Berlin” Berliner Verkehrsbetriebe, 1981
Richard und Herbert Knötel “Farbiges Handbuch der Uniformkunde” Spemann, 1985
Joachim Schildt und Hartmut Schmidt “Berlinisch” Akademie-Verlag Berlin, 1986
“Juden in Berlin” Nicolai, 1988
Ernst Kaeber “Beiträge zur Berliner Geschichte” Walter de Gruyter & Co., 1964
Volker Wagner “Geschichte der Berliner Juden” Elsengold Verlag, 2016
Andreas Nachama, Julius H. Schoeps, Hermann Simon “Juden in Berlin” Henschel, 2001
Walter Fellmann “Der Leipziger Brühl” Fachbuchverlag, 1989
Jules Laforgue “Berlin: Der Hof und die Stadt, 1887” Insel Verlag, 1990
Georg Holmsten “Die Berlin-Chronik” Droste Verlag, 1990
Arnold Kludas “Die Seeschiffe des Norddeutschen Lloyd 1857 bis 1919” Koehlers, 1991
“Berliner Straßennamen” Ch. Links Verlag, 1992
Stadtmuseum Berlin “Theater als Geschäft” Ed. Hentrich, 1995
Johann Friedrich Geist “Die Kaisergalerie” Prestel, 1997
“Berlin und seine Bauten VI : Sakralbauten” Architekten-und Ingenieur-Verein zu Berlin, Wilhelm Ernst & Sohn, 1997
Rebekka Habermas “Frauen und Männer des Bürgertums” Vandenhoeck & Ruprecht, 2002

Benedikt Goebel "Der Umbau Alt-Berlins zum modernen Stadtzentrum" Verlagshaus Braun, 2003
Dieter Hoffmann-Axthelm "Der Grosse Jüdenhof" Lukas Verlag, 2005
Gerhild H. M. Komander "Berlins erstes Telefonbuch 1881" Berlin Story Verlag, 2006
Ôgai Mori "Deutschlandtagebuch" Heike Schöche (Übersetzer), konkursbuchverlag, 2008
Ivo Köhler "Straßenbahn in Berlin" GeraMond, 2008

◉新聞・雑誌など

"Vossische Zeitung" Jan-Apr. 1888
"Berliner Lokal-Anzeiger" Jan-Apr. 1888
"The Japan weekly mail" Sept. 15. 1888 Japan Mail Office
"The Japan weekly mail" Okt. 20. 1888 Japan Mail Office
"Berliner Adreß–Buch" H. Schwabe (ab 1881 von W. & S. Loewenthal) 1873–1895
"Berliner Adressbuch" Scherl 1896–1943

◉文書

"Freundschafts-, Handels- und Schiffahrtsvertrag zwischen Japan und Preußen, Tokio, 24. Januar 1861（日独修好通商条約）", Geheimes Staatsarchiv, II 5101/0S
"Kaiser Wilhelm Brücke" Landesarchiv Berlin, A Rep. 000-02-01 Nr.651
"Deutsches Reichsgesetzblatt" Band 1875, Nr. 8, Seite 71

◉インターネット

ベルリン州広報　http://www.berlin.de/

フライシュテット郷土同盟協会　http://www.heimatbund-freistett.de/

照会先

本書を書くにあたり、多くの機関に問い合わせ貴重な情報をご教示いただきましたが、ここでは本書内容に直接的に関係する照会先のみを挙げました。

Architekturmuseum der Technischen Universität Berlin
Auswärtiges Amt, Politisches Archiv
Berliner Historische Mitte e.V.
Berliner Verkehrsbetriebe
Brandenburgisches Landeshauptarchiv
Bundesarchiv Berlin-Lichter felde
Denkmal für die ermordeten Juden Europas
Deutsches Auswandererhaus

Deutsches Historisches Museum
Deutsches Schiffahrts Museum
Evangelisches Landeskirchliches Archiv in Berlin (ELAB)
Evangelisches Zentralarchiv in Berlin (EZA)
Friedhof Zehlendorf
Geheimes Staatsarchiv Preußischer Kulturbesitz (GStA PK)
Hapag-Lloyd AG
Kunstbibliothek
Kunst & Antik in der Aue, Wilhelmsaue 131, 10715 Berlin
Landesarchiv Berlin
Landkreis Demmin Hauptamt/Archiv
Museum für Naturkunde Berlin
Staatsarchiv Bremen, Gesellschaft für Familienforschung e.V.
Staatsbibliothek zu Berlin
Stadtmuseum Berlin
Stickereimuseum Eibenstock
Universitätsbibliothek der Humboldt-Universität zu Berlin
Universitätsbibliothek der Technischen Universität Berlin
Zentral-und Landesbibliothek Berlin
Zentrum für Berlinstudien

＊本書は二〇一一年三月、講談社より刊行された『鷗外の恋　舞姫エリスの真実』を加筆修正の上、文庫化したものです。

鷗外の恋　舞姫エリスの真実

二〇二〇年 四 月一〇日　初版印刷
二〇二〇年 四 月二〇日　初版発行

著　者　六草いちか
発行者　小野寺優
発行所　株式会社河出書房新社
〒一五一-〇〇五一
東京都渋谷区千駄ヶ谷二-三二-二
電話〇三-三四〇四-八六一一（編集）
〇三-三四〇四-一二〇一（営業）
http://www.kawade.co.jp/

ロゴ・表紙デザイン　粟津潔
本文フォーマット　佐々木暁
印刷・製本　中央精版印刷株式会社

Printed in Japan　ISBN978-4-309-41740-0

バレリーナ　踊り続ける理由

吉田都　41694-6

年齢を重ねてなお進化し続ける、世界の頂点を極めたバレリーナ・吉田都が、強く美しく生きたいと願う女性達に贈るメッセージ。引退に向けてのあとがき、阿川佐和子との対談、槇村さとるの解説を新規収録。

小説の読み方、書き方、訳し方

柴田元幸／高橋源一郎　41215-3

小説は、読むだけじゃもったいない。読んで、書いて、訳してみれば、百倍楽しめる！　文豪と人気翻訳者が〈読む＝書く＝訳す〉ための実践的メソッドを解説した、究極の小説入門。

伝説の編集者　坂本一亀とその時代

田邊園子　41600-7

戦後の新たな才能を次々と世に送り出した編集者・坂本一亀は戦後日本に何を問うたのか？　妥協なき精神で作家と文学に対峙し、〈戦後〉という時代を作った編集者の軌跡に迫る評伝の決定版。

さよならを言うまえに　人生のことば292章

太宰治　40956-6

生れて、すみません——三十九歳で、みずから世を去った太宰治が、悔恨と希望、恍惚と不安の淵から、人生の断面を切りとった、きらめく言葉の数々をテーマ別に編成。太宰文学のエッセンス！

太宰治の手紙

太宰治　小山清〔編〕　41616-8

太宰治が、戦前に師、友人、縁者などに送った百通の手紙。井伏鱒二、亀井勝一郎、木山捷平らへの書簡を収録。赤裸々な、本音と優しさとダメさかげんが如実に伝わる、心温まる一級資料。

愛と苦悩の手紙

太宰治　亀井勝一郎〔編〕　41691-5

太宰治の戦中、戦後、自死に至るまでの手紙を収録。先輩、友人、後輩に。含羞と直情と親愛。既刊の小山清編の戦中篇と併せて味読ください。